내 친구가 나쁜친구란 걸 알게 될 때

내 친구가 나쁜친구란 걸 알게 될 때

초판 1쇄 인쇄 2020년 12월 25일
초판 1쇄 발행 2020년 12월 29일

지은이 아네테 미어스바 옮긴이 이상희

펴낸이 이상순 주간 서인찬 편집장 박윤주 제작이사 이상광

펴낸곳 (주)도서출판 아름다운사람들
주소 (10881) 경기도 파주시 회동길 103
대표전화 (031) 8074-0082 팩스 (031) 955-1083
이메일 books777@naver.com
홈페이지 www.books114.net

리듬문고는 (주)도서출판 아름다운사람들의 청소년 브랜드입니다.

isbn 978-89-6513-630-9 (43850)

이 도서의 국립중앙도서관 출판예정도서목록(CIP)은 서지정보유통지원시스템 홈페이지(http://seoji.nl.go.kr)와 국가자료종합목록시스템(http://www.nl.go.kr/kolisnet)에서 이용하실 수 있습니다. (CIP제어번호 : CIP2019009352)

파본은 구입하신 서점에서 교환해 드립니다.

내 친구가 나쁜 친구란 걸 알게 될 때

아네테 미어스바 지음
이상희 옮김

리드문고

차례

1. 외로운 섬 • 006

2. 킴의 강림 • 006

3. 어떤 광기 • 009

4. 슬픈 만남 • 016

5. 누가 죽기라도 했어? • 020

6. 엄마도 알아! • 029

7. 거짓말 • 042

8. 스모키 화장을 하고 • 042

9. 그래서 어쩌라고 • 055

10. 결석 • 063

11. 엄마가 미친 것 같아 • 070

12. 일탈 • 074

13. 오직 한 사람만 • 081

14. 팔로워 만들기 • 087

15. 심야의 질주 • 095

16. 하느님 맙소사! • 113

17. 단 5분 만에 • 116

18. 엄마는 없고 • 131

19. 제주게 • 134

20. 킹만의 친구와 함께 • 139

21. 착각 • 151

22. 아빠의 전화를 끊고 • 161

23. 죽음의 셀카 • 173

24. 좋아요가 좋아요 • 185

25. 나는 도망자 • 200

26. 비밀의 킹 • 205

27. 가면과 가면 • 211

28. 악몽 • 222

29. 결투 • 232

30. 가짜뉴스 • 243

31. 밥 먹을래요 • 256

32. 다시 교실로 • 273

33. 멋진 여자 • 283

34. 베프의 의미 • 286

35. 파티 • 314

36. 마지막 만남 • 319

1. 외로운 섬

외로운 섬에는 메아리가 울리지 않는다. 가상의 세계에서도 그렇다. 킴은 늘 나에게 말했다. 너는 '좋아요'가 없으면 존재하지 않는 거라고. 그리고 그걸 받으려면 완벽한 몸매가 필요하다고. 알았어, 내가 전에도 말했지. 그럼 한 번 보여줘 봐. 대체 그게 어떻게 되는 건지.

2. 킴의 강림

킴은 강림했어. 이 말은 킴이 우리 수업에 처음 들어왔을 때부터 레니가 항상 하던 말이었다. 강림이라니, 미쳤지. 이 말이 레니의 입에서 나왔다는 건 그게 엄청나게 멋있거나, 아니면 레니가 거기에 완전히 빠졌다는 걸 뜻한다. 레니는 마치 술 취한 수탉처럼 킴의 뒤를 쫓아다녔다. 그녀가 레니에게 전혀 관심이 없다는 걸 겨우 알아챌 때까지.

킴은 그 누구에게도 관심을 두지 않은 채 수업 시간만 근근이 때우곤 했다. 몸에 딱 붙는 청바지에 하이힐을 신고 다니는 그녀는 쉬는 시간에 화장을 고친 다음 시든 화분 앞에서 오리 얼굴 따위로 변하는 셀카를 찍곤 했다.

킴은 벌을 받아 우리 반이라는 해변에 좌초된 유튜브 스타처럼 보였다. 그녀의 눈썹은 전문가가 다듬은 것이다. 그녀의 표정에는 특별한 무엇인가가 있었다. 그리고 강렬한 문신과 차가움.

그건 언제나, 누구에게나 통하곤 했다. 사람들은 그녀와 눈을 마주치지 않으려 노력했다. 그녀가 자신의 모든 것을 꿰뚫어 보고 언젠가 그것을 불리하게 이용할까 봐 두려웠기 때문이다. 소름 끼치는 일이다.

때때로 그녀는 선생님 이야기 중에도 건방지게 말을 자르고는 했다. 한 번은 음악 시간에 토마넥 선생님이 그녀에게 브란덴부르크 행진곡을 작곡한 사람이 누구인지를 물었다. 그녀의 대답은 이랬다.

"클래식 음악은 진짜 거지 같아요."

킴은 무표정한 얼굴로 내뱉었다. 그러고는 이렇게 덧붙였다.

"그 음악을 작곡한 사람은 바흐에요, 토마넥 선생님."

우리는 숨을 죽이고 있었다. 다행히 토마넥 선생님은 수업이 끝난 뒤 그녀를 부드럽게 타일렀을 뿐이었다. 선생님은 마치 깨지기 쉬운 꽃병을 다루듯 그녀를 대했다.

나는 그때 처음으로 그런 생각이 들었다. 아마 그녀는 끔찍한 경험을 한 적이 있을지도 모른다고.

우리 반 단체 채팅방에서도 그녀는 일종의 열외였다. 한 번도 우리 대화에 참여하지 않았지만 그렇다고 채팅방에서 나가지도 않았다. 그편이 우리에게도 나았다. 킴이 나타난 이후로 채팅방이 더는 안전하다고 느끼지 않았기 때문이었다.

킴과 선생님들과의 특별한 관계와 특이한 행동, 그리고 눈에 띌 정도로 주변 학생들에게 무관심한 태도가 우리를 불안하게 했다. 우리는 항상 무언가 사건이 일어나길 기대했지만 그런 일은 일어나지 않았다.

결국, 우리는 그녀를 신경 쓰지 않기로 했다. 돌이켜보면 그것은 운이 좋은 것이었다. 모두가 거기에 동의했기 때문이다. 킴은 째깍거리는 폭탄과도 같았다. 외면적으로도 그녀는 나와 정반대였다.

그녀 길고 빛나는 머리카락의 소유자였고 웬만한 남자애들보다 키도 컸지만, 몸매는 믿을 수 없을 정도로 말랐다. 나는 키가 작지도, 뚱뚱하지도 않은 그저 보통이었다. 거기에 붉은기가 도는 금발 곱슬머리와 화장은 한 적도 없어 보이는 창백한 피부를 추가해야 한다. 나는 내 가장 친한 친구 야라와 똑같이 공들여 화장을 했다. 우리는 빨간 립스틱이나 파티에 입고 갈 옷 같은 모든 것을 공유하고 늘 꼭 붙어 다녔다. 지붕 위에서도 말이다.

하지만 부모님은 야라를 행실이 나쁘고 헤퍼 보인다고 생각했다. 맙소사, 헤퍼 보인다니! 그깟 립스틱 좀 바른다는 이유로. 우리 부모님이 킴을 봐야 했는데. 사실 킴은 문신까지 하고 있다. 킴이 손목에 문신을 해도 된다는 건 그녀의 부모님이 아주 자유로운 사람이라는 의미다. 그런 걸 할 수 있는 아이는 우리 반에 한 명도 없었다.

오직 레니만 몰래 문신을 했지만, 모양이 너무 형편없어 꼭 똥 덩어리처럼 보였다. 반면 킴의 문신은 전문가의 손길이 닿은 것이었다. 행성 주위를 강렬한 눈동자가 감싸고 있고 진주가 매달려 있는 황금빛 토성 고리 근처에는 키스하는 입술 모양의 달이 떠 있다. 그 아래 아주 작게 킴의 우주라고 쓰였다. 그녀는 우리 세계 사람이 아니야. 킴을 처음으로 봤을 때 레니는 열정적으로 말했다. 그리고는 하회탈처럼 해맑게 웃어 보였다. 하지만 킴은 천천히 숨을 들이마시고는 한숨을 내뱉었다.

때때로 킴은 상급생들과 어울리고는 했다. 나는 킴이 여자애들과 있는 걸 한 번도 본 적이 없다. 내 인생에서 가장 아름다웠고 또 가장 끔찍했던 주말로 기억되는 그 날까지는. 그리고 그녀는 내게로 왔다.

3. 어떤 광기

그건 평범한 광기로 시작했다. 부모님이 싸웠다. 나는 내 방

지붕 채광창을 타고 올라가 지붕 위에 헤드폰을 끼고 누워 있었다. 90데시벨. 그 정도면 소음 수준이 아니라 전투 수준이라 할 수 있었다.

나는 이 데시벨 크기를 앱이라 불렀다. 부모님의 분쟁 정도를 측정할 수 있기 때문이었다. 보통 90데시벨이면 내 주변을 조용하게 하는 데 충분했다.

이상적인 세상을 위한 90데시벨. 하지만 아무래도 오늘은 더 많이 필요한 것처럼 보인다. 100. 나는 헤드폰 연결 잭을 분리했다.

"당신 정말……."

엄마가 고함을 질렀다. 나는 재빨리 헤드폰을 다시 썼다. 나는 당신이…… 좋은 아빠라고 생각했어! 그래서……베이스 사이사이로 날카로운 목소리가 들려왔다. 나는 다시 헤드폰을 벗었다.

"그만!"

아빠가 고함을 쳤다. 그리고 침묵이 찾아왔다.

그건 단지 그만이라는 말 한마디였지만 그 뒤에 찾아온 정적은 그 어떤 고함이나 욕지거리보다 더 끔찍한 것이었다. 나는 지붕을 손바닥으로 한 번 쳤다. 그리고 다시 지붕 벽돌 위로 몸을 눕혔다. 하늘은 이미 흐려져 석양에 빛나는 분홍빛 담요가 걸려 있었지만 지붕은 아직도 뜨거웠다.

사실 셀카를 찍기에는 완벽한 배경이었다. 하지만 난 이 순간을 다시 떠올리고 싶지 않으리라는 것을 알았다. 팡! 문자 메시지가 왔다.

'난 끝났어. 나 가도 괜찮아?'

야라는 항상 올 수 있다. 얼마나 시간이 늦었든 말든 상관없이.

'난 지붕에 있어.'

이렇게 답했다. 야라는 우울한 미소와 키스하는 이모티콘을 보냈다. 십분 뒤 그녀는 빗물받이를 타고 올라와 내 옆에 누워 있었다. 야라에게는 쉬운 일이었다. 쓰레기통 위를 디디고 입구 천장 위를 밟고 베란다 난간을 타고 천장으로 올라오는 것이다. 우리 둘 다 한밤중에 부모님 몰래 수백 번이나 해 본 일이다.

그런 다음 우리는 운동장에서 가장 으슥한 곳을 어슬렁거리거나 우리 반에서 가장 멋진 아이인 마테오가 점핑 볼을 치거나 실내 자전거를 타는 모습을 훔쳐보고는 했다.

나는 지난 학기에 잠시 마테오의 짝이 되었다. 그의 손은 정말 손가락이 길고 가느다래서 아름다웠다. 그의 손에는 대부분 윤활유가 묻어 있었다. 나는 가끔 책상 아래에서 몰래 그의 손 사진을 찍었다. 그리고 그 손가락에 금빛으로 빛나는 반지가 끼어 있다면 얼마나 아름다울지 상상해 보다가 그런 나 자신이 얼마나 유치한지 스스로 비웃곤 했다.

야라는 항상 마테오와 내가 환상적인 커플이 될 거라는 말로 괴롭혔다. 반에서 붉은색 머리카락은 우리 둘뿐이라 수업에서든, 어느 파티에서든 금방 우리를 찾을 수 있기 때문이라고 했다. 또 우리는 둘 다 채팅 프로필 사진으로 자전거를 올려놓았다. 마테오는 멋진 경주용 자전거였고 나는 어릴 때부터 타던 낡은 자전거였다. 그 자전거는 잠자는 공주처럼 우리 집 정원에 무성한 장미 사이에 둘러싸여 있었다.

물론 야라는 내가 프로필 사진으로 자전거 사진을 고른 이유가 마테오 때문이라는 사실을 알고 있었다. 야라는 늘 내게 하나만 더 하면 된다고 했다. 바로 일대일로 개인 톡을 하는 것이다.

"안녕"

야라가 내 옆으로 드러누우며 말했다.

"왔어?"

나는 헤드폰을 벗었다.

"안 추워?"

야라는 내 손을 쓰다듬었다.

"맙소사. 너 꼭 죽은 사람처럼 차가워."

"아직 괜찮아."

"그렇게 최악이었어?"

"더 심했어."

"지금은?"

"아직 밑에 안 내려가 봤어."

"그럼, 여기 세 시간이나 있었던 거야?"

야라는 내 팔을 잡고 흔들었다. 나는 대꾸하지 않았다. 세 시간이나 지난 걸까? 맙소사. 부모님이 그렇게 오랫동안 싸운 적은 없었다. 나는 몸을 일으켜 지붕 채광창을 열어 보았다. 그곳은 쥐 죽은 듯이 고요하기만 했다.

"같이 있어도 돼?"

"응. 당연하지."

우리는 나란히 누워 검은 밤하늘을 바라보았다. 어디선가 달각이는 그릇 소리가 들려왔다. 팡! 반 채팅이 울렸다.

"조쉬가 파티를 연대."

야라가 말했다.

"그 마마보이가?"

우리는 서로를 보고 미소를 지었다. 그리고 손을 들어 허공에 부채질을 했다.

"우우우웅. 피아노오오오"

웃음이 우리를 다시 활기차게 했다. 조쉬의 어머니는 피아니스트였는데 그녀의 슈타인웨이 피아노는 그 집의 중심이자 심장이었다. 그 위에는 그 어떤 것이라도 올려놓아서는 안 되었다. 가장 최선은 피아노에서 항상 1미터 정도 떨어져 있는 것이었다. 그러지 않으면 조쉬의 입술이 바르르 떨리다 결국 요새를 지키는 기사처럼 피아노를 지키기 위해 몸을 던지게 될 테니까. 실제로, 사라가 콜라를 손에 쥔 채 피아노 앞에서 뒤로 넘어졌을 때 조쉬는 사라와 피아노 사이로 뛰어들었다. 그 뒤로 그 애는 사람을 초대할 때 피아노를 요가 매트로 덮어 놓는다.

"조쉬는 정말 친절해."

야라가 말했다.

"여자 친구에게도 그렇게 잘해주겠지?"

"그래, 자기 엄마에게 하는 것만큼 잘 해주겠지."

야라가 옆에서 주먹으로 나를 쳤다. 그녀는 조쉬를 좋아하고 있다는 사실을 인정하고 싶지 않아 했다.

"너무해."

"이사벨라!"

채광창 아래에서 빛이 번쩍거렸다.

"너 거기 있어?"

엄마다! 나는 야라의 입에 손가락을 대고 속삭였다.

"쉿!"

"이사벨라?"

엄마는 창 바로 아래에 서 있었고 문 잠금 고리는 느슨하게 걸려 있었다. 우리는 숨을 참았다. 빛이 꺼지고 문이 다시 닫혔다. 방은 다시 조용해졌다.

"문 안 잠갔어?"

"잊어버렸어."

"젠장. 지금은?"

"너희 집으로 가야겠다."

"말도 안 하고?"

"응. 릴리를 데려올게."

"미쳤어."

"우리 부모님보다는 덜 미쳤을걸."

릴리는 내가 키우는 토끼이자 내 인스타그램 채널 @rabbit-love4ever의 스타다. 나는 이런 적대적인 환경에 릴리를 내버려 둘 수 없었다.

나는 채광창을 통해 다시 방으로 기어 내려갔다. 그리고 릴리를 토끼장에서 꺼내 이동용 상자에 넣어 야라에게 건넸다. 다시 지붕으로 올라간 다음 나는 핸드폰 라이트를 켰다.

"얼른 와."

나는 지붕 가장자리와 베란다로 조심스럽게 올라갔다.

"뭘 기다리는 거야?"

야라는 아무 말도 하지 않고 내가 그녀의 앞길을 환하게 비춰주는 동안 주저 없이 나를 뒤따라 왔다. 우리는 거의 소리 없이 걷다가 약 5분 뒤 야라의 집에 도착했다.

"너희들 이제야 왔구나."

우리가 거실로 들어서자 야라의 아버지가 신문을 접으며 말했다.

"어머니가 방금 전화하셨단다. 너랑 연락이 안 되셨대."

"아, 네."

내가 대답했다.

"묵음이었어요."

"지금 바로 연락드리렴."

야라의 아버지는 그제야 토끼 상자를 알아차리고는 물었다.

"여기서 키울 거니?"

"좋은 생각인데요."

야라와 나는 서로를 바라보며 웃었다. 우리는 야라의 방으로 사라졌다. 야라의 방에서 나는 엄마에게 문자를 했다. 그리고 핸드폰을 껐다.

4. 슬픈 만남

그날 수업의 주제는 단연 조쉬네 집에서 열리는 파티였다. 선생님이 칠판 쪽으로 몸을 돌릴 때마다 모두 책상 아래서 핸드폰을 꺼내 단톡방에 글을 올리고 읽었다. 나는 한 손으로 핸드폰 자판을 두드리면서 다른 손으로는 몰래 무릎 위에 앉은 릴리에게 당근 조각을 내밀었다. 내 바로 앞자리에는 나무만큼이나 덩치가 큰 올리가 앉아 있어 그 뒤로 몸을 숨길 수 있었다.

"릴리가 네 바지 위에서 응가를 하면 어떡해?"

야라가 속삭였다.

"똥 싼 바지가 되는 거지 뭐."

나는 야라의 공책 모서리에 작은 똥 덩어리를 그렸다. 우리는 숨죽여 웃었다. 나는 부드러운 릴리의 털을 쓰다듬으며 잠시 눈을 감았다.

"릴리는 나를 위로해 줘."

내가 중얼거리자 야라는 고개를 끄덕였다. 레니는 큰 형의 보드카를 한 병 가져오겠다고 단톡방에 올렸다. 그걸로 밤새 게임을 하자는 것이다. 술은 너무 했다는 말부터 응원하는 웃는 얼굴, 엄지손가락 이모티콘들이 우르르 올라왔다. 결국, 조쉬가 웃으며 토하는 얼굴과 피아노 건반, 반으로 쪼개진 하트 이모티콘으로 그 토론을 끝냈다. 모두 무슨 뜻인지 이해했다. 이번에는 입고 갈 옷, 밤샘, 음악으로 소재가 바뀌어서 수업이 끝나는 종이 울릴 때까지 계속되었다. 나는 자리에서 일어나며 마테오를 힐끗 보았다. 그는 단체 대화에 전혀 참여하지 않았다.

"분명히 올 거야."

야라가 말했다. 그녀는 내 눈길을 놓치지 않았다.

"제일 중요한 건, 너랑 내가 같이 간다는 거지."

"그래. 우리 쇼핑갈까? 위에 입을 옷을 좀 사야 해."

그때 마테오가 일어나 우리 바로 앞에 와 섰다.

"이시, 안녕."

마테오는 내 품에 안겨 있던 릴리를 가리키며 말했다.

"네 토끼는 나보다 훨씬 좋은 인생을 살고 있네."

"뭐?"

"이미 천국에 있잖아."

그는 과장되게 한숨을 한 번 쉬어 보이더니 우리 둘을 안아 주고 조쉬 뒤를 쫓아 가버렸다.

"집에 안 가니?"

나는 마테오의 뒤에 대고 외쳤다. 우리는 가는 길이 같았다.

"오늘은 아빠에게 갈 거야. 이따 보자고."

"오오오오오, 누구는 아주 난리가 났네."

수리가 나를 뒤에서 껴안으며 귀에다 대고 속삭였다. 야라도 낄낄대며 웃었다.

"뭐라는 거야. 이 사기꾼들이."

내가 웃으며 말했다. 우리는 서로를 부둥켜안고 빙글빙글 돌면서 웃었다. 친구들의 웃음소리가 양 귓가에 맑게 울렸다. 그때 나는 킴을 보았다. 핸드폰 액정화면을 쳐다보고 있는 그녀의 눈가는 축축하게 젖어 빛났다. 이로 입술을 잘근잘근 깨물며 주위를 두리번거리는 모습이 많은 사람 사이에서 갑자기 부모를 놓쳐 어쩔 줄 몰라 하는 어린아이처럼 보였다. 킴이 내 시선을 알아차렸을 때 나는 무슨 도움이 필요한 건 없는지 물어볼 참이었다. 그녀는 갑자기 누군가가 시키기라도 한 것처럼 수선을 피우며 화장품 파우치에서 거울을 꺼내 얼굴을 비춰보더니 손가락으로 이에 묻은 립스틱을 닦아냈다. 그리고 화장을 고치며 아이라이너를 다시 바르고 립스틱을 덧발랐다. 하지만 달라지는 것은 없었다. 나는 그녀에게서 무언가 비밀스러운 것을 감추려는 행동을 보았다. 팡! 하는 폭발음이 울렸다. 휴대폰에서 나는 소리였지만 130데시벨로 맞춰둔 팡! 소리는 실제로 무언가를 폭파하는 소리였다. 왜냐하면, 그 소리는 내가 차곡차곡 쌓아 놓았던 나의 완벽한 세상을 폭발시켰기 때문이다. 팡! 팡!

'빨리 집으로 와. 아직 나를 보고 싶으면. 아빠가.'

5. 누가 죽기라도 했어?

내가 야라와 조쉬의 파티에 갔을 때는 이미 춤추기를 시작했고 과자 봉지와 콜라병이 뒤엉켜서 모든 게 엉망진창이었다.

"너희 드디어 왔구나."

조쉬는 춤을 추는 무리를 뚫고 다가오다 우리 앞에서 넘어졌다.

"쇼핑몰에 갇히기라도 한 거야?"

조쉬는 미소 지었지만 이내 붉게 충혈된 내 눈시울과 엄하게 그를 째려보는 야라의 눈길을 보았다. 그는 나를 조심스럽게 안았다.

"무슨 일 있었어?"

그사이 수리와 넬리도 우리에게 다가왔다.

"누가 죽기라도 했어?"

넬리가 물었다.

"그 비슷하긴 해."

야라가 대답했다.

"이시의 아빠가 이사 간대. 정확히 말하자면 도쿄로 발령을 받은 거지. 현지 특파원으로."

"아, 그래서 릴리의 프로필 사진이 만화체로 바뀐 거였구나."

수리는 슬픈 목소리로 말했다. 그녀는 내 손을 잡고 부드러운 목소리로 물었다.

"하지만 곧 돌아오시는 거 아냐?"

나는 고개를 흔들었다.

"파울이 올 거래."

"파울?"

"재수 없는 이상한 놈이 있어."

나는 춤을 추고 있는 무리에게 밝게 인사하고 소파에 털썩 주저앉았다. 야라도 내 옆에 앉았다.

"오, 천국의 자리가 공짜로 비어 있다니."

마테오가 농담을 건네며 비어 있는 내 옆자리에 앉았다.

"천국이 다 불타 버렸어."

"거기가 그렇게 뜨거울까?"

나는 구슬픈 눈길로 마테오를 바라보았다.

"그리고 황량하고…… 우리는 지금 뭔가 공통점이 또 있네."

내가 씁쓸하게 말했다.

"무슨 공통점?"

마테오는 내 어깨에 팔을 둘렀다.

"아마 그건 입술에서 일어나는 주체할 수 없는 떨림?"

그는 내 입술을 이리저리 부드럽게 쓰다듬다가 결국 내 뺨에 입을 맞추었다.

"아니, 통제할 수 없는 부모님. 정확히 말하자면 헤어진 부모님."

마테오는 갑자기 진지해졌다.

"오, 제기랄."

"맞아."

내가 말했다.

"제기랄이야."

"들어봐."

마테오가 부드럽게 속삭였다.

"나는 그러니까, 뭐 너희 집 근처에 살잖아. 만약 내가 필요하면…… 그러니까…… 그냥 나에게 와. 알겠어?"

나는 그를 바라보았다. 싱그러운 나뭇잎처럼 녹색으로 빛나는 그의 눈동자는 나를 사로잡았다. 나는 잠시 이 녹색 눈의 왕자가 무슨 일이 일어나든 나를 지켜줄 거라 생각했다. 나는 그저 그의 백마 위로 뛰어오르면 되는 것이다.

"고마워."

나는 그의 어깨에 머리를 기대고 눈을 감았다.

널 위해서라면 난 슬퍼도 기쁜 척 할 수 있었어~

스피커에서 시끄러운 노래가 터져 나왔다. 마테오는 내 팔을 잡아 일으켜 세웠다.

널 위해서라면 난 아파도 강한 척 할 수 있었어~

그는 내 귓가에 숨을 내쉬면서 천천히 댄스홀로 나를 이끌었다. 그는 나를 단단하게 안고 따뜻한 숨으로 내 목을 쓰다듬었다. 마테오는 내가 기억하는 한 나의 가장 가까운 친구였다. 유치원에서 같이 웅덩이 낚시를 했고, 초등학교에 다닐 때는 점심을 나눠 먹었고 처음으로 간 파티에서는 가장 안전함을 느끼게 하는 마치 동생과도 같은 존재였다. 나에게 그 어떤 사심도 없어 보였기 때문이었다. 하지만 갑자기 몇 주 전에 뭔가가 바뀌었다. 그의 눈동자는 그냥 녹색이 아니라 깊고 짙은 녹색으로 바뀌었다. 익숙한 그의 목소리는 내 마음을 두근거리게 했다.

춤을 추면서 서로의 뺨이 스치자 내 안에서 새로운 식물이 자라나 꽃을 피웠다. 그것은 내 유아용 자전거를 감싸던 장미꽃처럼 내 심장을 감싸 안았다.

사랑이 사랑만으로 완벽하길 내 모든 약점은 다 숨겨지길

나는 그저 눈을 감고 그가 이끄는 대로 몸을 맡겼다. 그의 품안에 몸을 의지하고 그의 심장 역시 나처럼 터질 듯 뛰기를 바랄 뿐이었다. 다른 모든 것은 사라지고, 하찮아지고, 어두운 무한대의 공간으로 흘러갈 뿐이었다.

"너무 행복해."

그가 중얼거렸다.

소금기 없는 기쁨의 눈물이 뺨으로 흘러내렸다. 모든 시간은 바로 이 순간을 위해서 존재했던 것이었다. 나는 마테오의 숨

결이 점점 가까이 다가오는 것을 느낄 수 있었다.

눈을 살짝 뜨자 그의 짙은 녹색 눈동자가 나를 사랑스럽게 바라보고 있었다. 이제 우리는 키스하는구나 하고 나는 생각했다. 세상은 우리를 중심으로 돌고 하늘에는 한가득 반짝이가 뿌려진 것처럼 섬세하게 빛났다. 마침내 나는 그가 미소를 지을 때만 사라지는 그의 입술에 있는 작은 흉터를 쓰다듬을 수 있었다. 이제 그의 부드러운 목소리가 나를 감싸 안아 주겠지……. 모든 게 잘 될 것이고 그리고 영원할 거야 ……. 그때 누군가 내 소매를 잡아당겼다.

"네 어머니가 와 계셔."

조쉬는 민망한지 어깨를 으쓱했다.

"지금 바쁘다고 할 걸 그랬나. 지금 서두르고 있다고 말이지."

내가 영원의 순간에서 빠져나오는 데는 시간이 좀 걸렸다. 마테오는 포옹을 풀었고 나는 자리에 서서 얼어붙었다. 조쉬를 알아보자마자 나는 기절하듯 놀랐다.

"타이밍도 좋네. 멋지군."

마테오는 고개를 흔들었다. 조쉬는 미소를 지었다.

"언제든지 또 불러줘."

그는 이렇게 말하고 사람들 사이로 사라졌다.

"괜찮아?"

마테오가 나를 걱정스럽게 바라보았다.

나는 그의 초록색 눈 속으로 빨려 들어가는 기분을 느끼며 고개를 끄덕였다. 그리고 우리의 빛나는 영원 속 한복판에서 강렬하게 몰아대던 생각을 몰아내려 노력했다.

"다시 춤출까?"

그는 포옹을 풀고 환하게 웃었다. 정말 멋졌다. 나는 불안하게 그에게 몸을 기댔고 우리는 다시 춤을 추었다. 그러나 마법은 이미 사라져 버렸다. 나는 거기에 맞서 필사적으로 춤을 추면서 눈을 감고 그의 체취를 들이마시고, 이 세상 전부였던 그의 품 안으로 파고들었다. 엄마는 대체 무슨 생각인 걸까? 왜 파울이라는 남자가 집에 오는 거지? 아빠는 왜 나를 버리는 거지? 눈부시게 반짝이는 하늘 위로 우울한 회색 그림자가 베일을 드리웠다. 만약 마테오가 나에게서 마음에 들지 않는 거라도 발견하면, 그러면 어떡하지? 나에 대한 그의 마음이 정말로 진지하다는 것을 어떻게 확신할 수 있을까? 그가 나를 외면한다면 그를 마주치는 일이 얼마나 끔찍해질까. 그건 너무 고통스러울 거야. 나는 그를 피해야만 해……. 아빠를 잃었지만 내 꿈까지 잃고 싶지는 않았다. 나는 그의 품에서 몸을 빼내고 마테오를 미안한 눈으로 쳐다보았다.

"왜 그래?"

"집에 가야겠어."

내가 말하자 마테오는 내 손을 잡아 자신 쪽으로 다시 끌어당기려 했다.

"자, 나의 잠자는 숲속의 공주님."

눈에 눈물이 가득 차올랐다. 그를 더는 볼 수 없을지도 모른다. 이 꿈은 내가 가진 전부였다. 나는 몸을 돌려 야라에게 간청했다.

"집에 가자."

"벌써? 지금 막 왔는데."

나는 그녀의 목을 단단하게 끌어안았다.

"마테오는 어쩌고? 지금 사랑스러운 푸들처럼 널 보고 있단 말이야."

"제발. 제발 집에 가자."

나는 그녀를 졸랐다.

"왜 이러는지 이해할 수 없지만…… 네가 그러자고 하니……."

야라는 어깨를 한 번 으쓱하고 마테오에게 인사를 건네며 그에게 무언가를 속삭였다. 그는 고개를 끄덕이고 나를 안아주었다.

"가서 푹 쉬어. 그리고 알지, 나를 만나려면 어디로 와야 하는지."

"고마워."

그것은 마치 무엇인가가 부서져 버린 것 같은 이상한 작별 인사였다. 하지만 우리는 아무 일도 없었던 것처럼 행동했다. 나는 그를 향해 웃어 보이고 춤을 추고 있는 한 무리의 친구들에게 인사를 건네고 그곳을 재빨리 벗어났다. 밖으로 나오고 몇 분 동안 우리는 아무 말도 없이 나란히 서서 걸었다. 결국, 야라가 침묵을 깼다.

"나는 이해가 안 돼, 이시. 대체 무슨 일이야?"

그녀는 허공에 대고 과장된 몸짓을 했다.

"정말 완벽한 순간이었다고. 모든 순간이 너를 기다리고 있었는데 말이야. 너 그냥 마테오 저렇게 포기할 거야? 나는 이해가 안 돼."

야라는 멈춰 서서 나를 쳐다보았다. 야라는 내 반응을 기다렸지만 나는 그냥 그녀를 지나쳐 돌아보지도 않고 걸었다. 나도 나 자신을 이해할 수 없다.

"이시, 기다려!"

야라는 내 뒤를 따라 달려왔다.

"그래, 네가 부모님 문제로 힘들다는 건 이해해, 하지만 마테오가……."

"넌 나를 이해 못 해."

내가 날카롭게 쏘아붙였다.

"너희 부모님은 헤어지지 않았잖아."

야라는 나를 응시했다.

"이시, 나는 네 가장 친한 친구야. 나에게 이러는 건 진심이 아니지, 그렇지?"

눈물이 뺨 위로 흘러내렸다. 별 한 점 없는 하늘이 머리 위로 검은 담요처럼 펼쳐져 있었다. 나는 팔을 뻗어 야라를 꼭 껴안았다.

"미안해."

내가 입을 열었다.

"나도 어째야 할지 모르겠어……."

"괜찮아."

"집 같지는 않아도 집에 가긴 해야겠어. 우리 학교에서 보자."

"학교에서? 이제 주말이야. 주말 내내 숨어 있으려고? 이시. 제발."

"내일 내가 전화할게."

나는 야라가 뭐라 말할 새도 없이 얼른 작별 키스를 하고 재빨리 다음 골목으로 들어가 버렸다.

"내 핸드폰은 밤새 켜져 있을 거야!"

야라가 소리쳤다. 하지만 난 대답하지 않고 그냥 계속, 계속 앞으로 걸어가 부모님 집……. 아니지, 엄마가 있는 집을 지나쳐 놀이터까지 걸었다. 그리고 그네에 앉아 울었다. 갑자기 내 주위의 모든 것이 잘못된 것처럼 느껴졌다. 나는 주머니에서 핸드폰을 꺼내 도쿄와 함부르크의 거리를 찾아보았다. 8994킬로미터! 아빠는 이렇게나 먼 곳에서 살 것이다. 나는 마테오의 집과 내가 사는 집의 거리를 재었다. 214미터. 마테오는 이렇게나 가까운 곳에 살고 있다. 그러나 둘 다 내 손에 닿지 않았다. 도쿄에서는 지금 해가 떠오르고 있다. 하지만 내 마음은 지고 있었다.

6. 엄마도 알아!

나는 토요일을 릴리와 함께 보냈다. 우리는 침대에 드러누워 함께 당근을 씹었다. 나는 인스타에 올릴 릴리의 사진을 찍었지만, 결과는 별로 만족스럽지 못했다. 새로운 것이 필요했던 나는 무작위로 유튜브 튜토리얼을 몇 개 보았다. 점심때 엄마가 수프 한 그릇을 들고 방으로 들어왔다.

"어디 아프니?"

그녀는 조심스럽게 물으며 침대 끝에 걸터앉았다.

"흠……."

내가 대답했다. 엄마는 릴리를 쓰다듬었다.

"릴리도 아파?"

"흠……."

"나도 이게 너에게 얼마나 힘든 일인지 알아……."

엄마는 이야기를 꺼냈다가 다시 말없이 숟가락으로 수프만 젓고 있었다. 엄마는 오늘따라 눈에 띄게 아름다워 보였다. 붉은 기가 도는 잘 정돈된 금발과 세련된 화장을 하고 가슴팍이 깊게 파인 옷이 잘 어울렸다.

"들어봐, 예쁜 딸. 엄마는 네가 필요할 때 언제나 집에 있을 거야."

엄마는 내 머리를 쓰다듬었다.

"약속을 취소할까?"

"아니야."

나는 잔뜩 화가 나서 대꾸했다.

"파울에게 그렇게 못 할 거잖아. 그냥 만나러 가. 아니면 그새 누구 다른 새로운 사람이라도 생긴 거야?"

엄마는 깜짝 놀라 나를 쳐다보다가 곧바로 사과했다.

"아니야, 이사벨라."

그녀는 단호한 목소리로 말했다.

"새로운 사람은 없어. 그리고 아빠도 우리 가족을 지키기 위해 성스러운 일만 하는 그런 성인군자는 아니야. 상황은 바뀔 수 있는 거야. 그냥 그런 거야. 너한테는 미안하구나."

엄마는 나를 슬픈 눈으로 바라보았다.

"파울은 나쁜 사람이 아니야. 나도 마찬가지고. 그 사람에게 기회를 주렴."

그 말은 유치한 아침 드라마에 나오는 말처럼 들렸다. 나는 쓰게 웃었다.

"엄마랑 파울이 내 인생을 망친 다음에?"

"우리는 네 인생을 망칠 수 없어."

엄마의 뺨 위로 눈물이 흘렀지만, 그녀는 재빨리 닦았다. 나는 이 빌어먹을 상황을 슬퍼하는 사람이 나뿐이라고 여겼다. 그래서 이런 이상하고도 괴상한 상황과 엄마의 생각이 전부 경멸스러워 견딜 수 없었다.

"네 인생을 망칠 수 있는 사람은 너밖에 없어."

아침 드라마 2부가 시작되었다. 엄마는 자리에서 일어나 책상 위에 수프 접시를 내려놓았다. 초인종이 울렸다.

"엄마가 필요하면 언제든 전화해. 알았지?"

나는 대답하지 않았다. 나를 우울하게 하는 사람은 필요하지 않았으니까. 나는 문이 열리는 소리와 곧이어 들리는 남자의 거친 목소리와 그리고 서로 인사를 기쁘게 나누는 소리를 들었다. 잠시 뒤 문이 닫히고 우울한 침묵이 주위를 채웠다. 나는 헤드폰을 쓰고 볼륨을 올렸다. 80데시벨. 엄마의 말이 떠올랐다. '상황은 바뀔 수 있어.' 상황. 우리 가족은 그저 하나의 상황인 건가? 나도 그저 상황인 건가? 나 역시 바꿀 수 있는 건가,

아빠처럼? 무슨 조립식 가구 부품처럼? 90데시벨. 갑자기 천둥 치는 것 같은 소리가 났다. 나는 눈을 떴다. 야라가 지붕 채광창 밖에서 창문을 두드리고 있었다. 내가 헤드폰을 벗자 야라는 눈썹을 추켜세웠다. 나는 창을 열었다.

"드디어!"

야라가 외쳤다.

"나 여기서 밤을 새워야 하나 그러고 있었단 말이야."

그녀는 손을 흔들었다.

"나올래? 아니면 내가 들어갈까?"

"내가 갈게."

나는 채광창을 빠져나가 옆 지붕 위 야라 옆에 앉았다.

"상쾌해."

기분이 좋았다.

"밑에서 숨 막혀서 거의 질식할 뻔했어."

"우선, 가스 밸브는 꼭 잠가놔."

야라는 나를 껴안고 입을 맞췄다.

"요 강아지, 전화도 안 하고 말이지."

"왈왈왈."

나는 강아지 흉내를 냈다.

"뭐, 좀 나아 보여서 다행이네."

"나아 보여? 강아지로 사는 게 더 나을까?"

"나 너희 어머니 남자 친구 봤어. 그 남자는 대체 몇 살이야?"

"왜 물어?"

"헬스클럽 트레이너처럼 생겼던데. 많아야 서른 정도?"

"상황이 벌써 변했으니까."

"응?"

"우리 엄마가 그랬거든. 상황은 변한다고."

"뭐, 그럼 너도 상황을 바꿔야지."

불쌍한 야라! 이 말이 무슨 뜻인지 짐작이나 할 수 있을까.

"무슨 뜻이야?"

"결혼이야 뭐 계약의 한 종류인 거잖아, 안 그래?"

야라가 말했다.

"너희 부모님이 그 계약을 지키지 않은 거지. 그러면 너도 계약을 굳이 지키지 않아도 되는 거 아니야? 안 그래?"

나는 몸을 일으켰다.

"그러게, 네 말이 맞아."

나는 머리를 묶은 고무줄을 풀어 머리를 헝클어뜨렸다.

"내가 월요일에 어떻게 하고 학교에 갈 줄 알아? 머리를 엄청 부풀리고 징이 달린 초미니 핫팬츠를 입을 거야. 그리고 엄청 진한 스모키 화장을 해야지."

"미쳤어? 그렇게 무리할 필요는 없어."

“왜? 이왕 하는 거 잘해야지.”

야라는 눈동자를 이리저리 굴렸다.

“잘 모르겠어. 오히려 역효과가 날 것 같아. 그리고 마테오도 그런 너의 모습을 별로 좋아하지 않을 것 같은데. 걔는 너의 자연스러운 모습을 좋아할 거야.”

“이봐, 이건 언젠가 내가 사귀게 될 남자를 위해 하는 일이 아니라고. 게다가 걔는 나에게 관심도 없는데 뭘.”

“무슨 말도 안 되는 소리를 하는 거야? 우리 지금 너의 마테오 이야기를 하는 거야. 네가 늘 꿈꾸던 마테오, 네가 영원히 함께하고 싶다던 꿈속의 왕자님, 너의 마테오. 네 입으로 그렇게 이야기했었잖아!”

“상황이 변했어.”

나는 강한 어조로 말했다.

“확실한 게 뭐가 있어? 나는 우리 부모님도 영원히 함께할 거라고 생각했어. 그런데 봐봐, 지금 어떻게 됐어?”

나는 손바닥을 쳤다.

“모든 게 끝나 버렸어.”

“물론 완벽하게 확실한 건 없어.”

야라는 간절하게 내 팔을 흔들었다.

“하지만 그렇다고 이렇게 네 꿈을 간단하게 포기하면 안 돼. 그건…….”

나는 날카로운 웃음소리로 그녀의 말을 막았다.

"야라, 너는 아직 몰라. 나는 내 꿈을 지킬 거야. 이런 바보 같은 현실 때문에 그를 잃지는 않을 거야."

"하지만 엄청 진하게 화장할 거라며. 그러면 걔가 너를 싫어할 거야. 대체 누가 그런 걸 좋아하겠어?"

"나는 멋진 것 같아. 좀 다르게 해 보지 뭐. 그리고 마테오가 정말 나에게 진심이라면 그런 차림을 한다고 마음이 식지는 않을 거야, 안 그래? 어쩌면 좋은 테스트가 될지도 몰라."

"글쎄, 나는 모르겠어. 별로 예감이 안 좋아."

"너는 같이 안 해도 돼."

"아니야, 그건 진짜 아니라고."

내가 휴대폰에서 새로운 메이크업 튜토리얼을 내려받는 동안 야라는 갑자기 격앙된 반응을 보였다.

"이시."

그녀는 필사적으로 다시 말을 이었다.

"그건 네 모습이 아니야."

하지만 나는 그녀의 말에 대꾸하지 않고 핸드폰 화면만 집중해서 들여다보았다. 마치 거기에 내 모든 문제의 해답이 있는 것처럼.

"아마 모두 놀라겠지."

"그렇겠지."

야라가 우울한 목소리로 대꾸했다.

"그거 하나는 확실하네."

솔직히 말해 진한 화장은 좀 심해 보였다. 하지만 한편으로는 엄청나게 멋있어 보이기도 했다. 그리고 아무것도 안 하는 것보다는 그냥 해 버리는 편이 나을 것이다. 야라는 나를 계속 설득했지만 나는 듣지 않고 어떻게 바탕 화장을 하고, 어떻게 색조 화장을 하는지, 그리고 마지막으로 붓으로 진한 붉은색 립스틱을 입술에 바르는지를 보았다. 화장을 끝낸 여자는 행복한 표정이었고 카메라 앞에서 빛나는 것 같았다. 그녀는 몸에 딱 붙는 초미니스커트를 입고 한 바퀴 돌아 보이며 말했다. 다시 새롭게 태어난 기분이에요. 새로 태어나는 것, 그래 바로 그것이 내가 하려는 것이었다. 완전히 새로운, 충격적인 탄생 말이다. 우리 동네에 수류탄을 던지고 커다란 구덩이를 만들어 버릴 것이다. 팡!

팡! 우리는 내 핸드폰을 쳐다보았다. 내 심장은 곧바로 30데시벨로 요동치기 시작했다. 나는 그걸 숨길 수 없었다.

"대박."

야라가 승리감을 느낀 듯 웃었다.

"바로 해답이야, 이시, 그 화장이 아니라고."

나는 레니가 반 단체방에 올린 사진을 바라보았다. 나와 마테오는 꼭 껴안고 사랑에 빠진 커플처럼 춤을 추고 있었다. 우리는 디스코 볼에서 반사되는 형형색색의 빛을 받아 눈부시게 빛났다. 형형색색의 하늘……. 그 우울하던 하늘.

"무슨 멜로영화 포스터 같잖아."

야라가 흥분하며 말했다.

"무슨 꿈같다, 그치?"

그녀는 나를 부드럽게 흔들었다.

"이시, 걔는 진심이야."

나는 대꾸하지 않았다.

"응답하시오, 오바. 삐-삐-"

야라는 손가락으로 내 배를 쿡쿡 찔렀다.

"이것 좀 보라니까!"

그녀는 자신의 핸드폰을 내 눈앞에 들이밀었다.

"자 봐, 이게 진짜야. 진짜 일어났던 일이라고. 상상이 아니야. 너랑 잘해보려는 다른 사람은 없어."

"야라, 그만해."

나는 그녀의 핸드폰을 밀어냈다.

"돈이라도 받기로 한 거야?"

야라는 깜짝 놀라 나를 쳐다보았다.

"너 꼭 그런 걸 할 생각은 아니지……."

"천만에, 할 거야."

나는 야라가 화면을 잘 볼 수 있도록 핸드폰을 높이 들어 올리고 삭제 버튼을 눌렀다. 사진은 한 줌 재처럼 사라졌다…….
마치 내 발밑에 있는 바닥처럼, 내가 가졌던 전부처럼. 야라는
외마디 비명을 질렀다.

"너 미쳤어?"

나는 쏘아보는 그녀의 눈을 똑바로 응시했다. 내 온 힘을 다
해서. 결국, 야라는 포기하고 풀이 죽어 그녀의 핸드폰을 쳐다
보더니 한숨을 내쉬었다.

"전부 좋아했는데."

그녀의 목소리는 딱딱했다.

"수리는 가운데 하트가 있는 두 마리 여우가 있는 사진을 올
렸다고……. 조쉬는 사진을……."

야라가 나에게 불평을 늘어놓으면서 그것을 자세히 묘사하
는 동안 나는 입술을 꾹 다문 채 아무 말도 하지 않고 먼 허공
을 바라보았다.

극적인 스모키 눈 화장을 하려면 다음 제품을 사용하세
요……. 화면 속 여자가 미소 지었다.

"나는 이만 갈게."

야라가 우울한 목소리로 말했다.

"제발 다시 생각해봐. 너에게 중요한 걸 망치지는 마."

그녀는 나를 한 번 안아 주고는 지붕 위로 기어 올라가 곧
사라졌다. 야라의 모습이 눈에서 사라지자마자 내 안 깊숙이

있던 통제할 수 없는 무언가가 풀리더니 강하게 튀어나왔다. 나는 고함을 지르며 핸드폰 화면을 미친 듯 두드렸지만, 사진은 이미 사라졌다. 나 역시 나를 이해할 수 없었다.

"야라"

나는 그녀가 사라진 곳을 향해 외쳤다.

"야라"

너무 늦었다. 나는 연락처를 열어 야라의 이름을 손가락으로 눌렀다. 신호가 울리는 동안 화면에는 우리 사진이 나타났다. 둘 다 코에 생크림을 묻힌 채 환하게 웃으며 꼭 껴안고 있는 사진이었다. 갑자기 천장 창문이 삐걱하는 소리가 들렸다. 나는 재빨리 전화를 끊고 핸드폰을 진동으로 바꿨다.

"이사벨라?"

엄마가 내 방에 있었다.

"방에 없어?"

파울! 나는 꼼짝도 하지 않았다.

"아마 또 야라에게 간 것 같아. 둘이 제일 친하거든."

엄마의 말이 들렸다.

"흐음……."

파울의 목소리.

"그럼 지금 할 만한 게 하나 생각났는데 말이지."

둘이 입을 맞추는 소리가 들려왔다. 젠장! 엄마가 깔깔대며 웃고 파울은 수고양이처럼 그르릉댔다.

"엣취! 엣취!"

갑자기 그가 재채기를 했다.

"여기 동물이 있어?"

내 핸드폰이 부르르 진동했다. 화면에 나타난 우리의 사진 위로 야라의 이름이 보였다.

"뭐지?"

파울이 물었다.

"핸드폰 진동 소리 같은데."

나는 전화를 끊었다.

"위에서 들렸어."

거친 손이 창밖으로 나오더니 지붕 채광창 틀을 강하게 잡았다. 나는 숨을 멈췄다.

"조심해."

엄마가 말했다.

"창문이 그다지 튼튼하지 않아."

"어 뭐라고?"

파울이 말했다.

"에에⋯⋯ 엣취!"

그가 다시 재채기를 했다. 곧 창밖으로 나왔던 손이 사라지더니 크게 구르는 소리가 났다. 파울은 비명을 지르더니 바보 같이 고함을 질러댔다. 그리고 다시 조용해졌다.

"어디 다쳤어?"

엄마가 물었다.

"아니, 아오 젠장."

파울이 중얼거렸다. 결국, 그들은 내 방을 떠나고 방문이 거칠게 닫히는 소리가 들렸다. 아마 파울이었을 것이다. 엄마는 언제나 문을 조용히 여닫았다. 그리고 아빠는 문을 닫을 때는 항상 문손잡이를 아래를 민 채 조심스럽게 다녔다. 파울은 조심성이 없었다. 멍청한 놈. 나는 아빠에게 문자를 했다.

'파울은 문을 열 때 조심성 없이 마구 소리를 내요. 아빠는 벌써 도쿄에 있어요? 거기에도 빨간 머리가 있나요?'

답장은 곧바로 왔다.

'내 귀여운 토끼. 여기는 지금 한밤중이란다. 잠이 오지 않는구나. 여기 방문은 전부 종이로 되어 있고 옆으로 밀어야만 해. 변기가 따뜻해서 여기 도착한 첫날 엉덩이를 데일 뻔 했어. 빨간 머리를 한 사람은 아직 본 적이 없어. 대부분의 젊은 사람들은 귀를 덮은 모자를 쓰고 있단다. 사랑한다. 아빠가.'

팡! 아빠의 사진이었다. 아빠는 검은 나무로 테두리가 있는 하얀 종이로 된 벽 앞에서 잠옷을 입고 있었다. 나는 지붕 위로 다시 침몰하듯 드러누워 파란 하늘을 응시했다. 8994킬로미터. 그건 지구 반대편 같은 느낌이 들었다.

7. 거짓말

허기가 져서 나는 베란다로 기어나가 다시 복도로 들어가 밖에서 현관문을 열었다.

"이제 왔구나."

엄마가 현관에서 나를 반갑게 안았다.

"자 파울이랑 인사해. 이제 서로 알아야지."

그는 내 옆에 서서 손을 흔들었다.

"안녕, 나는 파울이야."

그는 덩치가 컸다. 단단하고 넓은 어깨였고 둥근 얼굴은 짙은 갈색으로 그을어 있었다.

"안녕하세요."

나는 작게 대답하고 그의 앞을 지나쳐 부엌으로 향했다.

"나 배고파."

"저녁 하는 중이야."

엄마가 대답했다.

"그냥 바나나랑 빵이나 좀 줘."

"말도 안 되는 소리 좀 하지 마."

엄마가 신경질적으로 말했다.

"당연히 우리랑 같이 저녁 먹어야지."

우리랑 같이, 라니, 이상하게 들리는 말이다. 마치 파울이 이미 늘 아빠의 자리에 있었던 것처럼.

"시간이 없어서 그래."

나는 거짓말을 했다.

"숙제해야 해."

"지금? 토요일 저녁에?"

엄마가 눈썹을 추켜세웠다.

"응"

나는 힘주어 말했다.

"오늘, 토요일 저녁에."

나는 엄마를 지나쳐 냉장고에서 치즈를 꺼내 식빵에 끼워 넣고 과일 바구니에서 바나나를 하나 집어 들었다. 그리고 파울 앞을 지나쳐 계단을 올라갔다.

"이사벨라!"

엄마가 소리쳤다. 나는 방문을 조용히 닫고 문을 잠갔다. 그러고 릴리를 토끼장에서 꺼내 침대 위에 놓았다. 팡! 마테오에게서 온 문자였다. 심장이 미친 듯 뛰었다.

'멋진 사진이야, 그렇지?'

다시 핸드폰이 울렸다.

'나는 지금 집에 있어.'

윙크하며 웃는 이모티콘. 나는 화면을 뚫어지게 쳐다보았다. 나는 아직 돌아갈 수 있었다. 그가 나를 기다리고 있다. 내가 지금 그에게 간다면…… 214미터는 아마 별것 아닐 것이다. 나는 마테오에게 화장도 않고 갈 수 있다. 엉뚱한 잠옷 차림으로도, 머리도 빗지 않고 씻지 않고도, 우유 마신 자국이 입술에 그대로 남은 채로도, 고무장화를 신고도 갈 수 있다. 그는 아마 그의 팔로 나를 꽉 안아 줄 테지. 나는 늘 마테오에게 의지할 수 있었다. 그는 언제나 누군가가 나를 바보처럼 놀릴 때 나를 보호해 주었다. 그는 한여름 밤의 꿈에 나오는 나만의 오베론이었다. 내가 발을 삐었을 때 그는 나를 업고 교무실로 뛰었다. 수영장에서는 내가 보기를 기다렸다가 10미터 높이에서 다이빙을 했다. 그리고 어젯밤에 그는 나에게 언제든 자신이 필요할 때는 찾아오라고 했다. 내 새로운 결심은 종이 위의 수채 물감처럼 흐릿해졌다. 두려움과 그리움, 믿음과 핑크빛 희망이 뒤섞였다. 나는 핸드폰을 침대 위로 던져 버리고 문을 열어젖히고 쏜살같이 계단을 뛰어 내려갔다. 가능한 한 최대한 빨리 골목을 달려 마테오의 집 앞에 도착했을 때 나는 숨도 제대로 못 쉴 정도였다. 무릎이 떨렸고 심장이 터질 것 같았다. 나는 그의 방 창문을 응시했다. 그가 거기 서 있었다. 나의 왕자님. 나는 핑크빛 희망을 불안하게 하던 두려움을 모두 지워 버렸다. 야라가 옳았다. 우리는 늘 하나였다. 그리고 마테오는 나를 결코…… 그때 갑자기 레니가 나타났다. 그는 마테오와 춤을 추려는 듯이 그를 밀었다. 그는 키스를 기다리는 것처럼 입술을 내밀고 눈을 감고 있었다. 마테오는 미소를 지으며 그를 밀어냈다. 그리고…… 그들은 손뼉을 치면서 박장대소를 터트렸다. 나는 그에게 뺨을 얻어맞은 것 같았다. 핑크빛 희망은 전부 사라졌다. 나는 재빨리 울타리 뒤로 몸을 숨겼다. 심장이 얼어붙었다. 고함이라도 지르고 싶었지만, 어둠이 내 가슴을 짓눌렀고 거대한 물결이 나를 덮쳐 망망대해로 나를 휩쓸었다.

불과 5분 전에 맹렬하게 집에서 뛰쳐나온 자신의 그림자가 된 것처럼, 나는 느릿느릿 집으로 돌아와 아무도 눈치채지 못하게 방으로 들어왔다.

'그건 그냥 내기였어.'

나는 야라에게 문자를 했다.

'그저 라스베이거스 파라다이스 쇼에서나 하는 잠자는 숲속의 공주 차지하기 내기였어. 그리고 마테오가 이겼지.'

정말 우울한 진실이었다. 나는 또 꿈을 잃었다.

8. 스모키 화장을 하고

나는 일요일을 내내 스모키 화장과 함께 보냈다. 나는 그 화장에 대한 모든 동영상을 찾아보고 내 옷장 깊숙한 곳에서 엄마가 학교에 입고 가는 것을 금지한 옷들을 꺼냈다. 너무 짧거나 너무 몸에 딱 붙는 셔츠, 높은 굽의 신발, 가슴이 너무 패여 있거나 반짝이가 붙어 있거나 색이 이상한 옷들. 그것 말고도 나는 짙은 파란색의 아이라이너와 베이비 핑크색 립글로스도 서랍에서 발견했다. 우선 이 정도면 충분했다. 나는 온종일 울려 대는 연락을 전부 무시하고 이매진 드래곤스의 음악을 크게 틀어놓고 옷을 이렇게 저렇게 조합해 보면서 다양한 시도를 했다. '때로는 상황이 바뀌는 거야.' 나는 릴리에게 반짝이는 하늘색 스카프를 씌우고 같이 사진을 찍었다. 그 사진을 인스타 @rabbitlove4ever에 올리고 코멘트를 달았다. 새로운 걸 좋아하는 릴리. 곧바로 팔로워 중 한 명이 댓글을 달았다. @kelly9: 내 토끼 디에고가 릴리와 사랑에 빠졌어요. 나는 릴리의 옷을 갈아입히고 오래된 인형 모자에 귀가 들어갈 구멍 두 개를 잘라내고 릴리의 귀가 모자 밖으로 나와 서 있도록 모자를 씌웠다. 그리고 포스팅한 사진 밑에 이렇게 썼다. 일본식 귀돌이 모자를 쓴 릴리. 좋아요가 많이 달렸다. 내가 하는 일을 좋아하는 사람들은 저 바깥에 있었다.

월요일에 나는 새로운 스타일로 무장한 채 교실에 들어섰다. 갑자기 주위가 조용해졌다. 모두가 나를 쳐다보고 있었다.

"좋은 아침, 여러분."

나는 전의에 가득 차 이렇게 말했다.

"뭘 그렇게들 쳐다보시나?"

나는 내 자리를 향해 교실 중앙을 당당하게 가로질러 갔다. 야라는 의자 뒤에 앉아 손에 쥔 핸드폰을 쳐다보고 있었다.

"우리 반에 새로운 전학생이 왔나 봐."

레니가 말했다.

"야한 여자 이시!"

나는 그의 엉덩이를 찰싹 때렸다.

"반짝거린다고 다 야한 건 아냐, 이 멍청아."

"이봐, 이봐."

레니가 말했다.

"뭐 지금 내기 중이야? 뭐 너 진실게임에 지기라도 했냐? 벌칙 중이야?"

나는 표정 없이 꼼짝 않고 앉아 나를 응시하는 마테오를 향해 잘못 붙인 속눈썹을 찡긋 하며 윙크를 했다.

"나는 아니야."

나는 레니를 반대쪽으로 밀어 버렸다.

"하지만 너는 지금 벌칙 중이지."

나는 손을 위로 들고 그가 하이파이브를 해오길 기다렸다. 레니는 망설였다.

"나는 이제 그런 거 안 해."

"아 그러셔?"

나는 다시 손을 내렸다.

"내가 그렇게 취했던가? 아니면 무슨 일이라도 있었어?"

레니는 나를 향해 희미한 미소를 지어 보였다. 배신자처럼. 야라가 내 손을 잡아 나를 자신 쪽으로 잡아당겼다.

"이시."

그녀는 작게 속삭였다.

"네가 잘못 알았어. 내기 같은 건 없었어."

이제는 마테오까지 다가왔다. 그는 레니를 지나쳐 나를 아래위로 쳐다보았다. 그리고 나를 안아 준 뒤 귓가에 별도의 인사말을 속삭였다.

"나는 너를 기다렸어."

그의 목소리는 나를 아프게 했고 나는 쓰러질 것만 같았다.

"시간이 없었어."

나는 그를 보지 않은 채 태연한 척 과장했다.

"너 슈퍼스타 K 오디션이라도 갔다 왔냐?"

모함메드가 이죽거리며 나를 향해 엉덩이를 흔들어 보였다.

"아니"

나는 조용히 대답했다.

"그냥 옛날 옷 좀 꺼내 입은 거야."

나는 내 자리에 앉았다.

"네 토끼도 만족하고?"

뒤에 앉은 코피가 물었다.

"맞아. '좋아요'가 많아서 행복해하지."

나는 허공에 엄지손가락을 쳐들어 보였다.

마테오는 내 앞자리 책상을 밀어내고 거기 서서 나를 내려다보았다. 짙은 푸른색 눈동자. 눈물이 차올랐다. 밖으로 나가야만 했다. 그러는 사이 다른 아이들이 다시 떠들어대기 시작했다. 마테오는 나를 향해 몸을 굽혔다.

"이사벨라."

이전에는 한 번도 나를 저 이름으로 부른 적이 없었다.

"내가 전에 말한 건 늘 유효해. 나는 거기 있어. 알았지? 나는 네가 얼마나 괴롭고 힘들지 알아. 적어도 내 동생만큼 말이야."

그는 나와 아주 가까이에 있었다. 그에게서는 너무 익숙하고 좋은 향기가 났다.

"나는 너를 잘 알아."

이렇게 말하며 그는 내 심장 위를 손가락으로 톡톡 두드렸다. 그때 포렉 선생님이 들어왔다. 모두 재빨리 자신의 자리로 돌아갔다.

"좋은 아침, 애들아."

그는 이렇게 말하며 가방을 교탁 위로 던졌다. 그리고 선생님은 나를 보았다.

"이사벨라?"

나는 고개를 끄덕였다.

"너 오늘 뭐 특별한 일이라도 있니?"

나는 망설였다. 네, 부모님이 헤어지셨어요. 게다가 마테오는 나를 속였고 망할 놈의 파울이 우리 집으로 들어왔어요, 이런 말은 할 수 없었다.

"네, 맞아요."

마테오가 대답했다.

"오늘 축제가 있어서요."

"오늘? 무슨 축제?"

선생님이 기대에 찬 표정으로 마테오를 바라보았다.

"오늘은 세계 두부의 날이잖아요."

마테오는 나를 돌아보며 웃었다.

"뭐? 무슨 날?"

몇몇이 키득거렸다. 포쉑 선생님은 귀를 긁었다.

"깊게 설명하기가 어려운데요."

말을 끝내고 그는 몸을 돌려 나를 보았다.

"나도 오늘 같이 가면, 축제가 끝나고 내일은 다시 평상복을 입고 학교에 올 거지?"

그는 눈썹을 추켜세웠다. 그리고 그는 다시 몸을 돌려 공책에 복잡한 방정식을 풀었다. 수업이 한창일 때 마테오와 나는 서로를 쳐다보았다. 나는 웃어 보였다. 그는 테스트를 통과했다. 하지만 나는 내기를 한 그를 아직 용서하지 않았다. 팡! 내 핸드폰에서 나는 소리였다. 나는 인스타 팔로워의 댓글이라 생각하며 재빨리 핸드폰을 확인했다. 하지만 그건 다른 별, 아예 다른 우주에서 온 것이었다……. 문자를 보낸 사람은 킴이었다.

최신 스모키 화장이네. 내가 팁을 좀 줄까?

"친구, 뭘 그렇게 이상하게 보고 있어. 나쁜 소식?"

야라가 내 핸드폰을 보려고 내 쪽으로 몸을 굽혔다. 하지만 나는 핸드폰을 가렸다. 왜 그랬는지는 나도 모른다. 야라에게 무언가를 숨기고 싶어 했던 적은 처음이었다.

"사랑하는 사람이야?"

나는 고개를 끄덕였다. 야라에게 거짓말을 한 것도 처음 있는 일이었다.

"그를 놀라게 하지 못했네."

"뭐라고?"

"네 옷차림 말이야."

"아. 그렇게 보이긴 해."

나는 이 문자에서 도저히 벗어날 수 없었다. 야라는 만족해했지만 나는 커다란 감정의 소용돌이에 휩싸였다. 갑자기 나는 킴과 비밀을 나눴다. 나는 킴의 문자를 응시하다 상태 표시를 보았다. 그녀는 아직 온라인이었다. 킴은 내 대답을 기다리는 것일까? 아냐, 고맙지만 괜찮아. 나는 이렇게 썼다가 지웠다가 다시 썼다. 그리고 거기에 맞는 이모티콘을 찾았지만 찾을 수 없었다. 결국, 나는 핸드폰을 치워 버렸다. 답을 안 하는 것도 역시 대답이지.

“나중에는 반짝이 비키니를 입을 거야?”

야라는 내 공책 모서리에 여성의 상반신을 그리고 가슴의 반만 겨우 가린 비키니를 그렸다. 월요일은 수영을 하는 날이었다.

“오늘 나는 못 가.”

나는 다시 현기증이 났다.

“야, 안 돼.”

야라가 말했다.

“엄마 때문에?”

나는 그것이 절반의 거짓말 같았기에 고개를 끄덕였다. 엄마를 위해 아무것도 하고 싶지 않았다. 나는 아무 일도 없던 것처럼 계속 그렇게 나가기로 했다. 아빠를 사막으로 보내 버리고 문을 함부로 여닫는 멍청한 파울 놈이나 그놈을 집으로 들이면서 나에게 적응하기를 바라는 엄마나, 이건 지뢰밭에 야생마를 풀어 놓는 것이나 마찬가지다. 나는 지뢰가 가득한 초원이었다.

포헥 선생님이 킴을 불렀다. 그건 극히 드문 일이었고 선생님은 노기에 가득 찬 눈으로 그녀를 쳐다보았다. 저거야. 내가 저렇게 살기등등한 눈으로 그 멍청한 파울 새끼를 쳐다봤어야 했다. 킴은 천천히 입을 오므리며 어깨 위로 드리워진 긴 머리를 뒤로 넘겼다. 화장은 완벽했다. 최신 스모키 화장에 나오는 여자보다 사실 더 멋져 보였다.

"저는 계산 공포증이 있어요."

그녀의 목소리는 기어들어갔다.

"고칠 수가 없대요."

"뭐라고?"

포쉑 선생님의 입꼬리가 올라갔지만, 그는 곧 웃지 않기로 하고 표정을 가다듬었다.

"계산 공포증이요."

킴은 눈동자를 굴렸다. 그리고 더는 말하지 않았다. 킴은 입을 다물고 포쉑 선생님을 지루한 표정으로 바라보았다.

"이봐 아가씨."

선생님은 검지를 쳐들어 보이며 경고했다.

"한 시간 뒤에 이야기 좀 해야겠다."

책상 밑에서 나는 핸드폰에 단어를 검색했다. 계산 공포증은 계산이나 숫자에 두려움을 가지는 것이다. 하아, 포쉑 선생님 당황하시겠군. 선생님은 작전을 바꾸어 가방에서 공책 더미를 꺼내어 우리 모두에게 나누어 주었다. 수학 숙제였다.

"루트를 구하는 건 계산이랑 상관이 없지? 안 그래 넬리?"

선생님의 한 방.

"문제를 전부 풀어야 해. 그전까지는 교실에서 나갈 수 없다."

또 한 방!

킴 옆에서 선생님은 잠시 망설였다. 선생님이 머리를 굴리고 있는 것을 누구나 알 수 있었다. 그는 질긴 무엇인가를 씹는 것처럼 보였다. 곧 그는 킴의 책상 위에 훨씬 얇은 공책을 내려놓았다. 그 옆에서 그는 볼펜으로 책상을 툭툭 쳤다.

"학교에서는 너희가 더는 연필을 사용하지 않도록 이렇게 훌륭한 필기구를 기부했어."

그는 자랑스럽게 말했다.

"그러니 조심스럽게 사용하도록 해라."

킴은 선생님을 쳐다보지도 않았다. 그녀는 공책을 펼쳐 두어 페이지를 넘겨 보더니 다시 덮었다. 그러더니 병에서 투명한 젤을 손바닥에 짜더니 손을 비볐다. 그녀가 두려움을 느끼는 건 단지 숫자뿐만이 아닌 것 같았다. 포첵 선생님은 코를 찌푸리더니 몸을 돌려 다시 칠판으로 되돌아갔다. 나는 다시 핸드폰을 꺼내 검색 창을 열었다. 먹는 것에 대한 두려움. 찾았다! 거식증. 첫 번째 화산이 폭발했다.

9. 그래서 어쩌라고

"뭐라고?"

엄마는 포췍 선생님과 똑같은 반응을 보였다.

"뭘 가지고 있다고?"

"거식증."

"대체 그게 뭔데?"

"먹는 걸 두려워하는 거야."

엄마는 코웃음을 쳤다. 탁자 위에는 세 명 몫의 라자냐가 따뜻한 김을 내며 차려져 있었다. 파울은 아빠의 자리에 앉아 있었다. 화려한 꽃무늬 냅킨도 놓여 있었다.

"그래서 어쩌라고?"

엄마가 물었다. 그녀의 목소리는 얇은 양피지처럼 퍼석댔다.

"봐 봐. 어떻게 보여?"

"구역질 나."

내가 대답했다.

"나 올라갈게."

물론 나는 라자냐를 좋아했다. 제일 좋아하는 음식이었다. 파울은 꽃무늬 냅킨으로 입을 막고 재채기를 했다. 엄마는 자리에서 일어났다. 충격을 받은 것 같았다.

"거식증이라는 건 진짜 있는 병이야."

파울은 냅킨 뒤에서 중얼거리더니 내 라자냐를 자신의 접시에 몽땅 덜어 두 사람의 몫을 자신 앞에 쌓았다.

"예전에 대기실이나 어디서 그런 걸 읽은 적이 있어."

그는 라자냐를 푹 퍼서 입에 퍼넣었다.

나는 계단 위로 살그머니 올라가 꼭대기에 앉아 아래에서 무슨 일이 일어나는지 엿들었다.

"이전에는 뭐가 무섭다고 한 적이 한 번도 없었어?"

엄마가 대답했다.

"한 번도."

아냐, 엄마. 엄마가 알지 못했을 뿐이야. 나는 아빠와 엄마가 헤어질까 봐 무서웠어. 엄마와 아빠가 싸울 동안 나는 헤드폰을 끼고 지붕에서 시간을 보냈어. 엄마가 전혀 알지 못했지만. 나는 별을 세고, 구름을 세고, 새들을 세어 봤어. 그리고 나는 내 인생을 세어 봤어. 젠장.

파울은 쩝쩝대며 음식을 먹었다. 엄마는 울었다. 나는 도저히 믿을 수 없었다. 감수성이라고는 잔디깎이 정도에 불과하고, 진흙 바닥에서 지렁이나 잡아먹는 일 밖에 못할 것 같은 저런 쓸모없고 멍청한 놈 때문에 엄마가 아빠를 떠났다니.

"괜찮아질 거야."

입을 맞추는 소리. 역겨워.

"사춘기잖아. 그때는 다 이상해지니까, 안 그래?"

그는 그 많은 양을 다 먹어 치운 것 같았다. 그가 다시 중얼댔다.

"내가 한 번 이야기 해 볼게. 내가 어떻게 해야 할지 알아. 그냥 나사를 다시 끼우면…… 다시 정상이 될 거야."

나는 고장 난 물건이었다. 그는 엄마를 약에 취하게 한 것일까? 아니면 파울에게 세뇌라도 당한 걸까? 왜 엄마는 이 허풍덩어리를 걷어차 버리지 않는 거지?

"당신 아이들 때문에 안 거야? 예전에 겪어 봤어?"

엄마는 그에게 진지한 목소리로 물었다. 잠깐, 당신 아이들? 파울이 아이가 있나? 그러면 그 애들도 곧 이리로 들어오는 건가?

"맞아."

멍청이가 대답했다.

"나는 잘 모르겠어."

엄마가 대답했다. 그리고 그것은 내가 기대했던 만큼 분명한 거절이 아니었다. 나는 내 방으로 들어갔다. 나는 곧바로 뭔가 잘못되었다는 것을 느꼈다. 릴리. 토끼장은 열려 있었다. 나는 온 방을 샅샅이 뒤졌다. 쌓인 옷더미도 헤집었다. 가구의 바닥도 전부 살폈다. 하지만 없었다. 온 방을 뒤지고 가구 위도 살폈다. 릴리가 사라졌다. 나는 반쯤 정신이 나간 채로 온 집안을 뒤졌다.

"릴리, 어디 있어?"

파울은 라자냐의 마지막 조각을 먹어 치우고 있었다.

"릴리? 네 친구니?"

그는 가식적으로 물으며 내 눈을 피했다.

"내 토끼!"

나는 그를 향해 소리쳤다.

"아저씨에게 알레르기 있다고 했던 동물! 어디 있어요!"

엄마의 눈이 커졌다. 엄마는 파울을 바라보고 한숨을 쉬었다.

"설마 당신이 그런 건 아니겠……."

엄마는 손으로 입을 막았다.

"도대체 뭘?"

내가 소리쳤다. 파울은 식탁만 내려다보았다. 입가에는 토마토소스가 묻어 있었다.

"릴리 어디 있어?"

나는 딸꾹질을 했다. 파울은 결심했다는 듯 어깨를 으쓱해 보였다.

"생존의 문제였다고."

그가 조용히 말했다.

"릴리냐 아니면 나냐."

"뭐라고요?"

"걱정 마! 릴리는 정원에 있어. 넓은 토끼장을 만들었어. 거기서 싱싱한 잔디도 뜯을 수 있고 밖에 나와서 좋아했어. 좁은 토끼장에 갇혀서 사는 것보다 훨씬 나아."

견딜 수 없는 찰나의 시간이 지나고 나와 엄마는 놀라서 서로를 쳐다보았다. 그리고 거실로 뛰어가 정원으로 나가는 문을 열고 화분과 플라스틱 의자로 엉성하게 만든 토끼장으로 달려갔다. 도저히 농담으로라도 토끼장이라고 부를 수 없는 곳이었다. 울타리는 아무리 피곤한 상태의 릴리라도 가볍게 한 번 뛰어넘을 수 있을 높이였다. 나는 넋이 나간 채 정원을 둘러보았다.

"릴리?"

없었다. 릴리는 거기 없었다. 사라졌다. 옆집은 담벼락이 없고 정원 울타리만 있었다. 나는 내 얼굴을 찌르는 가시 울타리를 손으로 꽉 쥐었다. 나는 아빠를 떠올리고 이민을 생각했다. 다른 집 정원에도 릴리는 없었다. 세 군데를 더 뒤지고 나서 나는 바닥에 주저앉아 울었다. 그 병신 같은 파울이 불을 붙인 폭탄이 머릿속에서 수백 번 폭발했다.

"이사벨라? 어디 있어?"

엄마였다. 나는 대답하지 않았다. 다시는 말하지 않을 거야. 하지만 난 이렇게 고함쳤다.

"파울이야? 나야? 대답해!"

그날 밤 파울은 급히 떠나야 했다. 아니 그건 정확한 표현이 아니다. 아무튼, 그는 사라졌다. 엄마는 동네에 붙일 전단지 만드는 것을 도와주었다.

사진은 아래 @rabbitlove4ever에 더 많이 있습니다,라고 릴리의 사진 밑에 썼다. 사진 속 릴리는 내 낡은 인형에 달려 있던 작은 배낭을 메고 있었다. 엄마는 더는 내 옷에 관해 말하지 않았다. 하지만 우리가 길을 걸을 때마다 사람들이 우리 앞을 지날 때면 엄마는 외투를 넓게 펼쳐 커튼처럼 나를 가렸다. 야라가 나를 도와주었다. 야라는 그 일이 일어나고 내가 음성을 남기자마자 곧바로 나에게 달려왔다.

"마테오에게는 물어봤어?"

야라가 말했다.

"걔도 이 근처에 살잖아."

"거기는 길을 하나 건너야 해."

"그래서? 토끼가 길을 건너지 못하라는 법은 없잖아, 안 그래?"

갑자기 나는 어떻게든 나를 마테오와 엮으려는 야라의 의도에 짜증이 치솟았다.

"야라."

나는 용기를 내었다.

"어차피 걔는 릴리를 알아볼 수 없잖아."

야라는 기분이 상했다. 우리는 아침 10시부터 아무런 소득도 없이 이웃을 찾아가고 덤불을 뒤졌다. 야라는 돌아가야겠다고 했다.

릴리가 없는 내 방에서 끝도 없는 외로움이 나를 덮쳤다. 아빠가 사라지고 릴리도 사라졌다. 엄마는 폐경기를 겪고 있거나 파울에게 세뇌를 당한 것이 틀림없다. 내기 사건 이후 나는 더는 마테오를 믿지 않았다. 그리고 야라와의 우정 사이에는 거짓의 파편이 박혀 있었다. 나는 망망대해에서 폭풍에 휩쓸린 것 같았다. 망가지고 모든 것이 사라져 벌거벗은 삶에서 나에게 남은 것이라곤 오직 멀쩡한 몸 하나뿐이었다. 미치지 않으려면 나는 뭐라도 해야 했다. 내 뜻대로 되는 거라곤 하나도 없었다. 제대로 되는 것이 하나도 없었기 때문에 무엇이라도 제대로 해야만 했다. 나는 킴의 문자를 떠올리고 톡을 다시 읽었다.

'도와줄까?'

킴은 이렇게 보내왔다. 그건 아마 나를 이 외로운 섬에서 구해줄 수 있을 거야! 나는 엄지를 치켜세우는 이모티콘을 골라 그녀에게 보냈다. 읽은 표시가 곧바로 나타났다. 킴은 답장을 할 거야. 아마 긴 답을 하는 중일 거야. 하지만 그녀에게서 답은 오지 않았다. 나는 핸드폰을 침대 위에 던지고 옷장에 남은 옷을 전부 꺼내어 바닥에 쌓여 있는 옷더미 위로 전부 쌓아 올렸다. 그리고 몇몇 옷만 다시 옷장에 넣고 나머지는 전부 비닐 봉투에 담아 창고로 가져갔다. 비어 있는 느낌이 좋았다. 이제 나는 새로운 나를 다시 찾아야 한다.

팡! 핸드폰에서 나는 소리였다. 킴에서 온 톡이었다. 그녀는 아무 말 없이 링크를 보냈다. 나는 바로 링크로 접속했다. 그건 @Beauty_is_the_goal의 뷰티 강좌였다. 한 번도 들어본 적 없는 곳이었다. 킴과 엄청 닮은 예쁜 소녀가 나와서는 평범한 학생에서 나이가 적어도 5살은 많아 보이는 슈퍼모델로 변신했다. 모든 단계마다 자세한 설명을 해 주었고 온라인 숍으로 바로 연결하는 링크도 있었다. 그곳에는 하나의 스타일을 완전히 다른 방향으로 바꾸는 어마어마하게 간단한 방법이 가득했다. 엄청난 곳이었다! 나는 채널을 구독하고 내 업그레이드에 필요한 모든 제품을 장바구니에 담아 특별 배송으로 주문했다. 689 유로(한화 약 92만원-역자). 제기랄. 하지만 나는 취소하지 않았다. 나는 할머니가 내 운전 면허증 비용을 위해 몇 년 전부터 매달 10유로씩 보내 주는 계좌를 털었다. 나는 지금 익사 직전이었다. 여기서 살아나가기 위해 지금 당장 이것들이 필요했다.

10. 결석

다음 날 나는 학교를 빼먹고 침대에 누워 있었다. 입고 갈 옷이 없었다. 정오 즈음 초인종이 울렸다. 엄마는 출근하고 나만 있었다. 나는 겉옷을 대충 걸치고 나가서 엄청난 크기의 상자 세 개를 가지고 들어 왔다. 상자를 열 때 내 심장이 미친 듯 뛰었다. 마치 크리스마스 때 느끼던 흥분과 똑같았다. 나는 아직 이렇게 멋진 것을 가져 본 적이 없었다. 제일 먼저 바지를 꺼내 입고 거울에 비추어 보았다. 망했다. 동영상 속 여자가 입었을 때는 정말 예뻐 보였지만 나에게는 맞지 않았다. 평소 입던 바지와 크기가 다른 것도 아닌데 아무리 노력해도 단추를 잠그기조차 힘들었다. 허벅지는 너무 꽉 끼어 피가 통하지 않는 것 같았다. 종아리는 헐렁해서 펄럭거렸다. 짜증이 난 나는 거울을 담요로 덮어 버리고 그 위에 재빨리 등이 넓게 파인 긴 셔츠를 입어 보았다. 그제야 난 겨우 바지 단추를 열어 둘 수 있었다. 셔츠는 몸에 맞지만, 연분홍색 티셔츠는 내 빨간 머리와는 어울리지 않았다. 나는 머리를 위로 묶어 올리고 구두를 신어 보았다. 하이힐은 나에게 익숙하지 않았고 통굽이 있는 앵클부츠는 괜찮았다. 완벽하게 잘 맞았다. 이 완벽함이 나의 목표였다. 완벽함이 나를 버티게 해 줄 것이다. 화장은 기분을 좋게 한다. 마치 가면처럼 나는 모든 것을 숨길 수 있었다. 아마 내 이전 인생조차도. 다음은 화장이었다. 겨우 눈 화장 하나를 하는 데 거의 한 시간이 걸렸다. 맙소사. 너무 복잡하고 어려웠다. 킴은 어떻게 이걸 아침마다 하고 학교에 오는 거지? 다음은 밝은 톤의 빨간 립스틱이었다. 모든 화장을 끝내고 나는 슈퍼모델 대회에 출전하는 기분으로 담요를 덮어 놓은 거울 앞에 섰다. 마치 완벽한 변신을 마치고 처음 거울을 보고 탄성을 지르는 장면을 보는 것처럼. 가슴이 뛰었다. 나는 담요를 걷어내고 거울을 응시했다……. 그곳에 서 있는 여자를 보고 처음 든 생각은 처참했다. 막 코 수술을 끝낸 돼지 같은 여자가 서 있었다. 나는 침대에 몸을 던지고 휴지 두 통을 다 쓸 때까지 목 놓아 엉엉 울었다. 화장이 번지고 지워져 내 얼굴은 물감 풍선을 잔뜩 뒤집어쓴 것처럼 보였다. 나는 더욱 엉망이 되어 부츠를 벗어 방바닥에 내동댕이쳐버리고 꽉 끼는 바지도 벗어 던지고는 셔츠도 찢어 버렸다. 그리고 비명에 가까운 소리를 지르며 욕실로 가 얼굴이 빨간 경고등처럼 달아오를 때까지 30분 동안 문질러 대었다. 징, 징, 징 핸드폰이 울렸다. 나는 톡을 보낸 사람들의 목록을 흘깃 보았다. 야라, 마테오, 조쉬, 수리, 야누크……. 우리 반의 절반이 나에게 톡을 보냈다. 나는 톡을 보지 않았다. 하나라도 확인하는 순간 모두에게 답을 해야 할 것이다. 나는 방구석으로 핸드폰을 던졌다. 동시에 나는 쌓인 옷더미에서 필사적으로 그것을 찾았다. 그리고 내가 찾던 것을 찾아냈을 때 나는 킴에게 톡을 보냈다.

동영상은 좋았어……. 그런데…… 나는 그 뒤에 실망한 표정을 짓는 이모티콘을 덧붙여 킴에게 보냈다. 그녀는 곧바로 온라인 상태가 되었지만 단지 몇 초에 불과했다. 답도 하지 않았다. 세상은 끝없는 바다였고 나는 거기에 떠있는 외롭고 뚱뚱한 물범이었다. 갑자기 현관에서 초인종이 울렸다. 나는 나가 보지 않았다. 하지만 초인종은 몇 분이나 계속 울려 댔다. 결국, 나는 대충 옷을 걸치고 터덜터덜 나가 문을 열었다. 거기에는 킴이 서 있었다. 껍질을 벗겨 낸 달걀같이 말간 모습을 하고.

"한번 보자."

이렇게 말하며 킴은 나를 지나쳐 집으로 들어갔다. 신이시여, 킴이라니. 나는 겉옷에 달린 후드를 머리에 뒤집어썼다. 아마 내 꼴은 몹시 웃겨 보였을 것이다. 그녀는 재빨리 내 상황을 살폈다. 그리고 몇 초 만에 우리 집을 스캔하는 것처럼 훑어보더니 곧바로 계단으로 가 2층으로 올라갔다.

"물건 아직 다 가지고 있지?"

나는 펭귄처럼 그녀 뒤를 따라 뒤뚱거리며 걸었다. 물개나 펭귄처럼. 나는 재빨리 동물처럼 행동했다.

"어떤 게 문제인데?"

킴은 런웨이를 걷는 모델처럼 계단 위를 균형 있게 걸어 올라갔지만 내 말을 귀담아듣는 것 같지는 않았다. 위층에는 세 개의 문이 있었지만 킴은 정확하게 내 방문을 열고 입구에 멈춰 섰다. 나는 그녀를 지나쳐 방으로 들어섰다. 다시 그녀의 이상한 시선이 느껴졌다. 나는 그녀가 이미 결론을 내렸다는 것을 느꼈다. 양털 담요가 거울을 반쯤 덮었고 뒤집힌 청바지는 바닥에 내동댕이쳐져 있었다. 쓰레기통에는 얼룩덜룩한 휴지가 가득했고 방 전체에 화장품 냄새가 진동했다.

"아하."

이렇게 무심한 말을 내뱉은 그녀는 산더미처럼 쌓여 있는 우울한 옷더미로 걸어가 내가 몇 달 동안 한 번도 입지 않은 검은 색 티셔츠를 꺼냈다. 그리고 그녀는 내가 새로 산 셔츠를 집어 각각 내 양손에 들려주었다.

"셔츠 밑에 이 티를 입어. 셔츠 뒷부분이 앞으로 오게."

그녀는 하수구를 뒤지는 것처럼 집게손가락으로 나머지 물건들을 들춰 보더니 바지 하나를 꺼내 나에게 던지고 손을 소독했다.

"이 바지 무릎을 잘라 버리고 새 바지에 있는 H&M 라벨을 붙여. 그게 우선 당장 해야 할 일이야."

그녀는 내 책상 아래에 놓인 부츠를 가리켰다.

"저건 맞아?"

나는 고개를 끄덕였다.

"좋아, 그러면 말이지."

그녀는 만족스러워 보이는 모습으로 내 소파에 기대앉더니 팔짱을 꼈다. 그녀 앞에 서 있는 내 꼴은 몹시 추하고 우스꽝스러웠을 것이다. 눈은 빨개진 채 후줄근한 파란 추리닝이나 입고 있으니 말이다.

"뭐해?"

그녀가 말했다.

"나 숙제해야 해. 어서 서둘러."

킴이 숙제를? 그건 마치 아빠와 파울과도 같은 조합이었다. 하지만 나는 아무 말도 하지 않았다. 그리고 마침내 강림하신 킴에게서 무료로 강의를 들었다. 나는 그녀에게 스타일링 1강을 들었다. 새로운 코디는 정말 나에게 어울렸다. 그리고 내 마음에도 꼭 들었다. 우리가 거울 앞에 앉아서 새로운 화장법을 알려주는 동안 나는 점점 더 세련되고 그녀는 정말 즐거워 보였다. 킴의 지식은 정말 광범위했고 전문적이었고 제대로 할 줄 알았다. 그녀가 한 번에 두 문장 넘게 말하는 것을 나는 처음 들었다. 그리고 그녀가 웃는 것을 보는 것도 처음이었다. 레니가 있었다면 바로 녹아내렸을 것이다. 아마 그녀를 얼음 공주나 철벽녀라 부르는 대신 매력 덩어리라고 했을지도 모른다.

"너 인스타 계정 있어?"

킴이 내 머리를 펴는 동안 나는 물었다.

"물론, 내 계정은 KimGalaxy야."

그녀는 손목을 걷어내 눈앞에 자신의 문신을 들이밀었다.

"멋지다."

나는 짧게 대답하며 토끼 문신을 하면 어떤 모습일까 잠깐 생각했다가 금방 떨쳐 버렸다. 내가 새로운 옷더미에서 스스로 코디를 완성하고 혼자 화장을 할 수 있기까지는 세 시간이 더 걸렸다. 그리고 킴은 내 생존 투쟁에 '주문'이 어떤 영향을 미칠지 알려주는 것으로 모든 것을 마무리 지었다.

"네 신체를 항상 최고의 상태로 유지하는 건 증폭기 같은 거야."

그녀는 강조했다.

"신체만 유일하게 네가 바꿀 수도 있고 더 낫게 만들 수 있는 거야. 네 주위에 있는 모든 것, 예를 들면 너희 가족 같은 건 언제든 사라질 수 있어. 하지만 네 몸은 언제나 존재할 거야. 이거야말로 유일하게 확실한 거지. 그러니까 세상에 나아가려면 관심을 받아야 해, 좋아요 같은 거 말이야. 안 그러면 너는 진짜 존재하는 게 아니야. 아무도 너를 기억하지도 못하고 알아보지도 못할 거야. 세상은 너를 위한 상점일 뿐이야. 그러니까 너는 너를 가꾸고 멋지게 만들어야만 해. 그리고 네가 그걸 만드는 동안 나는 네 조수가 되어 줄게."

어디선가 본 글을 외워서 하는 말처럼 들렸지만 나는 모든 단어 하나하나가 전부 그녀의 생각에서 나온 것이라 믿고 싶었다. 내가 필요로 했던 바로 그것, 나를 위로해 주는 말을 해 주었기에 그녀의 말 한마디, 한마디에 매달릴 수밖에 없었다. 그렇다, 내 몸이 바로 나의 확실성이자 안전한 곳이었다. 그것은 나를 떠날 수도 없고 내가 그것을 잘 가꾸고 꾸미면 결코 나를 실망시키지 않을 것이다. 정말 간단했다. 나는 킴의 '주문'에 집착하면서 매혹적인 거미가 천천히 나를 감싸는 동안 자진해서 그녀의 거미줄에 매달렸다. 우리가 마지막으로 내 머리 손질을 마무리 할 때, 엄마가 방으로 들어왔다.

"오, 손님이 있었구나."

엄마가 말했다.

"이사벨라는 화장실에 있니?"

킴과 나는 서로를 쳐다보고 손뼉을 쳐대며 크게 박장대소를 했다. 엄마는 나를 알아볼 때까지 당황스러워 보였다. 그러다 눈이 휘둥그레지고 입을 다물지 못했다.

"이사벨라?"

"빙고."

나는 킴이 항상 하던 것처럼 어깨 뒤로 머리를 쓸어 넘겼다. 나는 행복해 보였고 빛이 났다.

"지금부터는 이지라고 부르는 게 나을 것 같아."

킴은 소독제로 손을 문지르며 말했다.

"이지가 제일 이지하잖아."

"그런데 너는 누구니?"

엄마가 물었다.

"저는 킴이에요. 이지의 개인 코디예요."

너무 멋지게 들리는 말이다. 내 개인 코디라니. 정말 최고였다.

11. 엄마가 미친것 같아

엄마는 밤새 나를 앉혀놓고 이야기를 했다. 지옥과도 같았다.

'엄마가 진짜 미친 것 같아.'

나는 킴에게 이렇게 톡을 보냈다.

'뭐 대충 좋게 생각해.' 라고 킴은 답장과 윙크하는 이모티콘을 보내왔다. 이제 상황을 바꿨어. 이런 생각이 나를 용감하게 했다. 내가 거울 앞에 서서 나를 바라볼 때면 거기에는 새로운 이시가 서서 보고 있었다. 아직 완전히 완벽하진 않지만 적어도 새로워지는, 다시는 과거로 돌아가지 않는 나. 이제 새로운 이시는 그렇게 어이없이 모든 걸 날려 버리지는 않을 것이다. 나는 셀카를 찍어 아빠에게 보냈다.

'아빠, 내가 모르는 친척 언니가 있어? 모델 에이전시에서 일한대.'

나는 이렇게 아빠에게 썼다. 빙고! 아빠는 단번에 나를 알아보았다. 하지만 엄마는 모든 걸 불안해했다. 그녀는 신경질적으로 내가 공들여 부풀린 내 머리를 엉망으로 만들려고 했다. 나는 재빨리 내 방으로 달려가 문을 잠갔다. 그리고 거기에 야라가 앉아 있었다. 내 방 한가운데에. 나는 겁에 질렸다.

"이게 나에게 답장을 하지 않은 이유인 거야?"

그녀는 나를 비난하며 킴이 잊고 간 손 소독제 병을 공중에 대고 흔들어 보였다.

"그래서 그만한 가치가 있었어? 그래?"

나는 당당하게 야라 앞에서 내 새로운 모습을 보이려고 한 바퀴 돌았다.

"글쎄, 나는 잘 모르겠다. 나는 예전의 네가 더 좋았어."

그건 내가 듣고 싶었던 대답이 아니었다.

"중요한 사실은 네가 킴만큼 거만한 아이는 아니라는 거지만."

"야라, 네가 오해한 거야. 킴은 그런 애가 아니야. 진짜 착해. 여기서 몇 시간씩 나를 도와주고 그랬어. 엄청 친절해."

나는 킴처럼 우아해 보이도록 노력하면서 미끄러지듯 걸어가 야라 옆에 앉았다.

"그건 너에게도 도움이 될 거야."

"나에게도 도움이 된다고?"

야라가 날카롭게 소리쳤다.

"그게 어떻게 도움이 돼? 도움이 필요한 사람은 걔라고! 내가 아니라!"

"너는 진짜 잘못 알고 있는 거야. 킴은 모든 걸 혼자 알아서 다 잘하고 있어."

"아 그래? 그러면 나는 없어도 되겠네, 그런 거야?"

야라는 화를 내며 말했다.

"무슨 소리야. 내 말이 무슨 뜻인지 알잖아."

"아니. 난 모르겠어. 킴은 이제껏 친구를 사귄 적도 없었어."

"그걸 네가 어떻게 알아? 뭐 학교 말고 다른 곳에 진짜 친구가 있을 수도 있잖아. 게다가 킴은 자기 채널도 있고 우리 둘을 합친 것보다 훨씬 팔로워도 많아."

나는 핸드폰으로 킴의 @KimGalaxy 채널에 접속해 야라에게 가장 최신 게시물을 보여주었다. 킴은 표범 무늬 외투를 입고 입을 살짝 벌린 채 하늘을 쳐다보고 있었다. 살짝 드러난 송곳니가 반짝였다.

"킴은 사진도 편집할 줄 알아. 우리에게 다 가르쳐 줄 거야."

"그러고 나면? 우리가 뭐 새로운 멋진 친구라도 찾아 나서야 하는 거야 뭐야?"

야라는 일어나 내 앞에 와 섰다.

"이시, 도대체 너 왜 이래? 정신 차려! 우리는 팔로워가 필요 없어. 우리는 학교 친구들이 있잖아. 그게 우리가 가진 최고의 친구들이야. 우리가 우리의 팔로워야."

"킴은 빼고서겠지."

내가 대답했다.

"그래! 킴은 빼고! 하지만 걔가 그렇게 문제를 일으켰어도 우리 중 누구도 걔를 일부러 따돌린 사람은 없어."

야라는 다시 내 옆으로 바짝 앉아 자신의 핸드폰을 꺼냈다.

"봐, 마테오가 나에게 어떤 메시지를 보냈는지."

그녀는 핸드폰을 내 얼굴 앞으로 들이밀었지만 내가 아무 반응이 없자 큰 소리로 문자를 읽었다.

'야라, 나는 이시가 걱정돼. 이시는 내가 보낸 톡을 전혀 안 읽어. 이시는 아빠랑 같이 있는 거야? 뭐 아는 게 있으면 어떻게 된 건지 좀 알려줘.'

야라는 핸드폰을 치웠다.

"네가 모든 걸 망치게 될까 봐 걱정돼 죽겠어. 그 내기 사건도 네가 혼자 상상한 것일 뿐이잖아."

야라는 내 두 손을 잡고 간절한 눈빛으로 나를 바라보았다.

"나도 알아, 네가 집에서 힘든 시간을 보내고 있다는 걸. 하지만 우리는 아직도 친구고 내가 여기 있잖아."

그녀는 내 두 손을 흔들었다. 나는 그녀의 말을 빠짐없이 들었고 느꼈다. 그녀가 얼마나 절망으로 가득 차 나에게 매달리는지. 하지만 난 이미 새로운 안정과 보호를 약속하는 킴의 거미줄에 완전히 사로잡혀 있다. 그것이 나를 아프게 할지라도 거기서 빠져나올 마음이 없었다. 어쩌면 필요악일지도 모른다. 그렇게 생각했다. 타투를 새길 때 고통을 느끼는 것처럼 내 변화의 일부였다. 그래서 난 어리석은 짓을 해 버렸다. 나는 킴의 손 소독제로 손바닥을 소독했다. 그것을 보자 야라는 창밖으로 뛰어내려 가버렸다. 눈물이 야라의 뺨 위로 흘렀다. 그 모습은 내 마음을 아프게 했지만 나는 아무 말도 하지 않았다. 나는 야라가 멀어지는 모습을 바라보다 조용히 내 방을 나왔다. 킴이 공들여 나에게 한 화장이라 울 수 없었다.

12. 일탈

다음 날 아침 나는 아주 일찍 일어나 킴이 알려 준 것을 정확하게 해냈다. 모든 것을 만족스럽게 하는 데까지는 한 시간 이상이 걸렸다. 운 좋게도 엄마는 이른 출근을 해서 나를 괴롭히지 못했다.

나는 5분 늦게 가장 엄격한 크래쩌 선생님의 수업에 들어갔다. 그 선생님이 독일어를 담당하게 되면서부터 독일어는 내가 가장 좋아하는 수업이 아니게 되었다. 크래쩌 선생님의 수업에 늦는 학생은 30분 동안 문 앞에 서서 자신의 인생에 대해 생각해 보는 시간을 가져야만 했다. 그리고 그 생각을 정리해서 제출해야만 했다. 나는 교실로 들어서면서 이미 릴리와 릴리의 실종, 그리고 채식주의의 자율신경계가 거기에 끼치는 영향 등에 대해 생각했다.

"좋은 아침이에요, 선생님."

"네? 뭐라고요?"

선생님은 미소를 지었다. 대체 왜 웃는 거지?

"구두굽이 보도블록에 끼어서요. 좀 늦었어요. 죄송합니다."

나는 거짓말을 했다.

크래쩌 선생님의 머릿속에서는 대혼란이 일어났다. 이마에 굵은 주름이 잡혔다. 마치 타이어에서 바람이 빠지듯 미소는 순식간에 얼어붙었다.

"이사벨라?"

선생님은 그제야 나를 알아보았다. 이 얼마나 멋진 순간인가? 나는 그 순간을 이용해 가능한 우아한 걸음걸이로 책상 사이를 가로질러 내 자리로 갔다. 주위가 수군거렸다. 그러나 그것은 선생님에 대한 속삭임이 아니었다. 바로 나에 대한 것이었다. 나는 도저히 흉내 낼 수 없는 그녀만의 방식과 방법으로 나에게 반응한 킴에게 윙크했다. 그녀는 핸드폰을 꺼내 내 모습을 찍었다. 나에게는 그 행동이 킴이 나를 인정하는 것처럼 받아들여졌다. 크래쪄 선생님은 별다른 말은 덧붙이지 않았다. 말을 약간 더듬기는 했지만, 곧 평정을 되찾고 수업을 계속했다. 대단한 사람이었다. 선생님을 당황하게 하려면 아마 더 엄청난 사건이 일어나야 할 것이다. 나는 만족했다. 야라는 나에게 쪽지를 건네주었다. 나는 그것을 펼쳤다.

'네가 더는 톡을 보지 않아서 – 금요일에 라티파네 집에서 파티가 열려. 올 거야?'

나는 답을 썼다.

'어제는 미안했어.'

나도 쪽지를 다시 보냈다.

'릴리 일은 어떻게 됐어?'

내 답 아래로 야라가 다시 글을 썼다. 나는 우울한 표정의 얼굴을 그려 넣은 쪽지를 보냈다. 그리고 고개를 돌리다 마테오와 눈이 마주쳤다. 그의 얼굴과 마주치는 고통은 이제는 희미해진 꿈처럼 견딜만 했다. 그는 마치 화살이 그에게 꽂힌 것처럼 내 시선이 그를 향하자 갑자기 양손으로 가슴을 부여잡고 쓰러지는 흉내를 냈다. 그리고 나에게 미소를 지어 보였다. 심장이 세차게 뛰었다. 나는 급히 빌헬름 텔을 구석구석 파헤치고 있던 크래쪄 선생님을 향해 몸을 돌렸다. 호주머니 속의 핸드폰이 요동을 쳐대었다. 반 전체가 혼란에 빠졌다. 늑대들이 양 한 마리를 노리고 달려드는 중이었다. 나는 빌헬름 텔에서 사과의 의미가 무엇인지에 대해 알려고 집중했다. 수업이 끝나고 크래쩌 선생님은 손짓으로 나를 불렀다.

"이사벨라, 무엇을 하든 괜찮지만 너무 도가 지나치지 않게만 하렴."

선생님은 덥수룩한 눈썹을 위로 추켜세우고 나에게 깊은 시선을 던졌다. 그것이 나를 불안하게 했다. 그는 내 내면 깊숙한 곳을 건드려 나는 울음이 터져 나오려 했다.

"선생님, 빌헬름 텔은 정말 병신 같아요."

킴이 갑자기 내 옆에서 벌떡 일어나더니 말했다. 킴이 이러는 건 처음이었다. 크래쩌 선생님은 말을 멈추고 킴을 바라보았다.

"그게 무슨 소리니?"

킴의 대답을 기다리는 동안 나는 선생님의 코가 실룩이는 것을 분명하게 봤다. 그는 간신히 화를 참고 있었다.

"뭐, 그러니까 제가 방금 말씀드렸듯이 병신 같다고요. 병신은 어원상으로 보면 몸이 불편한 사람을 말하는 거잖아요. 여기서 말하는 주제는 진짜 별로예요. 밥맛이에요. 말도 안 되고."

크래쩌 선생님은 킴을 노려보았다. 맙소사.

"둘 다 잘 들어라."

선생님은 천천히 말했지만 굉장한 분노로 가득 차 있었다.

"나를 놀리고 싶다면 좀 더 옷을 단정하게 입어야 할 거다."

"놀리다니요?"

킴은 참을성 없이 곧바로 대꾸하면서 입을 비쭉 내밀었다.

"무슨 소리세요, 선생님."

선생님은 가방을 집었다.

"오늘 내가 너희 둘에게 내 주는 숙제는 이거야. 어원적으로 비속어로 쓰인 병신의 용법. 그리고 킴."

그는 머리를 살짝 숙이고 목소리를 낮췄다.

"너는 학교와 약속한 것이 있어. 그걸 잊지 말아라."

선생님은 내 쪽으로 살짝 몸을 돌렸다.

"이사벨라, 잘못된 길로 가지 마. 꽃이 피어 있다고 해서 항상 그 길이 좋은 건 아니야."

그리고 선생님은 교실을 나갔다. 킴은 만족스럽게 웃으며 당당하게 자리로 돌아갔다. 그녀가 지금 나를 위해 나선 것일까? 그리고 사건은 계속 일어났다. 라티파가 나를 진절머리 나게 한 것은 이번이 처음이었다.

"이시, 대체 어떻게 된 거야? 내가 초대장 보냈잖아."

"벌써 멋지게 차려입었구먼."

레니가 말했다.

"금요일까지 쭉 이렇게 입고 있을 거야?"

그는 손가락으로 내 얼굴을 만져보려 했지만 나는 재빨리 뒤로 물러났다.

"야, 왜 이래. 하지 마."

"얼굴에 그렇게 많이 바르면 가면을 쓴 것 같겠어."

그는 이렇게 말하고 자신의 농담에 만족한 듯 웃었다.

"아 그러셔. 킴을 좋아하는 사람이 누구였더라."

"이봐, 너무 아프게 공격하지는 마. 킴은 전문가야. 인기 패션 채널도 운영한다고."

"그래. 그런데 왜 킴이랑은 이야기도 안 해? 우리 반에 또 전문가가 누가 있지?"

"시도는 해봤어."

레니는 웃었다.

"그런데 바로 상급반 보디가드들이 다가오더라고."

"지금, 여기서는? 지금은 아무도 없잖아."

나는 킴을 가리켰다. 그녀는 다시 핸드폰으로 바쁘게 무언가를 하더니 입술을 내밀며 뽀뽀하는 모습을 찍었다.

"아, 지금 그냥 혼자 프라이버시를 지키게 해야 하지 않을까? 안 그래?"

"뭐, 그래. 알았어. 나도 지금 프라이버시가 좀 필요한데."

"이시. 너 지금 너무 올라가 있어. 다시 우리가 있는 땅으로 돌아와."

"뭐, 올라가 있다는 말은 듣기 좋네."

내가 말했다.

"금요일이 지나면."

"레니, 과장하지 마."

야누크가 끼어들었다.

"사람이 이런 것도 해 볼 수도 있지. 뭘."

"뭐, 그래. 쌍둥이 룩이 지금 유행이긴 하지."

레니는 아랑곳하지 않고 이렇게 말하며 다음 셀카를 찍을 준비를 하느라 아무 눈치도 채지 못한 킴을 가리켰다. 그녀는 우리와 함께할 생각이 없어 보였다.

"그러니까 너는 너의 역할을 해야만 하는 거겠지."

레니는 내 팔을 살짝 꼬집으며 미소 지었다. 마테오가 내 앞에서 그를 끌고 갔다.

"레니, 똑바로 행동해. 이시는 우리 친구야. 네가 해킹당했을 때 집으로 너를 끌고 갔던 이시라고. 네 엉덩이를 구하려고 너희 부모님 시선을 끌던 이시. 이 세상에서 가장 멋진 파티를 여는 사람이잖아."

그는 레니를 잡고 흔들었다.

"알겠어?"

레니는 고개를 끄덕이고는 사라졌다. 하지만 나는 오래전부터 아주 멀리, 멀리 떨어진 나의 섬에 있었다. 그리고 굶주린 괴물의 뱃속에서 울리는 소리처럼 오로지 단 한 문장밖에 생각할 수 없었다. 그러니까 너는 너의 역할을 해야만 하겠지, 레니는 이렇게 말했다. 갑자기 나는 내가 임신한 물개라도 된 듯 뚱뚱하게 느껴졌고 그러자 내가 새롭게 얻었던 모든 빛은 사라져 버렸다.

"우리 이따가 볼까?"

야라가 물었다. 내가 거절할까 봐 그녀의 눈빛이 떨리고 있었다.

"그래."

내가 대답했다.

"조깅하러 가자."

13. 오직 한 사람만

우리는 알스터 거리를 따라 달렸다. 내가 너무 힘들어하자 야라는 나를 위해 속도를 줄여야만 했다. 나는 그저 한 마리의 살찐 오리에 불과했다. 숨이 너무 차 헐떡이는 나 때문에 우리는 이야기도 별로 하지 못했다. 또 야라는 특별히 날씬한 편도 아니었다. 기분이 너무 우울했다. 나는 킴에게 어떻게 그렇게 날씬한 몸매를 유지하는지 물어봐야만 했다. 저녁에 핸드폰을 확인하자 읽지 않은 톡이 103개나 되었다. 대부분 같은 반 단체톡이었다. 나는 읽어보고 싶지 않았다. 하지만 킴에게서 온 톡도 있었다. 나는 재빨리 채팅창을 열었다. 킴은 학교에서 찍은 사진을 보냈다. 내가 교실에서 걸어가는 모습이었다. 하지만 사진 속 나는 전혀 달라 보였다. 훨씬 날씬했고 입술은 더 두꺼워서 완벽해 보였다.

'어떻게 한 거야?'

나는 킴에게 톡을 보냈다.

'가르쳐 줄게.'

곧바로 답장이 왔다.

그리고 30분도 채 지나기 전에 킴은 우리 집 현관에 서 있었다. 엄마가 문을 열었다.

"킴이라고 했지? 맞니?"

엄마는 손을 내밀었다. 킴은 잠시 망설이다가 엄마의 손을 슬쩍 잡는 둥 마는 둥 하고는 바로 소독제를 꺼내 손을 소독했다. 엄마는 놀라서 그 모습을 바라보았다. 하지만 킴은 신경 쓰지 않고 엄마를 지나쳐 내가 서서 기다리고 있는 계단 위로 올라와 나와 인사를 했다.

"이사벨라, 친구도 같이 저녁 먹을 거니?"

엄마가 아래에서 물었다. 킴은 고개를 저었다.

"아니요."

나는 이렇게 대답하고 방문을 닫았다.

킴은 나에게 사진을 어떻게 편집하는지 보여 주었다. 그녀의 핸드폰에는 진짜 마법을 부릴 수 있는 다양한 앱이 깔려 있었다. 그걸 이용하면 뚱뚱한 여자도 힘들이지 않고 미스 애리조나로 바꿀 수 있었다. 그걸 킴은 인스타 KimGalaxy에 업로드했다. 그리고 거기에 #like4like #followme 같은 해시태그를 붙였다. 그런 해시태그를 붙이면 금방 좋아요가 달린다는 것을 나는 알게 되었다. 킴은 만족스러운 표정으로 딱, 혀로 소리를 냈다. 만약 이런 과목이 있다면 킴은 최고점을 받을 것이 분명했다. 오히려 가르칠 수도 있을 것 같았다. 아마 크래쪄 선생님은 눈이 휘둥그레지겠지. 나는 붉은 입술이 걸린 달과 화려한 고리를 가진 토성이 있는 그녀의 문신을 가리켰다.

"어떻게 부모님에게 허락을 받은 거야? 하려면 뭐 서류에 서명해야 하고 그렇지?"

"내 전 남친이 했어. 주인을 협박했지. 먼저 타투를 하고 그 다음에 같이 잤어."

킴은 웃었다.

"지금은 그 주인에게 고소당했지."

그 말은 나를 얼어붙게 했다.

"뭘 그렇게 멍하게 쳐다봐. 그가 자초한 거야. 형편없는 남친이었거든."

"그래도……."

나는 잠시 내가 그 남자의 편을 들었나 생각하다가 그냥 그대로 두었다. 그는 당연히 그곳에 가지 말았어야 했다.

나는 다른 질문을 했다.

"금요일에 라피타가 여는 파티에 올 거야?"

그러자 확신할 수는 없지만, 킴의 얼굴에 작은 미소가 떠올랐다가 재빨리 사라지는 듯했다.

"일단 보고."

그녀는 지루해하며 대답했다.

"내 또래 그룹이 아니니까 말이지."

"뭐 네 무슨?"

"그러니까 내가 자주 만나서 노는 사람들이 아니라고."

"아, 그래."

나는 조금 실망했다.

"너는 누구랑 친해?"

"다음에 나랑 같이 가자."

그녀가 덧붙이듯이 말했다. 만약 이것이 거대한 파장을 일으킬 것이라는 예감이 들었더라면 나는 당장 이야기를 멈췄을 것이다. 그리고 벌떡 일어나 그녀를 문밖으로 쫓아내고 방문을 꽉꽉 걸어 잠근 다음 열쇠를 화장실 변기에 던져 버렸을 것이다. 하지만 그러는 대신 난 멍청하게 눈이 먼 레밍 쥐처럼 그녀의 뒤를 쫓아 낭떠러지를 향해 똑바로 걸어가는 중이었다.

"봐 봐, 벌써 좋아요가 15개야! 사람들이 너를 좋아한다니까."

킴은 핸드폰으로 조그만 하트 아래 숫자 15를 가리켰다. 이제 16이 되었다.

"하지만 나는 진짜 이렇게 생기지 않았는데."

나는 킴을 옆에서 자세히 관찰했다. 소파 깊숙이 기대어 앉아 있는 그녀의 모습은 할리우드 스타처럼 보였다.

"너는 어떻게 그렇게 날씬해?"

내가 물었다.

"너는 네 사진에 별로 손댈 필요도 없지?"

킴은 아름다운 머리카락을 어깨 뒤로 슬쩍 넘기더니 옷깃을 살짝 잡아당겼다.

"간단해."

그녀가 말했다.

"적게 먹고 많이 운동하는 거지."

그녀가 웃었다.

"그리고 제일 중요한 점, 배고픔이 느껴질 때마다 이제 날씬해지겠구나, 생각하는 거야. 그럼 기분이 좋아질걸."

"그게 전부야?"

"응"

"네가 보기에 나도 더 날씬해질 수 있을까?"

"응"

킴의 눈이 반짝였다.

"그러고 나면, 너도 이제 잘생긴 남자들을 만날 수 있을 거야."

나는 나도 모르게 한 발짝 뒤로 물러났다. 그게 내 목적인가? 멋진 남자를 만나는 것? 킴은 곧바로 내가 어떤 생각을 하는지 알아챘다.

"그럼 너는 마테오랑 어쩔 생각이었는데?"

나는 생각했다.

"걔는 아직 애송이야."

물론 나는 그렇게 생각하지 않았다. 나는 마테오의 편을 들기 위해 킴에게 사과를 요구할 뻔했다. 하지만 나는 그렇게 하지 않았다. 엉망진창인 내 삶을 새롭게 정리하도록 도와준 사람은 결국 킴이었다. 게다가 나는 아직 온실 밖을 나가 본 적도 없었고 그 밖에 무엇이 있는지, 누가 있는지 알지 못했다. 나는 여가를 거의 우리 반 아이들과 보냈는데 그 아이들도 나와 비슷한 무리였다. 아마 저 바깥은 사실 아마 엄청나게 거대할 것이다. 그리고 나를 엄청나게 행복하게 해 줄 무엇인가가 혹은 누군가가 존재할 것이다. 그럴만한 가치가 있다고, 나는 결론

내렸다. 그래서 이 방에서는 녹색 눈을 가진 나만의 꿈속 왕자님을 킴이 비방하는 것을 단죄하지 않기로 결심했다.

14. 팔로워 만들기

킴은 내 토끼 계정이 부끄럽다고 생각했고 거기에 대해 생각하면 할수록 어리석게도 나 역시 그런 기분이 들었다. 그래서 나는 @Easy4ever라는 프로필을 새로 만들고 계정을 다시 시작했다. 킴은 내 채널을 활성화하려면 처음에는 팔로워를 조금 구매해야 한다고 말했다.

"산다고? 너도 그래서 팔로워가 그렇게 많은 거야?"

킴은 망치가 못을 두드려 박는 것처럼 날카롭게 나를 노려보았다. 나는 내가 이미 선을 넘었다는 것을 바로 깨달았다. 사람들은 주커버그에게 올바른 윤리적 신념에 따라 회사를 설립했는지를 묻지 않는다. 하지만 킴은 젓가락처럼 얇은 다리를 꼬아 앉으며 그냥 웃었다.

"인스타 여왕은 그냥 즐기는 거야. 그리고 말하지 않지."

킴은 내내 손에 쥐고 빙글빙글 돌리고 있던 약 캡슐을 눌러 약을 꺼낸 다음 물과 함께 삼켰다.

"잘 나가는 계정에는 항상 뭔가가 있어. 아니면 그 정도는 안 돼."

킴은 존재하지도 않는 그녀의 뱃살을 꼬집어 보았다.

"자, 얼른 시작하자. 너의 미래를 위해 할 일이 있잖아."

우리는 한 시간 만에 3장의 사진을 처음으로 업로드했다. 그리고 나는 구석에 있는 작은 하트를 쳐다보았다. 5분 만에 네 명이 좋아요를 눌렀다. 아직 큰 의미가 있는 숫자는 아니었지만, 그들은 나의 새로운 이지를 인정한 것이라 나는 몹시 기뻤다.

킴이 모든 것을 마치고 떠났을 때 저녁은 차갑게 식어 있었고 엄마는 100살은 더 나이 들어 보였지만 나는 기쁨에 넘쳤다. 이제 나는 셀카를 섹시하게 보이게 바꿀 수 있고 앞으로 내 인생은 다시 빛나게 될 것이기 때문이었다.

접시에 담긴 리소토를 정확하게 딱 절반만 먹은 후 나는 숟가락을 접시 옆에 내려놓고 엄마에게 이제부터 살을 뺄 것이라고 알렸다. 그건 엄마에게 선전포고를 던지는 것과 같았다.

"네가 뺄 살이 어디 있다고 그래!"

엄마가 화를 냈다.

"어디를 빼고 싶은 건데?"

"전부."

"분명히 킴이 그러라고 한 거지, 그렇지? 걔는 비쩍 말라비틀어졌어. 대체 그 애 부모님은 뭐라고 할지 진짜 궁금하구나.

그 애는 병자 같아 보여."

테이블 위로 숟가락을 두들기면서 화를 내는 엄마의 얼굴이 빨갛게 달아올랐다.

"엄마는 뭐 달 뒤편에서 사는 거야? 지나가는 여자들이나 잡지라도 좀봐. 거기에 나처럼 뚱뚱한 모델은 안 나와."

"이사벨라, 그 바비 인형 같은 몸은 굶주리면서 만든 거야. 그런 것에 집착하지 마. 그렇게 얼굴에 화장을 떡칠하지 않아도 너는 충분히 예뻐."

"예쁘다고? 엄마만큼? 그만큼 예뻐?"

나는 폭발했다.

"이 정도면 나도 토끼 살해범 정도는 충분히 불쌍히 여겨 집으로 들일 수 있을 정도의 미모야?"

나는 의자에서 벌떡 일어나 엄마의 뺨을 손가락으로 슥 문질렀다.

"그럼 이건 뭐야?"

나는 화장품이 엳게 배어 나온 내 손가락을 들어 보였다.

"이건 당연히 화장품은 아니겠네, 그렇지? 나이가 들어서 쌓인 묵은 먼지야?"

그리고 나는 곧바로 위층 내 방으로 뛰어 올라갔다. 나는 문을 잠그고 지붕 채광창을 열어 밖으로 기어나갔다. 그리고 따뜻하게 데워진 지붕 위에 누웠다. 아래쪽에서 무언가가 깨지는 소리가 들렸다. 그리고 문이 거칠게 열리더니 자동차가 출발하는 소리가 들렸다. 내 옆에서 갑자기 나지막한 흥얼거림이 시작되었다.

"야라! 맙소사, 내가 얼마나 놀랐는지 알아? 도대체 얼마나 오래 이 위에 있었던 거야?"

그녀는 노래를 멈췄다.

"한참 있었어."

그녀는 나를 쳐다보았다.

"충분하다고 할 만큼 오래."

"뭐 때문에?"

야라는 대답하지 않았다.

"야라, 그렇게 이상하게 생각하지 마. 킴은 나에게 많은 걸 가르쳐줘. 그게 전부야. 그리고 너도 알고 싶으면 내가 다 가르쳐 줄게."

"그런 게 진짜 왜 필요한 거야, 이시?"

"즐겁게 살려고."

야라는 씁쓸하게 웃었다.

"만약 누군가 인생이 즐거운 사람이 있다면 그건 분명히 우리일 거야, 그렇지 않아?"

그녀는 나를 슬픔에 가득 찬 눈으로 바라보며 울었다. 나는 아무 말도 할 수가 없었다. 그냥 어이가 없었다.

"하지만 인생에는 우리가 발견해야 하는 것이 훨씬 많아. 상황이 우리를 변하게 한다는 거, 기억 안 나?"

"너희 엄마 말뜻은 전혀 다른 의미였을 거야."

야라가 말했다.

"아냐, 내 말이 맞아."

"그럼 우리는? 우리는 어떻게 되는 건데?"

"우리도 변하는 거지."

"아냐, 이시. 나는 언제나, 늙어서라도 너의 가장 친한 친구일 거고 모든 것을 너와 나눌 거야. 그게 나쁜 것이라 할지라도. 킴이 너를 꼬여내더라도 나는 변하지 않아. 그건 내가 아니야. 그리고 너도 아니야."

나는 깜짝 놀랐다. 야라는 결단을 기다리고 있었다. 나는 다른 선택지가 없었다. 새로운 곳은 즐거움으로 가득 차 있고 많은 것을 보장해 주었다. 예전의 것은 이제는 더는 존재하지 않는 인생에 속해 있었다. 그래서 내가 선택할 것은 하나밖에 없었다.

"예전의 이시는 이제 없어, 야라."

이 말을 하는 것은 아팠다……. 정말 좋았던 시간이었기 때문이었다. 그리고 내 안에서는 의심스러움을 속삭이는 목소리도 들려왔다. 나는 진심으로 예전의 이시를 버리고 싶은 것인가? 아니면 나는 이시를 달콤한 망상의 희생양으로 삼으려는 것일까? 나는 안간힘을 써서 이런 생각이 떠오르는 것을 외면했다. 사실 별다른 말이 필요 없었다. 네 말이 맞아, 야라. 내 입에서 이런 말이 나왔다면 아마 하늘도 손뼉을 쳤을 것이다. 그러나 그 대신 하늘은 말없이 흐르고 있을 뿐이었다. 그리고 나는 나의 새로운 가면 뒤로 숨었다. 눈물이 통과할 수 없는 그곳으로. 제기랄. 제기랄. 제기랄.

나중에 야라는 조쉬의 파티에서 찍은 마테오의 사진을 나에게 다시 보냈다. 밑에는 물음표와 울고 있는 이모티콘이 있었다. 이번에 나는 그것을 지우지 않았다. 그것은 내가 간직하고 있어야만 하는 내 의구심의 마지막 보루였다. 나는 킴이 그것을 우연히 보게 될까 봐 사진을 메시지 함에서 지우고 따로 폴더를 만들어 저장했다. 폴더 이름은 나뭇잎으로 했다. 나는 천장에 앉아 그 사진을 오랫동안 들여다보았다. 귓가에 페이크러브(Fake Love)가 들려왔고 하늘에는 큰 구멍이 뚫린 것 같았다. 그것은 나를 뒤흔들었고 빌어먹을 감정이 물밀 듯이 밀려왔다. 나를 쥐어뜯고 싶다는 생각이 들기 전에 나는 비상 브레이크를 밟았다. 나는 단체톡의 내 프로필 사진을 열어서 장미 울타리에 기댄 어린이용 자전거 사진을 지우고 좀 전에 킴과 작업한 사진 중 하나로 바꿨다. 동시에 내 마음속에 불어오는 폭풍은 엄청난 눈물로 내 볼 위를 흐르게 했다. 내 화장은 쉴 새 없이 흘러내리는 구불구불한 물줄기와 맞서는 중이었다. 아마 분명히 미친 광대처럼 보였을 것이다. 징, 징, 징. 반응은 그리 오래지 않았다. 나는 톡 방을 확인하지 않았다. 아빠에게 톡이 올 때까지.

'이사벨라? 이거 아직 네 계정 맞아? 맞으면, 어찌 된 거야? 곱슬머리는 어쩌고 몸은 왜 이렇게 말랐어? 연락해! 아빠'

'조금 바꿔 봤어. 아빠처럼 말이지.'

나는 필터를 이용해 아빠 사진에 강아지 귀와 꼬리를 붙인 다음 그 사진도 첨부해 보냈다. 한참 동안 아빠는 답이 없었다.

'나는 이제 나이가 들었나 보다.'

아빠는 사진 하나를 올렸다. 아빠는 종이 벽 앞에 쪼그리고 앉아 있었다. 입에는 돌돌 말린 잡지를 물고, 머리에는 반바지를 뒤집어쓰고 있었다. 머리에 뒤집어쓴 반바지 끝으로 강아지 귀처럼 머리카락이 튀어나왔고 두 손을 강아지 발처럼 가슴에 딱 붙이고 있는 모습에 나는 웃을 수밖에 없었다. 아빠는 역시는 그랬듯 최고였다.

그러나 사진을 확대해 자세히 살펴보던 나는 다음과 같은 것을 깨달았다. 첫째로 이건 셀카가 아니었다. 분명 다른 사람이 찍어준 것이었다. 둘째로 사진 가장자리, 오른쪽 아래 모서리에 신발이 놓여 있다는 걸 알 수 있었다. 앞부분이 뾰족하고 굽이 높은 스틸레토였다.

그리고 이 두 번째 사실이 나의 상처받은 심장을 더 아프게 찔렀다. 나는 신발이 찍힌 부분을 잘라내어 아빠에게 아무 말 없이 보냈다. 답장이 오기까지는 오래 걸렸다. 너무 오래 걸렸다.

'엄마가 이야기 안 했어?'

'뭘 이야기하는데?'

'너 지금 어디야? 엄마는 어디 있어?'

'뭘 이야기해야 하는 건데?'

'지금 엄마 있니?'

나는 독거미라도 붙은 것처럼 지붕창을 통해 전화기를 아래 매트리스로 휙 던졌다. 하지만 곧바로 방으로 내려와 시트 사이에서 전화기를 다시 찾아 들었다. 상황은 변하는 거야, 상황은 변하는 거야, 상황은 변하는 거야. 나는 스스로 주문을 걸었다. 그리고 다른 톡방을 훑어보았다. 마테오에게 메시지가 와 있었다. 나는 그걸 열었다.

'몸조심해, 내 잠자는 숲속의 공주.'

그리고 라티파에게서 온 메시지.

'나는 너에 관한 건 전부 좋아했어.'

레니

'아아아, 누가 너를 그렇게 홀렸냐.'

코피

'오늘 너 멋져 보였어.'

그래, 아, 제발. 그렇게 되어야 해.

15. 심야의 질주

시작부터 나는 라피타의 파티에 이미 흥미를 잃었다. 나는 나의 새로운 스타일이 맘에 들었지만 반 아이들은 내가 무슨 전염병 환자라도 되는 듯 거부했다. 그건 옳지 않았다. 나는 애들에게 기회를 주기로 했다. 하지만 말 그대로 실패하고 말았다. 우리는 우리끼리 하는 게임인 스트립 빈 병 돌리기 게임을 했다. 세 번째로 걸리는 사람이 옷을 하나씩 벗어야 하는 게임이었다. 우리는 파티에서 자주 그러고 놀았다. 당연히 속옷까지는 아니었고 대충 비키니 상태가 될 때 멈추곤 했다. 그래서 대부분 여자애들은 미리 속 옷 안에 옷을 더 입기도 했다. 나는 이번에는 그 생각을 전혀 하지 못했다. 오직 딱 붙는 티셔츠 안에 입을 속옷이 얼마나 티가 안 날지만, 신경 쓰느라 말이다. 그리고 내가 바지를 벗을 차례가 되었을 때 일이 터지고 말았다. 그날 내 팬티는 촌스러운 큰 팬티였고 더구나 내가 바지를 벗으려 한다면 단추를 머리 고무줄로 묶어놓은 것을 모두 보게 될 것이었다. 바지가 아직도 나에게 너무 작았다. 그래서 나는 벌칙을 거부했다. 이제까지 그런 일이 일어난 적은 한 번도 없었다. 우리는 서로의 속옷을 백번도 더 본 사이였다. 게다가 난 애들을 웃기려고 아빠의 트렁크 팬티를 입고 간 적도 있었다. 하지만 오늘은 참을 수 없었다. 나는 벌떡 일어나 더는 하고 싶지 않다고 선언했다. 그러나 아이들은 나를 둘러싸고 야유를 보내며 합창을 해댔다.

"벗어라! 벗어라! 벗어라!"

나는 말 없이 가방을 집어 들고 밖으로 나와 버렸다. 아주 멍청한 병신 같은 일을 저질렀다. 야라는 이럴 때 늘 나를 따라 나왔지만, 이번에는 나오지 않았다. 나는 집 앞길에 주저앉아 킴에게 메시지를 보냈다.

'나 좀 데려가.'

갑자기 마테오가 옆에 와 앉았다.

"다시 들어가자."

나는 고개를 흔들었다.

"다들 기다리고 있어."

지잉. 핸드폰이 울렸다. 킴이었다.

'열 시에 슈테른샨쯔역에서 보자. 리도로 갈 거야.'

"나는 약속이 있어."

나는 마테오에게 이야기했다.

"아 그래."

그는 자리에서 일어났다.

"그럼……."

그는 다시 안으로 들어갔고 내 등 뒤로 문이 닫혔다. 안에서는 모두 큰 소리로 웃고 있었다. 나는 알 수 있었다. 누군가가 방금 마지막 옷을 벗었고 마지막 사람이 팬티만 입은 채로 엉덩이춤을 추고 있다는 것을. 왜 그렇게 냉정하게 나와 버렸을까. 그것도 내 스스로.

10시 정각에 나는 지하철역 앞에 서 있었다. 킴은 가죽 재킷을 입고 한 손에는 독한 술 한 병을 들고 있었다.

"잘 생각했어."

그녀가 말했다.

"자, 가자."

우리는 다음 지하철을 탔다. 모든 사람이 우리를 쳐다보았다. 맹세코 전부가. 믿을 수 없는 일이었다. 우리가 플로트벡역에 도착할 때까지, 매번 역에 정차할 때마다 한 명씩, 한 명씩, 총 세 명의 남자들이 말을 걸어왔다. 그들은 9학년(한국 나이로 중3. 극 중 주인공 또래)이 아니었다. 학생이 아니라 그냥 정말 멋진 어른 남자들이었다. 나는 아무 말도 못 하고 킴을 관찰했다. 그녀는 능숙하게 상대하고 있었다. 셋 중 둘은 정말 잘생겼다. 엘베강에 도착해 우리는 신발을 벗고 해변에서 불타오르고 있는 모닥불로 걸어갔다. 주위에는 7명이 둘러앉아 있었다. 대부분 손에는 맥주병이 들려 있었고 담배를 피우고 있었다. 그들은 킴을 보자 마치 그녀가 큰 상이라도 탄 것처럼 맥주병을 치켜들고 휘두르며 휘파람을 불었다. 그중 한 명이 재빨리 우리에게 다가오더니 이로 맥주병 뚜껑을 따서 건넸다.

"얘는 이지야."

킴이 말했다.

"완전 쉬운 이지."

"많은 뜻이 있는 것처럼 들리네."

그 남자가 말했다.

"나는 클리브야. 리도에 온 걸 환영해."

그는 나에게 주먹을 내밀며 인사를 했다.

"리도?"

"응. 여기는 VVIP들만 모이는 곳이야."

그가 코맹맹이 소리를 내며 우쭐댔다.

"알리프는 어디 있어?"

그가 킴에게 물었다. 킴은 자신의 어깨너머로 무언가를 휙 던져버리는 손짓을 했다.

"아하, 알았어."

그리고 그리는 몸을 돌려 다른 방향으로 걸었다. 우리는 그 뒤를 따라 걸었다.

"이 두 미인 자리를 좀 만들어봐."

클리브는 둥글게 앉은 사람들에게 말했다.

"킴, 안녕."

스무 살 정도 되어 보이는 남자가 말을 걸었다. 그 역시 가죽 재킷을 입고 있었다. 그는 조금 뒤로 물러나 옆으로 빈자리를 만들어 주었다.

"어 안녕, 라떼."

이렇게 말하고 킴은 그의 앞에 자신이 가져온 술병을 모랫바닥에 꽂았다.

"내가 걸크러쉬의 힘을 좀 가져왔어."

킴은 나를 가리켰다.

"얘는 이지야. 너무 쉬운 이지."

나는 그제야 둘러앉은 이들 대부분이 남자인 것을 알아차렸다. 클리브 옆에 또 한 명의 소녀가 앉았지만, 그녀는 클리브와 다리를 서로 꼰 채로 부둥켜안고 있었다. 그녀는 몹시 짧은 치마를 입고 있었다. 그녀의 건너편에는 뒤집은 맥주 상자에 펑크족 소녀가 앉아 있었다. 머리카락은 분홍색으로 물들어 있었고 엄청 진한 눈 화장에 코에는 코걸이가 있었다. 야윈 얼굴에는 광대뼈가 선명할 정도로 드러나 있어 강렬한 인상을 풍겼다.

"안녕."

내가 말했다. 펑크족 소녀만 빼고 모두 나에게 미소를 보내며 반겼다. 킴은 덩치가 커 보이는 라떼 옆에 앉았다. 그의 무릎은 부자연스럽게 위로 올라가 있었다.

"이지라니 재밌네."

그 자리에 전혀 어울리지 않아 보이는 양복 입은 남자가 말했다. 그의 넥타이는 허벅지까지 늘어져 있었다. 그가 뒤로 조금 물러나 자리를 만들었다.

"럭키는 오늘 면접이 있었어."

킴은 벌써 내 생각을 알아차렸다. 나는 럭키 옆에 앉았다. 하지만 그는 전혀 럭키해 보이지 않았고 좀 취해 있었다.

"어차피 네가 갈 곳은 아니었어."

킴이 그에게 말했다.

"너는 매일 거기서 뭔가를 들고 나왔을걸. 게다가 은행에서 일하고 싶은 사람이 대체 누가 있다고 그래? 거기서 그냥 돈이나 뽑아 나오면 끝인걸."

"너무 공감되는 위로 고맙군."

럭키가 웃으며 말했다. 그에게서 술 냄새가 풍겨왔다.

"그런데 얘는 어디서 데려온 거야?"

그가 나를 바라보았다. 모두의 시선이 나에게 향했다.

"아 우리는……."

내가 입을 열었지만 킴이 재빨리 내 말을 낚아챘다.

"파티에서 알게 됐어."

그녀가 말했다.

“내 전 남친 파티에서 알았지. 전 남친 친구의 여자 친구였어.”

킴은 예전 수업 시간에 포웩 선생님에게 계산 공포증이 있다고 말한 뒤 선생님을 바라보던 바로 그 눈빛으로 나를 쳐다보았다. 그 누구도 킴의 말을 의심하지 않았다.

“전 남친 친구의 전 여친이라. 멋지네.”

다른 누군가가 킴의 설명을 정리했다. 킴은 그를 향해 엄지손가락을 들어 보였다.

“맞아.”

그러자 모두의 시선이 다시 나에게 쏠렸다. 킴은 방금 내 처녀성을 없애버린 셈이 되었다. 나는 약간 어른이 된 느낌이 들었지만, 한편으로는 솔직히 불안했다. 남친이 있었다는 것은 무엇인가를 기대하게 만든다. 경험이 있을 것이라는 기대. 하지만 실제로 경험이라고는 잡지에서 연예인들 사진을 보거나, 초등학교 때 손을 잡아 본 것과 야라와 킥킥대며 청소년 관람불가 영화를 본 것 그리고 병 돌리기 게임을 할 때 걸려서 아무 느낌 없이 입술만 대어 본 것이 전부였다. 그것도 단 한 번, 상대는 마테오였다. 하지만 그건 내 연애사에서 가장 큰 자랑거리였다. 그런데 맙소사, 나는 지금 모든 것을 다 해 버리고 만 것이다. 참으로 흥미진진한 일이었다. 왜 킴은 그녀의 삶을 이렇게 꾸며 대는 것일까. 나는 그 밤 내내 그 생각만 하다가 비로소 우리 둘만 있게 되어서야 그녀에게 그것을 물어볼 수 있었다.

"학교라고 하면 지루해 보이잖아."

이것이 설명의 전부였다. 하지만 나는 무엇인가가 더 감춰져 있다는 것을 느꼈다.

킴은 역시 친구가 있었다. 나는 야라에게 킴에 관한 생각이 그르다고 정말 말해 주고 싶었다. 또 이 사람들도 파티에서 게임을 했다. 바로 우리처럼 말이다.

"자 빨리 시작하자."

킴이 말했다.

"전 남친 친구의 전 여친은 서로를 잘 알아야 하니까 말이지."

그녀가 웃었다.

"자 돌아가면서 '난 아직 뭐뭐를 해 본 적 없다.' 라고 하는 거야. 나부터 시작할게."

하지만 그때 하늘에서 구름이 걷히고 모닥불 바로 위해 커다란 보름달이 떠올랐다.

"우와아아."

킴은 환호성을 지르며 자리에서 벌떡 일어났다.

"이지, 빨리빨리. 얼른 사진 찍어야 해."

전부 한숨을 내쉬었다. 하지만 킴은 아무것도 들리지 않는 것처럼 보였다. 그녀는 럭키를 한 뼘 정도 밀어내고 자리를 만들어 그 사이로 끼어 앉았다.

"프로필 사진이야. 서로를 쳐다보고 있는데 딱 그 사이에 달이 떠있게 하자."

그녀는 내 머리를 어깨 뒤로 쓸어 넘겨주고 자신의 머리도 그렇게 했다. 그리고 핸드폰을 높이 쳐들었다.

"이건 좋아요를 엄청 받을 거야."

이렇게 말하며 그녀는 나를 보며 정말 천사 같은 미소를 지었다. 그렇게 사진을 여러 번 찍고 난 다음 그 미소는 곧바로 사라졌다. 그녀는 벌떡 일어나 다시 라떼 옆자리로 돌아갔고 핸드폰에만 집중했다.

"좋아, 여러분."

올라프가 말했다.

"킴은 일단 바쁜 것 같으니 우리끼리 시작하자. 내가 먼저 할게. 음, 나는 아직 남자랑 딥키스를 해 본 적이 없다."

올라프는 조금 둥글둥글한 편이었는데 특히 배가 둥글게 부풀어 있었다. 팔뚝에 멋진 카멜레온 문신이 있었다.

"나는 파울라라는 여자랑 해 본 적이 있지."

이름이 예니였던 펑크족 소녀가 팔을 위로 쳐들어 올리며 말했다. 그다지 눈에 띄지 않는 스타일이었던 워커를 신고 있던 벤이라는 창백한 남자도 손을 들었다. 킴은 그들을 핸드폰으로 보았다.

"만약 네가 벌써 해 본 거라면 손을 들어. 전부 다 손을 들면 그 사람이 마시는 거야."

그녀는 미소를 지으며 설명했다. 킴은 내가 그들과 똑같은 행동을 하도록 여기에 데려온 것처럼 나에게 모든 것을 강요했다. 하지만 나는 움직이지 않았다. 럭키, 라떼, 클라이브와 그의 여자 친구 레일라 역시 손을 들지 않았다. 게다가 이건 귀여운 얼굴에 보조개가 있는 쿠델이라는 남자와도 맞지 않았다.

"자, 마시자!"

올라프가 말했다. 모두 맥주병을 잡기 위해 팔을 내렸다.

"죽어 보자!"

킴은 한 병의 절반을 단숨에 마셔 버렸다. 나는 내내 그녀를 지켜보았다. 그녀는 여자랑 키스를 해 본 적이 있다. 그것도 딥 키스를.

"킴!"

올라프가 불렀다.

"알았어……. 나는 아직 안 해 본 것이……."

킴은 나를 쳐다보았다.

"동물을 키워 본 적이 없다."

그것은 내 마음을 찔렀다. 나는 한동안 릴리를 잃어버렸다는 사실을 잊고 있었다. 레일라가 손을 들었다. 게다가 라떼, 럭키,

올라프와 벤까지. 나는 좀 더 주저했다. 내가 맥주를 마셔야 한다는 뜻이기 때문이었다. 그리고 유감스럽게도 역겨움이 올라왔다. 순간 내가 아주 어렸을 때 아빠가 자신의 맥주잔을 한 번 맛보게 해 준 것이 떠올랐다. 내가 얼굴을 찡그리자 아빠는 크게 웃었다. 이 순수한 영혼 같으니. 아빠는 나를 껴안고 자신의 투실투실한 볼에 내 얼굴을 부비며 말했다. 그때부터 나는 어렴풋하긴 하지만 그 맛을 기억하고는 있었다. 결국, 나는 병을 집어 들고 쓴 기침약과도 같은 것을 몇 모금 삼켰다.

"이지"

킴이 나를 가리켰다.

"네 차례야."

오 하느님, 대체 무엇을 말해야 하는 건가요.

"나는 아직 한 번도…… 도둑질을 한 적이 없다."

마음이 가벼워졌다. 모두 조용히 입을 다물고 서로를 쳐다보았다. 그러다 그들은 점차 한 명씩 한 명씩 손을 들더니 전부가 손을 들었다. 그들은 웃으며 전부 병을 비우고 새로 술을 돌렸다. 이번에는 킴이 가져온 보드카를 플라스틱 컵에 따랐다.

"여기, 내 천사."

내 옆에 앉은 쿠델이 나에게 잔을 건넸다. 내 병에는 아직 맥주가 반이나 남아 있었다.

"예의를 좀 차리셔야지."

그는 빈 병을 들고 내 맥주병을 툭 쳤다. 모두가 컵을 들고 나에게 건배를 외쳤다.

"그럼 또 시작할게."

그가 말했다.

"나는 아직 천사에게서 키스를 받아 본 적이 없다."

그가 나를 향해 미소를 지었다.

"오오오오오오……."

모두가 소리를 질렀다.

"우우우우우우……."

나는 얼굴이 빨개졌다. 하지만 다행스럽게도 모닥불 앞이라 얼굴색이 들키지는 않았다. 어쩌면 화장 때문에 보이지 않았을 수도 있다. 클리브는 자신의 여자 친구를 보며 손을 들었다. 라일라는 웃으며 그의 옆구리를 쳤다. 그를 제외하고 다른 사람들은 손을 들지 않았다.

"그게 다야?"

쿠델은 나를 쳐다보았다.

"너도 없어?"

나는 어깨를 으쓱했지만 바로 마테오를 떠올렸다.

"없어."

내가 대답했다.

"자, 그럼."

클리브는 잔을 들었다.

"앞으로 겪게 될 모든 것을 위해."

그는 나에게 좀 더 바싹 다가앉는 쿠델을 향해 눈을 찡긋해 보였다.

"내가 계속할게."

예니가 말했다.

"나는 아직 아버지를 본 적이 없다."

그녀는 승리를 확신하며 자신만만한 표정으로 미소 지었다. 모두 침묵했다. 오직 모닥불만 이전보다 더 딱딱거리는 소리를 내며 타올랐다. 차례차례 모두의 손이 올라갔다.

"자, 그럼 건배."

예니가 큰소리로 웃었다. 목구멍에서 신물이 올라오고 트림이 나왔다. 빈 플라스틱 컵이 바스락거리는 소리와 병에서 코르크 마개가 빠지는 소리가 났다. 그 외에는 모두 침묵을 지키고 있을 뿐이었다. 나는 다시 아빠를 떠올리고 있었다. 강아지 분장을 하고 즐겁게 웃고 있던 그 사진과 엄마가 나에게 이야기하지 않은 것이 무엇인지를 생각했다. 나는 다시 맥주병을 들어 크게 한 모금을 마셨다. 이제 병에 남은 맥주가 없는 것이 기뻤다. 맥주의 쓴맛은 모두의 말과 아주 잘 어울렸다.

"나는 아빠를 아예 몰랐으면 좋겠어."

모닥불에 돌을 던져 넣으며 킴이 우울하게 중얼거렸다. 불씨가 튀어 올랐다. 킴에게 부모님이 있다는 것이 분명해졌다. 당연한 사실이긴 하지만. 하지만 좀 이상하게 느껴졌다. 만약 그녀가 혼자 살고 있거나 아니면 친구랑 같이 살고 있고 거기에 포토 스튜디오가 있어서 그곳에서 화장 영상을 찍고 화장품이나 최신 유행품을 테스트하는 장면을 촬영한다고 했다면 아마 바로 납득이 갔을 것이다. 부모님이 그녀에게 음식을 만들고, 용돈을 주는 모습은 킴의 이미지와 어울리지 않았다. 너희 아빠는 어떤데? 나는 그녀에게 물어보고 싶었다.

"우리 한 병 다 마셨네."

럭키가 빈 병을 흔들어 보이며 말했다.

"오, 냉장고만큼이나 감수성이 좋은데."

클리브가 옆에서 그를 쳤다. 라떼는 킴을 한쪽 팔로 부드럽게 감싸 안았다.

"이게 아직 타는 동안은 여기에 계속 있을 거야, 알았지?"

모두 고개를 끄덕이거나 동의의 말을 중얼댔다. 벤은 모닥불로 담배에 불을 붙이고 강하게 몇 번 힘주어 피우더니 옆으로 건넸다.

"이봐, 내 천사."

럭키가 담배를 건네며 말했다. 나는 망설였다.

"너, 솔직히 이야기 해봐, 담배는 한 번도 해 본……."

"뭔 소리야."

나는 그걸 받아들고 강하게 빨아들였다. 제기랄. 곧바로 지독한 기침이 계속 터져 나왔다. 럭키가 내 등을 두드려 주었다.

"작은 천사, 작은 천사."

그의 목소리는 꼭 악마를 부르듯이 낮고 딱딱했다.

"굶주린 비버처럼 필사적이구먼."

클리브가 웃었다.

"비버?"

쿠델이 담배를 받아 예니에게 주었다.

"아, 아니면 늑대든지…… 뭐 그런 거."

벤이 킥킥댔다. 그가 너무 크게 웃어서 클리브, 라일라 그리고 럭키까지 전부 웃어댔다. 나조차 놀랄 정도로 나도 웃어 버렸다.

"으악 쥐다."

벤이 기절하듯 놀랬다. 담배가 다시 그에게 전달되었다.

"오케이."

쿠델이 킥킥거렸다.

"그냥 벌레야."

예니가 아무렇지도 않다는 듯이 말했다. 목에서 새어 나오던 쌕쌕하는 소리가 잦아들고 가슴이 편안해졌다. 나는 그 농담을 전혀 이해하지 못했지만 내가 할 수 있는 것은 없었다. 나는 같이 낄낄대며 오래 지나지 않아 곧 편안함을 느꼈다.

"맥주 꼭지잖아. 맥주 꼭지."

라떼가 웃음을 참느라 껵껵댔다. 갑자기 속이 울렁거렸다. 곧바로 구토가 올라왔다. 나는 럭키를 피해 몸만 간신히 돌려 그가 뒤에 놓아두었던 양복 윗도리에 토하고 말았다.

"악! 야.!"

그는 소리치며 벌떡 일어나 양복 재킷을 들어 올렸다.

"ㅇㅇㅇㅇㅇ……"

모두 질색을 했다. 킴만 반응을 보이지 않았다. 내가 손등으로 입을 문지르는 동안 그들은 조용히 담배를 나눠 피우며 나를 지켜보았다. 모두 차갑게 앉아 나를 재미있다는 눈빛으로 바라보았다. 럭키는 신발을 벗고 재킷을 들고 엘베강으로 달려갔다. 쿠델은 나에게 쓰던 휴짓조각을 내밀었다.

"내가 이건 말해야겠어."

그는 낄낄대며 말했다.

"우리가 잘못했네. 지금 여기에 반추 동물의 완벽한 예가 있는데 말이야."

모두 그 말에 맞장구를 쳤다. 그는 나에게 새 맥주를 건넸다.

"자 얼른 씻어 내야지."

그의 보조개가 갑자기 찌그러지고 잘생겨 보이던 얼굴이 추하게 느껴졌다. 나는 살짝 한 모금을 삼켰다. 지옥 불처럼 타들어 갔다.

"우리 새로운 게임할까?"

킴이 물었다.

"내가 만약 너라면……."

킴이 먼저 시작했다.

"만약 내가 너라면, 쿠델."

킴은 새로 시작한 게임에 전혀 흥미가 없는 것처럼 무표정한 얼굴로 그를 바라보았다.

"그러면…… 이지랑 옷을 바꿔 입을 거야."

모두 환호성을 질러댔다. 나는 찬물이라도 맞은 듯 얼어붙었다. 옷을 바꿔 입는다고? 그 말은 모든 사람 앞에서 옷을 벗어야 한다는 뜻이다. 맙소사, 킴! 쿠델은 벌써 상의를 벗기 시작했다. 그는 꼭 타고난 스트리퍼처럼 움직였다. 그가 바지마저 다 벗을 때까지 나는 다른 생각을 하려고 노력하면서 모래 위에서 움직이지 않고 단호하게 앉아 있었다. 하지만 아무도 도와주지 않았다. 아무도 오지 않았다. 그 누구도. 내가 수업 시간에 배웠던 그 어떤 말들도 이 상황을 위한 문구는 없었다. 멋지게 반박을 할 말이 떠오르지 않았다. 그저 공허한 하품과 보랏빛 혼돈. 둘이 동시에 찾아왔다.

"왜 그러고 있어, 이지?"

하필 그때 예니가 입을 뗐다. 나는 아주 천천히 재킷을 벗은 다음 신발을 벗고, 셔츠를 벗었다. 몸이 떨렸다. 하지만 낄낄 터져 나오는 웃음을 멈출 수 없었다. 너무 무서웠다. 쿠델이 내가 바지를 벗는 것을 도와주었다……. 뇌가 다시 찰칵하고 켜졌다. 이건 그냥 덩어리야, 나는 그렇게 생각했다. 베이컨 덩어리일 뿐이야. 모두 지켜볼 것이다. 그리고 또 무엇인가가 찰칵, 하는 소리가 났다. 킴의 핸드폰 카메라 소리였다. 다음으로 기억나는 것은 갑자기 내가 쿠델의 오토바이 뒷자리에 앉아 있던 것이었다. 나는 떨어지지 않기 위해 그를 내 팔로 안았고, 아직 그의 옷을 입고 있다는 사실이 나를 위축시켰다. 거친 바람 소리가 내 귓가를 때렸다. 헬멧을 쓰고 있었는지 아닌지는 기억이 나지 않았다. 그러나 킴의 눈빛은 기억이 난다. 라떼 뒤에 앉아 그녀는 행복하게 웃고 있었다. 내가 이전에 한 번도 보지 못했던 행복한 표정이었다. 우리가 만약 옷을 다 갖춰 입은 채 평탄한 길을 달리는 중이라면, 그리고 지금이 화창한 주말 낮이라면 나 역시 그녀의 환호를 진심으로 공감할 수 있었을 것이다. 하지만 우리는 지금 한밤중에 쾨니히거리 한복판을 시속 120킬로미터로 달리는 중이었다. 거기에 완전히 취한 채로 오토바이를 운전하고 있는 두 명의 건달에게 우리의 운명을 맡기고 있었다. 악마 메피스토에게 의탁한 파우스트처럼. 맙소사. 차라리 지옥이 나을지도 몰랐다.

"이야아아아호오오오"

킴은 허공에 팔을 뻗어 신나게 휘두르며 환호성을 질렀다. 내가 소녀로 변장한 미치광이를 붙잡고 살아남으려 애쓰는 동안 킴은 인생 최고의 밤을 보내는 것처럼 보였다.

"속도가 너무 빨라요."

나는 오토바이의 굉음에 맞서 고함을 질렀다.

"브레이크가 안 들어."

쿠델이 소리쳤다.

"휠이 이상해!"

그는 더 속도를 높여 라떼 옆을 빠르게 지나갔다. 그리고 무엇인가가 번쩍였다. 천둥이 친 것은 아니었다. 아아, 아마도 내 혈관에 너무 많은 알코올이 있어 히스테리 반응이 일어난 것일지도 모르겠다.

16. 하느님 맙소사!

경찰이 설명하는 것을 믿을 수 없었던 엄마는 경찰이 보여주는 현장 사진을 보고서 무너져 내렸다. 엄마는 나를 방에 가두고 다시는 킴이 집에 오는 것을 금지했다.

"도대체 왜 이렇게 된 거야, 이사벨라?"

엄마가 울부짖었다.

“너 죽을 뻔했다고! 아 하느님 맙소사.”

“알아.”

나는 무성의하게 대답했다. 머릿속에서 맥주와 보드카가 아직 춤을 추고 있는 것처럼 느껴졌다.

“알아? 대답이 그게 다야?”

“응.”

내가 무심히 대꾸했다. 엄마는 수시스 이모에게 물려받아 부엌 벽에 장식해 두었던 바보 같은 장식용 접시를 집어 들어 부엌 바닥에 힘껏 집어 던졌다. 접시는 산산조각이 났다.

“할 말이 그거밖에 없어? 알아? 그게 다야? 대체 널 어째야 하니!”

엄마의 눈에서 눈물이 흘러내렸다. 엄마는 부엌 바닥에 주저앉아 손으로 얼굴을 감싸 안았다.

“그냥 밤에 일어난 실수였어.”

나는 조용히 중얼거리며 관자놀이를 눌렀다. 엄마가 그런 나를 쳐다보더니 히스테릭하게 웃어댔다.

“실수였다고. 물론 그러시겠지. 나도 기찻길에 떨어지면 그렇게 말할 수도 있어. 하지만 그런 실수는 아무도 하지 않아. 무슨 말인지 알아? 이제까지 이러지 않았잖아. 대체 왜 이래?”

다음 장식 접시가 다시 부엌 바닥으로 내동댕이쳐졌다.

“내가 이놈의 킴인지 뭔지 보기만 하면…….”

엄마는 주먹을 꽉 쥔 채 눈을 부릅떴다.

"킴은 내 친구야."

내가 힘없이 대답했다.

"네 친구? 친구?"

엄마가 언성을 높였다.

"너를 죽이려고 한 게 친구야? 그래?"

"이제 그만하면 됐어, 엄마. 킴은 누구를 죽이려고 한 게 아니야. 걔도 같이 있었잖아, 아, 짜증나."

나는 부엌 벽에서 마지막 장식 접시를 집어 들어 바닥으로 내리쳤다. 그리고 계단으로 뛰어 올라가서 내 방으로 몸을 피했다. 그리고 방문 옆 바닥에 귀를 대었다. 엄마의 우는 소리, 그리고 깨진 접시 조각을 치우는 소리가 들렸다. 그다음 엄마는 컴퓨터를 켜 아빠와 한 시간 동안 영상통화를 했다. 아빠의 목소리는 상황을 잘 이해하는 것처럼 들렸고 나를 구하려고 돌아올 것이라고 말했다. 엄마와 아빠는 서로 고함을 지르지도 않았다. 그러니까 내가 이 밤에 한 행동은 놀라울 정도로 성공적이었다. 하지만 솔직히 말해 나는 무슨 일이 있더라도 다시는 이 지옥의 입구에 발을 들이고 싶지 않았다. 대체 내가 무슨 짓을 한 거람. 제기랄.

17. 단 5분 만에

몇 시간이 지났을까, 내가 끔찍한 숙취에서 겨우 몸을 일으켰을 때, 엄마는 지독한 냄새가 나는 옷더미 앞에서 코를 찌푸리며 서 있었다. 쿠델의 옷들이었다. 그녀는 고무장갑을 낀 손가락으로 기름 범벅인 청바지를 들어 보였다.

"이거만 있으면 비상시에 삶아 먹어도 되겠어."

엄마의 말투는 진지했다. 그리고 그녀는 입가에 미소를 띠며 나를 찬찬히 바라보았다. 얼마 지나지 않아 나는 엄마와 부둥켜안고 있었다. 엄마는 정말 멋졌다. 내가 다치지 않고 무사해서 엄마는 기뻐했다. 그리고 내가 아빠 사진에서 발견한 여성용 스틸레토에 대해 설명해 주었다. 그녀의 이름은 라라고 예전에 아빠 밑에서 일하던 실습생이었다. 그녀는 엄마보다 한참 어렸고 그 어떤 스캔들에도 아랑곳하지 않았고 그래서 아빠와 함께 도쿄로 가는 것에 동의했다. 엄마는 절대로 가고 싶지 않았다. 그래서 아빠는 엄마에게 자신의 경력을 망치려 한다고 화가 났고, 그래서 끝나지 않은 싸움은 점점 커졌다. 내가 방음 기능이 좋은 새 헤드폰을 사려고 몰래 엄마 지갑에 손을 댔다는 사실을 내가 고백했을 때 엄마는 큰 충격을 받았다. 결국, 우리는 서로 껴안고 울었다. 내가 워커 부츠를 벗고 오래된 내 컨버스로 갈아 신을 때 즈음 킴이 우리 앞에 나타났다. 어젯밤

일어났던 소동은 일어나지조차 않았던 것처럼, 이른 아침같이 신선하고 아름다운 모습으로. 나는 엄마가 킴을 보지 못하도록 재빨리 거실을 지나쳐 계단을 올랐다. 킴은 쿠델이 입었던 내 옷을 가져왔다. 그 옷은 경찰서에 있었는데도 말이다.

"경찰이 그를 트랜스젠더라고 생각했대."

킴은 재미있다는 듯 혀를 딱 쳤다.

"라떼가 자신이 할 수 있는 한 변명을 했지만 말이지."

킴이 웃었다.

"지금 경찰 조서에는 게이 커플이 대마초에 취한 채로 레즈비언 둘을 태우고 달렸다고 씌었을 거야. 여자애 중 하나는 하르포 막스(1930~40년대에 미국에서 활동했던 독일 출신의 배우. 코미디 배우로 팬터마임에 능했다. 우스꽝스러운 얼굴과 곱슬머리를 가지고 있었다.)처럼 생겼다나. 거기에는 온통 느낌표랑 따옴표투성이겠지."

"나를 말하는 거야? 하르포 막스는 누구야?"

"나도 경찰에게 물어봤어. 뭐 옛날 코미디언이었대. 뽀글뽀글한 빨간 가발을 뒤집어쓴 미친 벙어리였나 봐. 엄청 큰 옷을 입고 다녔대."

나는 한 번도 들어본 적이 없었다. 하지만 어차피 킴의 묘사를 듣고 나자 더는 알고 싶지 않았다.

"그 조서에 내 이름도 있어?"

"뭐, 그건 진짜 경찰 조서니까. 아마 네가 유명해진다면 삼류 신문에서 이 사건을 너의 어두운 과거라며 도배를 하긴 하겠지."

킴은 내 방 소파에 몸을 깊숙이 묻었다. 나는 기분이 엉망인 채로 서성이며 경찰 컴퓨터에 웃긴 가발을 뒤집어쓴 벙어리 레즈비언으로 입력되고 있는 나를 상상했다. 아 제기랄.

킴은 샤넬 토트백에서 방금 엄마가 쿠델의 청바지를 집을 때 했던 것처럼 손가락 끝으로 내 바지를 꺼내 들었다.

"이걸로 새로운 스타일을 만들 수 있을 거야."

이렇게 말하며 킴은 청바지를 휙 던졌다. 그리고 곧바로 소독제로 손을 소독했다. 청바지 솔기는 거의 사타구니 끝까지 다 찢어져 있었다. 킴은 이미 어떻게 해야 할지 알고 있는 듯했다. 그녀는 봉제선을 따라 작은 구멍을 뚫고 그 사이로 금색 리본을 통과시켜 꿴 다음 묶었다. 나는 완성된 바지를 입었다.

"예쁘다."

킴이 말했다.

"사진 찍자."

킴은 화장품 가방을 꺼내어 사진이 잘 나오게 하려면 어떻게 화장을 해야 하는지 보여주었다. 그리고 셀카봉을 꺼내어 자세를 잡았다. 그녀가 잘 나왔다고 생각하는 것이 나올 때까지 사진을 찍은 다음 내가 그것이 우리라는 것을 거의 알아볼 수 없을 때까지 보정작업을 했다.

"지금 바로 올려야지."

그녀가 통보했다.

"우리 오늘 밤에 데이트한다, 안 한다, 내기 어때?"

내가 뭐라고 대답을 하기도 전에 그녀는 사진을 업로드했다. 사진에서 나는 킴만큼이나 날씬해 보였고 피부는 잡티 하나 없이 매끄러웠다. 모든 잡티와 결점은 단 몇 초에 사라졌다. 좋아요가 달리기 시작했다. 맙소사. 킴은 정말 많은 팬을 거느리고 있었다. 단 5분 만에 나를 알지도 못하는 87명의 사람이 좋아요를 누르고 댓글이 마구 달렸다. 대부분 너무 예쁘다, 너희들 여신이다 같은 말이었다.

"빙고."

킴이 갑자기 내 코앞으로 핸드폰을 들이밀었다. 모르는 남자에게 온 메시지를 읽었다. '같이 한 잔 어때?' 그는 자신의 사진도 한 장 올렸다.

"꽤 괜찮아 보이는데."

그 남자는 17살에서 19살 정도로 보였고(독일에서 음주 가능 나이는 법적으로 만14세다. 단 부모가 동행해야 구입이 가능한데 대부분 우리나라 나이로 고등학생 정도 되면 하우스 파티에서 맥주 등을 마시기도 한다.) 짧은 곱슬머리에 티셔츠 아래로 탄탄한 복근이 드러났다. 그리고 따뜻해 보이는 그 미소는 나에게 마테오를 살짝 떠올리게 했다. 모델처럼 완벽해 보였다. 그는 분명 킴을 보고 메시지를 보냈을 것이다.

"이 사람 알아?"

내가 물었다.

"아니, 그래도 딱 네가 반할 만한 사람이잖아."

"나는 잘 모르겠는데."

"아, 그래?"

킴은 기쁨과 실망이 살짝 섞인 듯한 반응을 보였다.

"이 사람은 너를 말하는 거야."

킴은 내 손에서 핸드폰을 뺏어 들고 자리에서 일어났다.

'나는 빨간 머리를 좋아해.' 그는 이렇게 덧붙였다. 그가 만나고 싶은 사람은 사실 나였지만 그건 보정된 나였다.

"하지만 그건 전혀 나처럼 안 보이잖아."

나는 화장실로 사라지는 킴의 등에 대고 소리쳤다.

"뭐, 그럼 뭐라도 하던가."

그녀가 대답했다.

"뭘 어떻게?"

닫혔던 문이 다시 열리더니 킴이 다시 돌아왔다.

"내가 링크를 하나 보내 줄게."

킴은 자신의 핸드폰을 집어 들었다. 지잉, 내 핸드폰이 울렸다.

“내가 그 사람에게 너는 지금 파리에 있는 샤넬에서 실습 중이라 한 달 정도 있어야 돌아올 거라고 했어. 그 정도면 내 프로그램대로 할 시간은 충분할 거야. 그동안 이 남자와 계속 사진을 주고받는다면 말이지.”

“뭐? 한 달 만에 너만큼 살을 빼라고? 미쳤어? 그건 불가능해. 안 돼.”

나는 벌떡 일어나 거울에 나를 비춰 보았다.

“게다가 나는 저 사람을 전혀 모르는데…… 나는 잘 모르겠어.”

“목표를 가지는 건 좋은 거야.”

킴은 엄격한 목소리로 말했다.

“그게 너를 발전시킬 거야.”

그녀는 이미 ‘내’ 답장을 써 버렸다.

“그리고 좀 더 모험을 해 보는 것도 뭐 나쁠 건 없잖아.”

그 말은 정말 어처구니없이 들렸다. 나는 이미 방금 저질렀던 사건으로 동네에서 유명해졌다. 그러나 솔직히 말해 여기서 내가 결정할 수 있는 것은 없었다. 나는 방금 오토바이 사고에서 살아남았다. 그리고 이 남자는 너무 멋져 보였고 수상한 구석은 없어 보였다. 나는 마테오를 잊기 위해 다른 사람이 필요한 걸까? 새로운 이지는 이 남자 같은 스타일을 좋아해야 하는 걸까?

"그 프로그램을 다 보긴 했는데."

내가 딱딱하게 말했다.

"하지만 모르는 사람 한번 만나자고…… 그건 아니야."

킴은 입가 한쪽 끝을 올리며 웃어 보였다. 그녀는 이 상황을 즐기는 것처럼 보였다.

"한 번 기다려 봐."

그녀의 대답은 간단했다.

킴의 운동계획과 식이요법은 아주 가혹한 것이었다. 열량 섭취를 최소한으로 하기 위해 사과 하나와 레몬을 곁들인 샐러드 한 접시만 먹고 매일 세 시간에서 네 시간 동안 다양한 운동을 해야만 했다. 나는 계획표를 출력해서 옷장 문 안쪽에 붙이고 읽어보았다.

'아침에 달지 않은 차 한 잔과 사과 반 개.'

"엄마가 아마 난리를 칠 텐데."

나는 힘없이 중얼댔다.

"너희 엄마는 괜찮아? 뭐라고 안 하셔?"

그녀는 내 소파에 앉아 긴 다리를 꼰 채로 반짝이는 스모키 화장을 한 눈으로 자신의 아이폰을 보고 있었다. 킴은 다른 세상에 있는 것처럼 보였다.

"킴? 너희 엄마는 화 안 내시냐고."

"아무 것도 못해."

킴은 고개도 돌리지 않은 채 대답했다.

"못 본 지가 10년도 넘었거든."

그녀는 입을 손으로 가리고 하품을 했다. 그러고 나서 바로 손 소독.

"10년?"

나는 그녀 옆에 쓰러지듯 앉았다.

"심한데."

"뭐 그 여자에게는 더 나은 일이야."

그녀는 냉정한 표정으로 핸드폰만 들여다보고 있었다.

"안 그랬으면 살아남지 못했을 거야."

무심한 듯한 그녀의 목소리가 내 마음을 흔들었다.

"왜 살아남지 못했을 거라는 거야?"

나는 그녀에게 좀 더 다가가 앉았다. 그제야 그녀는 나를 바라보았다.

"정말 알고 싶어?"

그녀의 입가가 일그러졌다. 그리고 말을 이어갔다.

"아빠는 일하다가 사고로 장애인이 된 다음에 알코올 중독자가 되었어. 술만 마시면 정신이 나가게 돼. 한 번은 엄마가 거의 죽도록 맞았어. 그래서 짐을 싸서 도망가 버렸지."

"너는 두고?"

"응. 아빠는 나는 안 때렸거든. 아마 그 여자는 그렇게 생각했겠지. 집도 없는 엄마랑 길에서 떠도느니 주정뱅이 아빠랑 그래도 지붕 아래에서 같이 있는 게 나을 거라고."

"그래서?"

"뭐가 그래서?"

"그렇게 지내는 게 더 나았어?"

"그걸 내가 어떻게 알겠어?"

킴은 다시 핸드폰을 들여다보았다.

"아빠는 계속 술만 마시는 쓰레기야. 난 곧 떠날 거야."

"어디로 갈 건데?"

"캐나다."

"캐나다? 왜 캐나다로 갈 건데?"

"멋진 나라잖아. 거기에 친구도 있어. 거기 살면서 모델을 할 거야."

"진짜? 멋지다."

"꼼뚜아. 내 친구 모델 회사 이름이야."

"파리에 있는 게 아니고?"

"뭐 그럼 프랑스로 가도 되고."

그녀는 마치 프란츠 빵(흑설탕과 계핏가루를 바른 반죽을 돌돌 말아 구운 독일식 빵.)을 먹는 대신 크루아상을 먹기로 한 것처럼 아무렇지도 않다는 듯 어깨를 으쓱해 보였다. 맙소사.

킴은 겉으로는 불행에서 벗어나기 위해 싸웠다. 단지 그녀는 강림하듯 나타난 것이 아니었을 뿐 아니라 스스로 내면의 싸움도 치른 것이다. 게다가 그 와중에 이런 혹독한 식단까지 지키기 위해 강철과도 같은 의지도 필요했다. 나도 해낼 수 있을까? 적어도 시도는 해 보고 싶었다.

"도쿄에도 친구가 있어?"

내가 물었다.

"물론. 거기에서 살롱을 하는 사람을 인스타로 알아. 너는 도쿄에 가고 싶어?"

"모르겠어. 아빠가 지금 거기 살아. 그 사람이 하는 살롱은 무슨 살롱이야?"

"뭐 그냥 패션에 관한 거지. 이름이 일곱 번째 하늘이야. 나도 거기 갈 수 있어. 그런데 거기 공기가 엄청 나쁘다던데. 거기에 중독되지 않으려면 길을 걸을 때마다 마스크를 꼭 써야 할걸. 끔찍해. 또 거기 패션은 더 끔찍해."

아빠는 그런 이야기는 한 번도 한 적이 없었다. 라라 역시 그런 마스크를 쓰고 다니기 때문일까? 그 생각은 마음에 들었다. 스틸레토를 신고 마스크를 쓴 모습. 맙소사. 킴은 모르는 것이 없었다.

초인종이 울렸다. 나는 엄마가 기쁨에 차서 소리를 지르는 것을 들었다. 곧 적어도 세 명 이상의 발자국들이 계단을 올라왔다. 그리고 모두 내 방 앞에 멈춰 섰다. 야라, 마테오, 라티파,

조쉬 그리고 아누크였다. 그들은 기쁨에 차서 활짝 웃고 있었다. 그때 나는 야라의 팔에 안겨 있는 그것을 보았다.

"릴리!"

나는 야라에게 달려가 내 사랑스러운 토끼를 받아 안았다. 전혀 다친 곳도 없었다. 나는 릴리를 꼭 껴안고 털을 부드럽게 쓰다듬었다.

"어디서 찾았어?"

"우리가 수색 활동을 재개했지."

야라가 말했다.

"집마다 초인종을 누르고 다 물어봤어. 어떤 사람이 발견해서 동물 보호소에 데려다줬다고 하더라고. 여기서 세 블록 떨어진 곳이었어. 실종 전단지도 안 붙인 곳이었어. 릴리는 여기서 두 블록이나 멀리 간 거였어."

"너희들 정말 대단해."

나는 친구들을 모두 안아 주었다. 마테오는 나를 힘껏 껴안았다.

"내 잠자는 숲속의 공주."

그는 내 귀에 대고 속삭였다.

"독 사과를 조심해야 해."

난 웃으며 그의 팔을 꼬집었다.

"그건 백설 공주거든."

"상관없어."

그는 눈썹을 추켜세웠다.

"독은 독이니까."

그제야 나는 조쉬와 야라가 손을 잡고 있다는 것을 눈치챘다.

"어, 내가 뭘 놓친 것 같은데?"

내가 미소 지으며 말했다.

"맞았어."

야라는 조쉬를 바라보며 웃었다.

"라티파의 파티에서 우리가 걸려서 서로 옷을 바꿔 입어야 했거든. 그래서 뭐……."

둘은 킥킥거렸다. 순간 나는 야라의 인생에서 역사적인 그 순간을 함께하지 못한 것이 얼마나 나를 아프게 하는지 깨달았다. 조쉬는 야라의 첫 남자 친구였다. 그리고 그날 밤 나는 그녀와 절교를 했는데도 야라는 나를 다시 찾아와 주었다.

"우리는 코르티나에 갈 거야."

조쉬가 말했다.

"같이 갈래?"

나는 완전히 잊고 있었던 킴을 바라보았다. 그녀는 변함없는 자세로 소파에 앉은 채 핸드폰을 만지작대고 있었다. 그녀는 릴리가 돌아온 것도, 그 어떤 것에도 한마디도 하지 않았고 인사조차 나누지 않았다. 모두 그녀와 인사를 나누기 위해 그녀의 반응을 기다리고 있었다. 하지만 킴은 그런 기대에 전혀 부응하지 않았다.

"킴."

내가 불렀다.

"같이 갈까?"

그녀는 느릿느릿 핸드폰에서 고개를 들더니 우리에게 눈길을 던졌다. 그녀는 여전히 아무 말도 하지 않은 채 나를 뚫어지게 쳐다보았다. 내가 그게 어떤 의미인지 이해할 때까지 말이다. 식이 조절! 완전히 잊고 있었다. 코르티나는 아이스크림 가게였다. 말하자면 지방으로 가득한 곳이었다. 나는 우울한 눈빛으로 친구들을 쳐다보았다.

"미안한데 같이 못가겠어."

내가 말했다.

"내가 지금 다이어트를 하고 있어서."

그들은 말문이 막힌 듯 서로를 쳐다보았다.

"네가?"

라티파가 물었다.

"도대체 왜?"

나는 셔츠를 올려 열려 있는 내 바지 단추를 내보였다.

"봐봐."

"이건 바지가 너무 작은 거야."

라티파가 말했다. 라티파는 킴을 응시하고 있었다. 킴은 다리를 바꿔 꼬더니 라피타를 노려보았다.

"그러면 포췍 선생님도 너무 작은 바지를 입은 거겠네, 안 그래?"

"비교할 걸 비교해. 선생님이랑 어떻게 이시를 비교할 수 있어. 선생님은 누가 봐도 배가 나온 거잖아."

킴은 자리에서 일어났다. 굽이 높은 신발을 신고 있어서 몹시 커 보였다.

"한심한 것들"

킴이 말했다. 다들 다음 말을 기다렸지만 그게 끝이었다.

"뭐라고?"

라티파가 물었다.

"토끼를 다시 데려와서 심리적으로 압박을 가하고 있네."

"뭐? 지금 여기서 심리적으로 압박을 주는 사람이 과연 누구일까?"

라티파가 코웃음을 쳤다.

"운동이나 하러 가자."

킴이 나에게 말했다.

"여기서 이런 말이나 듣고 있다가는 살이나 찌겠어."

그녀는 친구들 사이를 뚫고 나갔다. 아이들이 반으로 갈라졌다.

"넌 완전히 미쳤어."

킴이 지나가려 할 때 라티파가 그 앞을 막아서며 말했다. 킴은 손가락으로 라티파의 어깨를 확 밀었다. 그리고 다 지나가기도 전에 소독제를 꺼내서 손을 소독했다.

"안 갈 거야?"

킴이 돌아보지도 않은 채 고함쳤다. 나는 결정을 내리지 못하고 방 한가운데 서 있었다. 킴은 해서는 안 되는 행동을 했다. 그 사실은 분명했다. 하지만 이대로 그녀가 떠나게 두면 새로운 이지는 그냥 사라질 것이었다. 나는 지금까지 있던 삶에서 앞으로 나아가고 싶었고 더는 예전으로 돌아가고 싶지 않았다. 그렇다, 나는 킴처럼 더 용감해지고 더 자제력을 가진 사람이 되고 싶었다. 그리고 당연히 더 날씬해지고 싶었다. 가슴이 너무 아팠다. 하지만 이성이 나에게 말하고 있었다. 포기하지 마, 이지. 네가 예뻐진다면 다 괜찮아질 거야.

나는 친구들의 시선을 피했다.

"미안해."

내가 말했다.

"운동하러 가야 해서."

마테오는 내 팔을 꽉 잡았다. 그의 녹색 눈이 나를 잡았다. 그의 손을 뿌리치고 나가기 위해서 나는 시선을 피해야 했다.

계단으로 나가다 나는 몸을 돌려 모두에게 말했다.

"릴리를 찾아 줘서 고마워."

그리고 나는 모두를 내 방에 남겨둔 채 운동 가방을 집어 들고 그곳을 떠났다. 나는 강철 같은 의지로 운동을 하러 갔다. 심장이 단단히 얼어붙는 것만 같았다.

18. 엄마는 없고

내가 집으로 돌아왔을 때, 부엌에는 파울이 앉아 있었다.

"이제 왔니."

그가 말했다.

"엄마는요?"

"요가 가셨어."

"아."

"이리 와서 좀 앉아 봐."

파울이 말했다. 나는 그러기 싫었다. 머리를 흔들며 나는 계단 위로 올라갔다.

"엄마가 네 걱정을 많이 해."

파울이 내 등 뒤에 대고 소리쳤다.

"네, 저도 엄마 걱정이 많이 되네요."

나도 이렇게 소리치고 문을 쾅 닫아버렸다. 그러고는 바로 릴리가 있는 토끼장을 보았다. 다행히 릴리는 거기 있었다. 휴.

파울이 노크를 했다.

“가세요.”

내가 짜증을 냈다. 문은 벌컥 열렸다.

“우리는 공통점이 있잖아.”

파울이 말했다.

“나 역시 너희 어머니 걱정을 시켰지.”

파울은 불쑥 방으로 들어왔다.

“엄마는 지금 정말 힘들어. 교실을 잘못 찾아가기도 하고 교무실에서 갑자기 울음을 터트리기도 하고, 콘퍼런스를 잊은 적도 있어.”

“나에게 미안할 필요 없으니 다 잊으세요. 그리고 엄마도 책임이 있으니까.”

“왜 너희 엄마가 도쿄로 안 가려 한 줄 알아? 그 이유가 너라는 생각은 안 들어? 너에게 익숙한 곳을 떠나게 하고 싶지 않아서인 거 모르겠어?”

파울은 재채기를 했다.

“저 좀 내버려 두세요. 여기 있으면 괴롭지 않으시겠어요?”

나는 고함을 질렀다.

“아니, 나는 너희 엄마랑 같이 있고 싶어. 네가 다 망치고 싶어 하더라도 더 망칠 것은 이제 없을 거야."

"제가요?"

정말 어이가 없었다.

"제가 완벽했던 걸 전부 엉망진창으로 만들려고 하는 거구나. 그러면 아저씨가 여기서 더 할 말이 없겠네요. 그러니 좀 나가 주시죠!"

파울이 다시 재채기를 했다.

"나가마. 하지만 잘 생각해 봐. 가끔 상황은 변하는 거야. 그렇다고 꼭 주변에 칼을 휘두를 필요는 없어."

그렇게 말하고 그는 방을 나갔다. 문을 열어 둔 채로. 나는 파울의 등 뒤로 문짝이 떨어질 정도로 세차게 문을 닫았다. 대체 토끼 살인자 주제에 무슨 말을 하는 거지? 현관문이 큰 소리를 내면서 닫혔다. 이제 전부 미쳤어. 이제 내가 의지할 수 있는 사람은 킴뿐이었다……. 그리고 식이요법. 나는 옷장을 열고 저녁에 무엇을 먹어야 하는지를 읽었다. 채소 주스 하나와 샐러드 한 접시. 좋아. 좀 더 가벼워진다면 다른 모든 것들도 다 가벼워질 것이다. 나는 확신했다. 그리고 킴은 말했다. '온통 음식 생각만 하다 보면 다른 생각을 할 시간이 없어.' 다른 생각은 나에게 너무 고통스러웠다.

19. 체중계

첫 2주는 힘들었다. 계속 배가 아팠고 음식 생각 외에는 다른 생각을 할 수가 없어서 기분이 가라앉았다. 엄마는 체중계를 내다 버렸고 항상 화만 냈다. 그리고 나에게 몹시 실망한 듯 보였다. 그것이 나를 더 힘들게 했다. 학교에서 나는 그 어느 때보다 열심히 공부했고 좋은 성적이 엄마를 진정시켜 주길 바랐다. 그것은 때로 엄마의 기분을 풀어주고 미소를 짓게 했지만 내가 식사를 거부하면 곧바로 비난이 가득한 눈빛으로 바뀌었다. 모든 것을 포기하고 싶었다. 하지만 킴은 나에게 새 체중계를 선물했다.

"얼른 서 봐."

킴이 말했다.

"한번 보자."

다이어트를 하고 처음 몸무게를 재보는 것이라 나는 두려웠다. 적어도 3킬로그램 이상 빠지지 않았다면 나는 정말 수치스러움을 느낄 것 같았다. 하지만 나는 체중계 위로 발을 내디뎠다. 그리고 믿을 수 없는 현실을 마주했다. 4킬로그램이 빠져 있었다.

"좋았어."

환호를 지르며 킴은 내 손을 위로 치켜들었다.

"진짜 대단해. 정말 잘했어."

그건 나에게도 감동이었다.

"너는 다른 사람들이 망가져 갈 때 네가 강하다는 걸 증명했어."

킴의 입에서 나온 이 말은 나의 용기를 북돋아 주었다. 나는 아무리 엄마가 나에게 실망하더라도 더는 거기에 흔들리지 않았다. 심지어 파울도 화를 냈다. 집안의 분위기는 내 손아귀에 달려 있었다. 내가 토스트 한 조각을 먹은 날은 모든 것이 부드럽고 순조로웠다. 하지만 내가 음식을 거부하는 날은 평화는 불협화음으로 번졌고 결국 엄마와 파울의 심각한 싸움으로 끝나기 일쑤였다. 때때로 아빠조차 컴퓨터 화상 통화를 걸어 평화를 유지하기 위한 회의를 열어야만 했다.

킴이 손을 소독하는 동안 거울로 내 모습을 비춰 보든 나는 내 허벅지 사이에 틈이 생긴 것을 발견했다. 종잇장이 통과할 정도의 이 작은 틈이 이렇게나 큰 기쁨을 주다니! 미칠 것 같았다. 이번에야말로 사람들에게 보정된 사진을 보여 주는 것이 아니라 진짜를 보여 줄 수 있었다. 나는 점점 사진 보정을 더 잘하게 되었고 매일 적어도 한 장 이상의 셀카를 내 새로운 계정 @Easy4ever에 업로드했다. 나는 릴리를 은퇴시켰다. 이제 릴리는 취미생활을 즐기거나 내가 사진 보정작업을 하는 동안 당근을 씹어 먹는 일만 하며 지냈다. 이제 나는 5분이면 30개의 좋아요를 받았고 나를 전혀 모르는 사람들이 나를 칭찬하는 댓글을 달았다. 많은 사람이 더 몸에 달라붙고 짧은 옷을 더 좋아한다는 사실을 알게 되었다. 노출이 더 많을수록 더 많은 좋아요가 달렸다. 우리 반에서는 킴을 제외하고는 넬리만 나와 어울렸다. 하지만 나는 넬리가 다른 사람들의 평정심을 유지하기 위해 선택되었을 뿐이라는 느낌을 좀처럼 지울 수 없었다.

학교생활은 점점 거추장스러웠다. 나는 친구들이 다시 나를 그들의 무리로 돌아오라는 압박을 느꼈고 그럴수록 나는 더 두꺼운 껍질을 만들고 그 뒤로 숨었다. 야라는 그런 노력을 포기하지 않았다. 그녀는 계속해서 나에게 우울한 표정의 얼굴을 그린 쪽지나 마테오에 대한 시시한 질문의 쪽지를 보냈다. 육감이 발달한 킴은 이것을 당연히 알아차렸고 나를 자신의 옆자리로 옮기라고 했다. 그 자리는 언제나 비어 있는 곳이었다. 나는 다음 수업 시간에 그곳으로 자리를 옮겼다. 나는 그 자리에서 야라에게 쪽지를 보냈다.

'집중하기 힘들어서 자리를 옮겼어. 미안해.' 쉬는 시간에 나는 야라가 조쉬와 함께 복도에 서 있는 것을 보았다. 야라의 눈은 너무 울어 빨갛게 되었고 조쉬가 야라의 등을 쓸며 위로해 주고 있었다. 가슴이 너무 저렸다. 나는 야라에게 가고 싶었지만 킴이 나를 잡아끌었다.

"저건 너에게 나쁜 기억만 줄 거야. 봐봐, 지금 네 기분이 얼마나 엿 같은지. 그건 너에게 진짜 안 좋아."

나는 점점 얄팍해지고 있었다. 하지만 킴은 거기에 기름을 부었다.

"자, 이지, 너는 지금 네 프로그램을 실천할 힘이 필요해. 그게 너에게 동기부여가 될 거야!"

그리고 킴은 나에게 그 남자에게서 온 메시지를 보여 주었다. '나는 지금 날짜를 세는 중이야, Baby. 너는 내 이상형이야.' 위가 갑자기 조여 왔다. 내가 다시 고개를 들었을 때 야라와 조쉬는 이미 사라지고 없었다. 그리고 화해를 위한 시간도 이미 지나버렸다. 나는 계속 킴의 옆에 앉아 그 남자의 메시지와 프로필을 주입 당하는 것을 택했다. 내가 진짜 원하는 것이 무엇인지 더는 알지 못하게 될 때까지. 오랜 시간 굶주림에 시달린 내 뇌는 방금 싸지른 싱싱한 소똥처럼 곤죽이 된 상태였다.

사실 그 남자만 나에게 관심이 있는 것은 아니었다. 내가 학교를 걸어갈 때면 학교 상급생 남학생들 역시 나를 돌아보며 관심을 보이곤 했다. 킴도 자신의 채널에 정기적으로 나의 사진을 업로드해 나에게 더 많은 팔로워가 생기도록 도왔다. 나는 점점 패션 잡지에 나오는 모델을 닮아갔지만 점점 나도 알아볼 수 없게 되었다. 하지만 킴은 그럼 모순을 용납하지 않았다. 킴은 나에게 내가 그렇게 될 수 있고 당연히 실제로도 그런 외모를 갖게 될 거라고 확신시켰다. 나의 불안과 의심을 그녀는 간단히 무시해 버렸다. 나는 그 남자를 전혀 만나고 싶지 않았다. 하지만 또 뭐가 있을까? 그는 믿을 수 없을 정도로 근사했고 오랫동안 나와의 데이트를 기다려 왔다. 하지만 그렇다고 꼭 그렇게 되어야만 하는 것일까? 그것은 나의 마음을 마테오에게서 멀어지게 하고, 다시 나를 행복하게 해주고, 나를 더욱 매력적으로 만들어 줄까? 나는 나의 모든 것을 바꾸고 싶었다. 그래서 다른 사람에게 더는 상처받지 않는 새로운 내가 되고 싶었다. 그러나 과연 그것에 낯선 사람과의 데이트가 맞는 것일까? 머리가 복잡했다.

수업은 힘들어졌다. 더는 집중할 수가 없어서 결석하는 날이 늘었고 머릿속은 온통 음식에 관한 생각으로만 가득했다. 뱃속에서는 쉴 새 없이 비명이 들려왔다. 하지만 동시에 그것은 엄청난 만족감을 주었다. 그것은 내가 지금 다이어트를 하고 있다는 것을 보여주는 증거였다. 매일매일, 계획표대로 목표를 달성하는 것은 나에게 행복감과 위를 쥐어짜는 듯한 끔찍한 허기의 고통을 안겨주었다. 킴은 친절했다. 그녀는 나에게 자신이 가진 바지 중 가장 예쁜 바지를 선물했다. 그리고 말했다.

"만약 이 바지가 너에게 맞으면 그러면 너는 이제 성공한 거야."

그것은 나를 힘껏 격려하기에 충분했다. 그 바지를 벽에 붙여놓고 성물을 대하듯 앞에서 기도했다. 매일 밤 잠들기 전에 그 바지를 바라보고 결국 다이어트에 성공해 그 바지를 입게 되면 얼마나 멋져 보일지를 상상했다. 줄어드는 몸무게만큼 내 인생의 기쁨도 역시 같이 사라지고 있다는 사실을 내가 감수함에도 말이다.

20. 킴만의 친구와 함께

어느 일요일에 킴은 나를 다시 그녀의 무리로 데려갔다. 이번에 우리는 올스도르퍼 공원묘지에서 만났다.

"여기서 셀카 찍으면 엄청나게 잘 나와."

킴은 지하철에서 이렇게 말했다. 우리는 울타리에 난 개구멍으로 기어들어 가서 공원묘지를 가로지르며 공원 전체를 마구 뛰어다녔다. 킴은 이곳을 이미 잘 알고 있는 것처럼 보였고 정확한 목적지를 향해 걷고 있었다. 킴은 이번에도 보드카 한 병을 가지고 왔다. 그걸 보는 것만으로도 소름이 끼쳤다. 게다가, 그사이 나는 알코올이 어마어마하게 칼로리가 높다는 사실을 알게 되었다.

"아 저런"

킴이 말했다.

"그럼 우리는 그냥 마시지 말자."

그녀는 아름다운 머리카락을 뒤로 넘기며 환하게 웃었다. 나는 기울어진 비석과 무성한 진달래 덤불 그리고 꿈꾸는 듯한 표정으로 서 있는 조각상이 희미하게 빛나고 있는 광경을 지나쳤다.

"너는 엄마가 어디에서 지내시는지 안 궁금해?"

"응."

무심히 대꾸하며 킴은 예배당으로 향했다.

"그래도 아마 분명 너랑 가까운 곳에 계실 거야. 그리고 항상 너를 생각하고 있으시겠지."

"그래서? 그 여자는 나를 버렸어. 만약 내가 보고 싶었다면 나를 찾아올 수 있었겠지."

킴이 공중에 대고 보드카 병을 흔들자 멀리에서 환호가 들려왔다. 다른 사람들은 분수 가장자리에 앉아 발을 물에 담그고 있었다.

"그래도 너는 엄마가 보고 싶지 않아?"

나는 자리에 섰다. 킴은 그대로 앞으로 계속 걸었다.

"별로 상관없어."

그녀가 말했다. 라떼가 자리에서 일어나 킴을 반갑게 맞았다. 럭키가 나에게 물장난을 치며 물을 뿌렸다. 그는 이번에는 티셔츠에 청바지를 입고 있었다. 바짓자락이 물에 젖어 있었다. 이상하게도 더운 저녁이어서 시원한 느낌이 좋았다.

"오늘 천사를 데려왔네. 여기랑 딱 어울려."

럭키는 킴에게 이렇게 말하며 나에게 병을 들어 보이며 건배를 했다. 예니는 오늘 아주 달라 보였다. 나는 그녀를 거의 알아보지 못할 뻔했다. 그녀의 머리카락은 오늘 초록색이었고 화장은 꼭 크리스토퍼 스트리트 데이(독일 베를린에서 매해 6월에 열리는 성소수자를 위한 퀴어 축제. 줄여서 CSD 축제라고도 한다. 1979년에 시작되어 지금은 매해 100만 명에 육박하는 참가자가 있을 정도의 큰 국제축제가 되었다. 참가자들은 다양한 옷차림으로 참여하는데 성 소수자를 상징하는 무지개 깃발과 거기에 맞는 화려한 의상과 화장이 특징이다.)에 나가는 사람처럼 화려했다. 그리고 땋은 머리에는 진짜 백합이 꽂혀 있었다. 게다가 환하게 웃기까지 했다.

"안녕, 이지."

그녀가 인사했다.

"다시 보니 좋네."

누군가 갑자기 나를 뒤에서 껴안았기 때문에 나는 그가 정확히 누구인지 기억을 떠올려야 했다. 나는 가죽 재킷의 소매를 알아보았을 때 그가 나를 뒤로 돌려세웠다.

"너무 뻔뻔했나?"

쿠델은 미소를 지었다.

"아직 철이 들려면 멀어서 말이야."

"아, 미안해."

내가 말했다. 하지만 사실 나는 기뻐하고 있었다. 다시 한번 더 모험을 떠나거나 죽음의 문턱에 이전보다 더 바싹 데려가지만 않으면 말이지. 클리브는 나를 향해 고개를 까딱했다.

"라일라는 어디 있어?"

내가 물었다.

"별로 좋은 질문이 아니야."

올라프가 이렇게 말하며 나에게 손을 뻗었다. 나는 그의 손을 살짝 쳐냈다. 그의 카멜레온 문신 옆에 인어 한 마리가 더 있는 것이 보였다.

"아, 쏘리."

벤은 유일하게 신발을 벗지 않고 있었다. 그는 말없이 눈을 찡긋해 보였다.

"자자 죽음의 연기나 마시자고."

럭키가 말하며 담배를 나눠 주었다.

"피울래?"

에니가 물으며 자리에서 일어났다.

"아직 다 안 왔잖아."

킴은 라떼에게 불을 받아 들며 모든 사람이 그녀를 쳐다보고 있는 것을 모르는 척했다.

"뭐 목사님이라도 빠졌나? 또 누구?"

쿠델이 손을 맞잡았다.

"뭐 그 비슷한."

그녀는 무심한 시선을 멀리 던지며 분수를 장식하고 있는 석고 조각상을 바라보았다. 조각상들은 너무 비슷해서 구별조차 할 수 없었다. 그때 옆에서 누군가가 갑자기 튀어나왔다.

"서프라이즈!"

이렇게 말하며 킴은 딱 한 번 피운 담배를 바닥에 던져 버렸다.

덩치가 크고 매우 강해 보여 나무처럼 보이기까지 하는 한 남자가 서 있었다. 짧게 자른 머리카락에 팔에는 문신이 있고 귀에는 금색 링 귀걸이를 끼고 있었다. 나이는 스물다섯 정도로 보였다. 그보다 더 나이 들어 보이지는 않았다. 한쪽 팔에는 해골로 장식된 오토바이 헬멧을 들고 있었다. 그는 곧장 킴에게 다가가 그녀를 껴안고 아주 오랫동안 키스했다. 그리고 나서야 킴을 오른쪽 품에 껴안은 채 주위 사람들을 쳐다보았다.

"이 사람은 모세야."

킴이 말했다.

"예전에 복사(服事:카톨릭 미사에서 신부를 돕는 일을 하는 소년)를 했었지."

"이 봐들, 무슨 일 있어?"

모세가 말했다. 그의 목소리는 항구에 방치된 녹슨 크레인이 삐걱대는 것처럼 들렸다. 오래된 기억이 떠올랐다. 복사는 나에게 순결의 상징이었다. 나는 정말 킴을 이해할 수 없었다. 킴은 저런 부랑자랑 대체 뭘 하려는 걸까? 예니의 아름답던 미소가 사라졌다.

"젠장, 너 우리가 지금 왜 여기에 있는지 알면서 왜 이래?"

"알아."

킴이 말했다.

"그럼 가자."

그녀는 넝쿨에서 장미 한 송이를 꺾었다.

"금방 어두워질 거야."

모두 일어나 신발을 챙겨 신었다. 그리고 모두들 아무 말 없이 묘지 이곳저곳을 뒤지기 시작했다.

"대체 뭘 찾는 건데?"

나는 내 옆에 있던 럭키에게 물었다.

"예니 아버지."

"뭐? 아버지가 여기 묻혀 있어?"

나는 킴이 나에게 아무 말도 하지 않았다는 사실을 믿을 수가 없었다.

"맞아."

럭키는 어느 묘 앞을 지나다 그 앞에 놓인 화병에 꽂혀 있는 화려한 꽃다발을 뽑아 집어 들고 계속 걸었다.

우리가 마침내 담쟁이덩굴로 뒤덮이고 빛바랜 회색 돌로 된 무덤 앞에 멈춰 섰을 때 나는 결국 방향감각을 잃어버렸다.

"여기다."

예니가 말했다. 그녀는 재킷에서 초를 꺼내어 불을 붙이고 (독일에서는 묘 앞에 초를 늘 켜두는 풍습이 있다. 보통 유리병이나 둥근 사기그릇에 담긴 초로 바람을 막아주는 지붕이 있어 한 번 불을 붙이면 오래 켜둘 수 있다.) 묘 앞에 두었다. 그리고 머리에 꽂힌 백합을 빼서 묘 앞에 내려놓았다.

"누가 기도를 할 거야?"

모세는 비석을 감싸고 있던 담쟁이덩굴을 뜯어내어 초가 묘비를 더 밝게 비출 수 있게 했다.

"아하."

그가 말했다.

"카스파 뮬렌바흐"

그는 예니를 바라보았다.

"이름이 너무 웃긴데, 안 그래?"

그는 큰 소리로 웃어젖히며 보드카 한 모금을 마시고 트림을 했다. 예니는 얼어붙은 듯 그 자리에 꼼짝 않고 서 있었다. 오직 눈동자만 움직이더니 이내 눈가가 촉촉하게 젖어 들었다.

"게이 이름 같잖아."

모세는 아랑곳하지 않고 뻔뻔하게 굴었다.

"이봐."

킴이 그의 팔을 쳤다.

"우리는 지금 핼러윈 파티에 온 게 아니야. 나가자, 알았어?"

"들어봐, 내 토깽이."

모세는 킴의 손목을 잡았다.

"내가 이름이 게이 같다고 하면 그건 게이라는 거야, 알겠어?"

그는 킴을 자신의 품으로 끌어당겨 안았다. 그녀는 보드카를 한 모금 마시고 천천히 뚜껑을 돌려 닫은 다음 올라프에게 병을 건넸다. 나는 킴이 누군가를 애써 외면하고 있다는 것을 알아차렸다. 흔들리며 타고 있는 양초 불에 시선을 고정한 그녀는 꼭 조용한 명상에 빠진 사람 같았다.

"예니는 갔어."

갑자기 클리브가 입을 열었다.

"네가 데려온 저 병신은 불도저만큼이나 감수성이 예민하시네."

"야! 무슨 문제 있어?"

모세가 고함치며 잭나이프를 꺼내 들었다. 그러나 클리브는 이미 예니를 찾기 위해 사라진 뒤였다. 올라프는 보드카를 든 손으로 나를 뒤로 밀었다.

"맙소사, 킴, 너는 예니에게 무슨 일이 있었는지 다 알잖아.

그 상처를 헤집을 필요는 없었잖아."

그리고 그 역시 사라져 버렸다. 킴은 방금 소독제를 뿌린 자신의 손을 바라보며 끝없이 손을 문지르고 있을 뿐이었다.

"모세 말에 틀린 건 없잖아. 예니 아빠는 그냥 개새끼였다고."

그녀는 이렇게 중얼거렸지만 여전히 그 누구도 쳐다보지 않았다.

"예니가 결국 이해했다면 그편이 예니에게도 더 나을 거야."

킴은 꺾은 덩굴장미 다발을 무덤 위에 놓았다.

"나는 그게 뭔지 알거든."

"모든 사람이 다 너처럼 냉정한 건 아니야."

라떼는 이렇게 말하며 그녀를 팔로 감쌌다.

"그런 걸 받아들이는 건 어려운 일이야."

"이봐, 지금 뭐 하는 거야?"

모세가 라떼를 킴으로부터 떼어냈다.

"이러지 마, 근육맨."

라떼가 말했다.

"나는 아무 짓도 안 했다고."

라떼는 아무 말도 하지 않는 편이 나았을지도 모른다. 모세는 이미 아무 말도 들을 생각이 없었으니까. 그는 라떼의 멱살을 잡고는 얼굴 정 중앙에 주먹을 날렸다. 라떼는 넘어져 카스파 뮬렌바흐씨의 무덤 위로 나자빠졌다.

"맙소사."

킴이 비명을 질렀다.

"라떼 괴롭히지 마. 내 친구란 말이야."

그녀는 모세에게 날카롭게 소리쳤다.

"아니야, 들어 봐. 저 놈이 먼저 시작했어. 나는 그렇게 바보가 아니라고."

그리고 그는 킴의 팔을 잡더니 자기 품으로 끌어당겼다.

"여기서 나가자. 여기는 내 예쁜 신부에게는 어울리지 않아."

내 예쁜 신부에게 어울리지 않는다니, 맙소사. 이제까지 내가 알았던 병신 같은 놈들 중 가장 병신 같은 놈이었다. 솔직히 말해서 병신 같은 파울보다 더 병신 같아서 도대체 어떻게 불러야 할지도 모를 정도였다. 어떻게 킴을 알게 된 거지? 강림한 여신인 킴이 어떻게 저런 실수를 한 거지?

"어디 가는 건데?"

내가 킴의 뒤에 대고 소리쳤다.

"오토바이 타러."

그녀는 약간 들뜬 듯한 목소리로 대답하며 손목을 문질렀다.

"라떼 좀 잘 부탁해, 알았지?"

그리고 그 둘은 진짜 사라져 버렸다. 라떼는 신음하면서 무덤에서 몸을 일으켰다. 쿠델이 라떼가 자리에서 일어서는 것을 부축했다. 그는 코피를 흘리고 있었고 손으로 이마를 짚고 있었다.

"진짜 뭐 저런 놈이 다 있지."

"그래도 저런 놈을 자극하지는 말았어야지."

벤이 어둠 속에서 몸을 드러내며 말했다.

"눈이 안 보이는 사람이라도 네가 처맞을지 알았을걸."

"아 그러셔? 그냥 입 다물고 있는 게 나았어? 그래?"

"여러분들."

내가 끼어들었다.

"킴이 왜 저러지? 나를 여기다 버리고 그냥 갔어. 대체 킴에게 지금 무슨 일이 생긴 거야? 뭐라고 해봐!"

"들어봐, 천사 아가씨."

쿠델이 부드럽게 말했다.

"킴은 똑똑한 애야. 하려고만 하면 어떤 사이코라도 자기 마음대로 움직일 수 있어. 너도 이미 알고 있을 텐데. 알리프에게도 똑같이 그랬으니까. 그리고 다른 모든 사람에게도."

"알리프?"

"그래, 킴의 전 남친. 알리프의 친구가 너의 전 남친이라며. 아니야?"

"아 맞아, 그랬지."

킴의 거짓말이 나에게 돌아왔다. 그래서 나는 차라리 침묵을 지키는 편을 택했다. 다행히 다른 이들이 예니를 발견했고 벤이 나서서 짤막한 기도를 올렸다. 짧았지만 감동적이어서 예니는 조금 울었다. 돌아오는 길에 그녀는 아버지 없이 성장하는 것이 얼마나 힘든 일인지를 이야기해주기까지 했다. 나는 곧바로 아빠와 도쿄를 떠올리고 그녀의 어깨를 감싸 주었다. 결국, 그녀가 나를 자신의 오토바이에 태워 주었다. 그녀의 나이가 18살이 지났기 때문에 가능한 일이었다. 나는 쿠델이 오토바이 면허를 취소당했다는 사실이 기뻤고 예니와 함께 편안한 드라이브를 할 수 있어서 더 기뻤다. 그녀는 우리가 처음 만났을 때보다 훨씬 다정한 사람이었다. 예니는 나를 우리 집 근처에 내려주고 꼭 안아주었다.

"너는 괜찮은 애야."

그녀가 말했다.

"고마워요."

"하지만 좀 조심해야 해, 알지?"

"뭘 조심하라고요?"

"너 다이어트 중이잖아."

나는 그녀가 그 사실을 알아본다는 사실이 기뻤다.

"네가 처음이 아니야. 킴은 늘 쌍둥이가 필요해. 자신이 있는 진창 속으로 같이 끌고 들어갈 수 있는 사람으로 말이지."

그녀는 입술 위에 손가락을 갖다 대며 비밀을 지키라는 신호를 보냈다.

“나에게는 아무 말도 못 들은 거야, 알겠지?”

“에?”

하지만 예니는 이미 헬멧을 쓰고 오토바이 시동을 걸어 출발했다. 그녀는 나에게 손을 흔들어 보이고 굉음을 내며 사라졌다.

쌍둥이가 어떤 것을 의미하는지 나는 정확히 이해하지 못했다. 하지만 예니에게는 킴을 지워 버릴 만한 충분한 동기가 있었다. 그래서 나는 모세의 등장 이후 예니의 경고를 그다지 심각하게 받아들이지 않았다.

21. 착각

월요일에 나는 다시 수영을 하러 갔다. 킴에 의하면 운동은 살을 빼는 데 좋고 피부도 좋아지게 한다고 했다. 야라는 열정적으로 나를 꽉 껴안고 몹시 기뻐했다.

“돌아왔구나.”

야라는 안도의 한숨을 쉬며 말했다.

“어딜 돌아와?”

“우리 일상으로. 진짜 일상 말이야.”

그녀는 나의 손을 잡고 예전의 월요일 수영 그룹이었던 라피타와 아누크가 있는 곳으로 데려가려 했다.

"지금 쉬고 있을 거야."

야라는 환호성을 질렀다. 나는 야라의 손을 잡아당겨 그녀를 붙잡았다.

"내 말 좀 들어봐. 야라. 나도 당연히 너희를 만나서 기뻐. 하지만 난 오늘 여기 수영하러 왔어. 운동하러 온 거라고."

나는 내 뱃살을 가리켰다.

"오늘 50회 왕복을 해야 해. 그게 오늘 계획이야."

야라는 충격을 받아 거의 앞으로 쓰러질 뻔했다.

"이시, 진심이 아니지? 그렇지?"

그녀는 내 뱃살을 집었지만 내 배에서 잡히는 살은 없었다.

"여기에는 아무것도 없어. 진짜 살이라곤 하나도 없어. 더는 홀쭉할 수 없을 정도야. 정말 모르겠어?"

야라의 눈에서 다시 눈물이 흘러내렸다. 그것이 내 마음을 아프게 했다.

"너는 다시 우리랑 행복하게 지내고 싶지 않아?"

"야라, 나는 행복해. 언제나 늘 그래."

그건 당연히 사실이 아니었다. 하지만 나는 야라에게 인생에서 진짜 쟁취해야 하는 것이 무엇인지 그리고 인생의 목표를 가지는 것이 얼마나 더 중요한 일이며 확실함을 얻어내는 것

그리고 좋아요를 받는 것이 어떤 것인지 세 시간 동안 설명하고 싶은 마음이 추호도 없었다. 게다가 어떻게 하든 야라는 그것을 이해하지 못할 것이다. 그리고 나에게 다시 나쁜 기억을 주려고만 하겠지. 야라는 나에게서 한걸음 뒤로 물러나더니 갑자기 나를 낯선 눈빛으로 바라보았다.

"이시, 너는 변했어. 대체 무슨 일이 있었던 거야?"

그것이 나의 외모를 말하는 것이었다면 나는 그 말이 기뻤을 것이다. 하지만 나의 정신적인 면을 지적하는 것이었다.

"그냥 우리는 사이가 좀 멀어진 거야. 그게 다야."

내가 말했다.

"상황은 그냥 바뀌는 거야, 그 말 기억하지?"

"네가 좀 무서워. 이사벨라, 이시, 이지. 도대체 너는 누구야?"

"나는 내가 되고 싶은 내가 될 거야. 결국, 그렇게 되고 말 거야."

나는 야라를 그 자리에 둔 채 자리에서 일어나 수영장으로 뛰어들었다. 50회 왕복은 차라리 아름다운 고통이었다. 수영을 하는 동안에는 나는 다른 생각이 사라졌고 몸이 가벼워진 느낌이 들어서 특히 좋았다. 내 뱃살에 신경을 쓰는 것도 잠시 잊을 수 있었고 누군가를 바라볼 필요도 없었고 또 누군가에게 나를 인정받기 위해 애쓸 필요도 없었다. 그사이 나는 내가 알아야 할 칼로리에 대한 모든 것이 적힌 책을 읽었다. 킴이 나에게 추천해 준 책이었다. 그녀도 그대로 따라서 했던 책으로 이제 우리는 서로의 결과를 비교하며 의견을 교환할 수도 있었고 극심한 배고픔에 시달릴 때마다 포기하지 않도록 서로를 격려하고 의지할 수 있었다.

가장 큰 문제는 엄마였다. 나를 지지해 주기는커녕 내 육체에 가장 가까이 있는 가장 큰 적이었다. 엄마는 늘 나에게 음식을 먹도록 강요하고 차려진 끼니를 다 먹지 않거나 아예 부엌에 발도 들이지 않는 날이면 집안 곳곳에 기름진 음식이나 칼로리가 높은 단 음료수를 놓아두고 나를 유혹했다. 나는 내 식이 계획을 지키기 위해 차라리 릴리와 함께 식사를 하는 쪽이 더 나았다. 샐러드만이 나를 행복하게 해주었다.

킴은 나에게 하루 중 어느 시간에 셀카를 업로드 하는 것이 가장 좋은지, 어떤 해시태그를 달아야만 좀 더 폭넓게 검색되는지를 가르쳐 주었다. 그래서 나는 단시간 안에 많은 수의 새로운 팔로워를 늘릴 수 있었다. 새로운 좋아요가 찍힐 때마다 그것은 나에게 큰 자극제가 되었고 내가 옳은 길을 잘 가고 있다는 증명이 되었다. 나는 이제 더는 왕자님이 오기만을 기다리는 잠자는 숲속의 공주가 아니었다. 나는 내가 기다리던 왕자님이 단지 환상에 불과하다는 것을 조쉬의 파티에서 바보 같은 내기나 하던 마테오를 겪으면서 알게 되었다. 킴 역시 남자와의 관계를 몇 주나 혹은 단 며칠 이상 유지하지 않았다. 그녀는 나에게 충고했다.

"만약 한 남자가 그냥 인스타 팬으로만 남아 있으면 아주 친절하고 좋은 응원만 보낼 거야. 하지만 그 사람이 너를 좀 더 알기를 원하게 되는 순간, 상황이 거지같이 변하는 거지. 그러면 너는 팔로워가 우수수 떨어져 나가는 것을 지켜봐야만 할 거야. 가장 안전한 관계는 오직 너 자신과의 관계일 뿐이야. 이건 아마 평생 그럴 거야."

나는 그것이 논리적인 말이라고 생각했다. 나는 우리 부모님을 통해 영원을 약속한 관계가 어떻게 변해 가는지 지켜보았다. 하지만 한편으로 내면에서는 의구심도 피어났다. 나의 할머니와 할아버지는 언제나, 항상 행복해 보이셨기 때문이다.

"내 말을 믿어, 그건 절대 좋은 게 아니야."

킴은 나에게 다시 한번 강조했다.

"늘 그렇게 될 수밖에 없어."

그리고 그녀는 나를 아연실색하게 하는 말을 덧붙였다.

"그건 이지, 우리 사이에서도 마찬가지야. 예외는 없어."

그러면서 킴은 내 팔을 잡고 강한 힘을 주었다.

"우리는 정말 잘 맞아."

그녀가 손을 소독하지 않은 적은 처음이었다. 그리고 우리는 조깅을 하러 갔다. 우리는 알스터거리까지 두 번을 왕복했다.

그리고 지방 연소를 촉진하려고 번갈아 샤워를 한 뒤, 우리는 일종의 보상으로 나를 다시 꿈꾸는 것처럼 해주는 유치한 할리우드 영화를 보았다. 영화는 늘 해피엔딩으로 끝났다.

그러나 나는 킴이 즐겁게 영화를 보고 난 뒤에 포기하지 않고 물었다.

"왜 너희 집에서는 안 놀아?"

나는 영화 엔딩자막이 올라가고 있을 때 이렇게 물었다. 그 사이 킴은 내 방에 자신의 서랍을 가지게 되었다. 그 안에는 각종 화장품, 천 조각, 아스피린이나 설사약 같은 응급약 따위로 가득 차 있었다.

"무슨 소리야? 너 잊었어? 나에게 병신 같은 아빠가 있다고. 늘 취해 있다고. 온 집안은 쓰레기 더미로 가득 차 있고 양조장 같이 악취만 가득해. 나도 견딜 수가 없어. 내 방만 괜찮아. 거기만 아빠를 못 들어오게 했거든. 지난주에 아빠가 방에 들어오려고 했어. 다행히 모세가 있어서 아주 멋지게 그의 요청을 거절했지만 말이야."

그녀는 자신의 농담이 재미있다고 생각했는지 큰 소리로 웃었다.

"왜 모세는 거기 가도 되는 거야?"

"그때는 됐었지."

킴이 말했다.

"이제 끝난 사이야. 그리고 모세랑 같은 집에 사는 사람도 병신 같은 주정뱅이야. 게다가 묘지에서만 만날 수는 없잖아."

그녀는 미소를 지었다.

"모세랑 끝냈다고?"

"응. 묘지에서 그 일이 있고 나서 얼마 있다가 바로. 이제 로이드라는 사람이랑 사귈까 생각 중이야."

"그 사람은 뭐라고 했어?"

"납득하던걸."

그녀는 웃으며 다리를 다른 쪽으로 꼬았다.

"앞에서 아주 엉엉 목 놓아 통곡하는 쇼를 좀 했지. 그리고 나는 지금 견딜 수 없이 고통스럽다, 왜냐면 그가 너무너무 멋진 남자라서 모자란 나 자신을 증오하게 되어서 더는 이 감정을 다스릴 수가 없다, 내 상담사 선생님이 병원에 가는 것이 더 낫다고 했다, 이렇게 연기를 좀 했달까."

그녀는 너무 웃어서 눈물까지 흘렸다.

"네가 그 꼴을 봤어야 했는데! 허둥지둥 서두르면서 오토바이를 타고 꽁무니를 내뺐다고. 정신병자는 섹시하지가 않아, 이러면서."

"너는 그 사람을 가지고 논 거야."

나는 웃음이 나오지 않았다.

"야, 너무 딱딱하게 굴지 마. 뭐 말하자면 위급상황이었어.

내가 솔직하게 더는 만나기 싫어졌다고 말했다면 아마 나를 피투성이 고깃덩어리로 만들었을걸. 나는 완벽한 해결법을 찾은 것뿐이야."

그녀는 만족스럽다는 듯 머리카락을 어깨너머로 쓸어 넘겼다. 누군가 방문을 노크했다.

"이사벨라? 킴? 저녁 준비가 다 됐다."

엄마가 문 너머로 우리를 불렀다.

"우리 배 안 고파요."

나는 또 무슨 일이 벌어질지 알고 있었기에 신경질적으로 대답했다. 매일 매일 같은 싸움이 벌어졌다. 문이 벌컥 열렸다. 엄마가 분노에 가득 찬 눈빛으로 나를 노려보았다.

"빨리 밥 먹어. 지금. 바로! 킴은 본인과 그 부모님이 알아서 할 일이지만 넌 지금 당장 바로 아래로 내려와. 그리고 얼른 식탁에 앉아!"

엄마의 목소리가 갈라졌다. 그녀는 몸을 돌려 아래로 내려갔다. 문을 열어둔 채로. 내가 제일 싫어하는 행동인데도 말이다! 엄마는 나를 살찌게 하고 킴을 내쫓기 위해 나에게 압력을 가하는 중이었다. 그리고 나에게 나쁜 기억만 주는 중이고.

"네가 부럽다."

나는 킴에게 말했다.

"너는 이렇게 지옥 같은 걸 안 겪을 테니까."

그러나 나는 곧바로 내 말을 후회했다. 알코올 중독자 쓰레기 아버지와 어린 딸을 두고 떠난 엄마가 있는 것이야말로 정말 지독한 인생이 분명했으니 말이다.

“미안, 내가 말이 헛나왔어.”

“괜찮아.”

킴이 대답했다. 그녀는 내 말에 그다지 신경 쓰지 않는 것처럼 보였다.

“이사벨라!!!”

엄마가 아래층에서 으르렁거렸다.

“하아, 진짜…….”

나는 몸을 간신히 일으켰다.

“금방 올게. 기다려.”

킴에게 이렇게 말하고 나는 계단을 어슬렁어슬렁 내려갔다. 한 걸음 한 걸음을 내디딜 때마다 뚱뚱해지는 기분이었다. 엄마는 부엌에 서서 수저를 무기처럼 들고 있었다. 그 모습이 꼭 나를 위협하는 것 같았다.

“오늘 저녁은 라자냐야.”

선전포고였다. 라자냐는 내가 아는 한 가장 칼로리가 높은 음식이었다. 냄새가 너무 좋았다. 위가 쥐어짜듯 요동을 치기 시작했다. 내 접시에는 어마어마한 양이 올려져 있었다.

“이렇게 많이 먹은 적은 없잖아.”

"어서 앉아."

엄마의 목소리가 명령조로 변했다. 그 강압적인 말투에 나는 갑자기 반발심이 생겼다.

"싫어."

내가 반항했다.

"앉아. 더는 네가 쫄쫄 굶어 죽어가는 꼴을 못 보겠어. 나는 그냥 살만 좀 빼려는 거야. 굶어 죽는 게 아니라고."

내가 고함쳤다. 그리고 나는 예전이었다면 너무나 맛있게 먹었을 그 라자냐 접시를 들어 라자냐를 구운 오븐 틀에 다시 부어 버렸다. 엄마는 울었다. 나는 그게 너무 싫었다.

"우리 나가자."

킴이 말했다. 어느샌가 그녀는 부엌 입구에 서 있었다. 벌써 밤 열 시가 다 되어 가는 시간이었다.

"넌 지금 아무 데도 못 나가."

엄마가 딱 잘라 말했다. 나는 무시하고 그냥 부엌에서 나와 옷걸이에 걸려 있는 재킷을 집어 들었다. 그리고 우리는 집을 나왔다.

"고마워."

내가 킴에게 말했다.

"네가 나를 구했어."

"사람들이나 만나러 가자."

그녀가 말했다.

"럭키가 할 이야기가 있대."

22. 아빠의 전화를 끊고

지하철에서 내 휴대폰 벨소리 페이크 러브(Fake Love)가 계속 흘러나왔다. 내 안의 무엇인가가 핸드폰 벨소리를 바꾸는 것에 저항했다. 킴은 내 핸드폰을 곁눈질했다. 전화를 한 사람은 아빠였다!

"이사벨라? 너 지금 어디야?"

아빠의 목소리는 화가 난 것 같았다.

"아빠는 어디 있는데?"

내가 다시 물었다.

"엄마가 지금 쓰러지기 직전이야. 너무 걱정하고 있어."

그 사실은 이미 나도 알고 있다. 그걸 알려주기 위해 전화를 할 필요는 정말 없었다.

"지금 너무 늦은 시간이잖아. 너 저녁도 안 먹었다며. 얼른 집으로 돌아가자, 응?"

너무 웃긴 소리였다. 아빠는 지구 반대편에서 나에게 전화를 했다. 아마 그곳은 이제야 동이 터 오고 있을 것이다. 나를 집으로 데려다 놓기 위해 전화를 하는 아빠 옆에는 아마 라라가 누워서 아빠의 등을 쓰다듬고 있겠지.

"그러면 아빠가 나를 데리러 올 거야?"

나는 목소리를 활발한 척 과장하며 물었다. 아빠는 침묵했다. 지하철이 종소리를 내며 정차를 알렸다. 오쓰마쉔 역에 도착했다는 안내방송이 흘러나왔다.

"너희 대체 어디 가고 있는 거야?"

아빠는 자신의 전술을 바꾸었다.

"라라는 잘 지내?"

나 역시 전술을 바꿨다. 아빠는 다시 침묵했다.

"자, 진정하고 아빠 말 좀 들어봐, 우리 공주."

아빠가 타이르듯 목소리를 낮췄다.

"아빠는 곧 돌아갈 거야, 가서 한동안 있을 거야."

나는 웃었다.

"알았어, 아빠. 그럼 올 때 예쁜 옷이나 사와. XXS 사이즈로. 그럼 그때 봐."

나는 전화를 끊었다.

"나쁜 생각은 아닌데."

킴이 말했다.

"죽음이라는 글자가 쓰여 있는 귀여운 분홍색 일본 티셔츠가 좋은데. 진짜 예쁠 거야. 이왕이면 같은 걸로 두 개 사오시면 말이야."

"그건 좀 소름 끼치는데."

"아마 아무도 못 읽을걸. 일본어로 써 있으니까. 우리랑 일본인 관광객 정도만 알겠지."

그녀는 미소 지었다. 지하철이 멈추고 우리는 내렸다. 엘베 강변에는 다시 모닥불이 피워져 있었다. 럭키와 벤은 주위에 서 있었고 예니는 굵은 나뭇가지 위에 앉아 있었다.

"다른 사람들은 어디 있어?"

우리가 그들에게 가까이 다가갔을 때 킴이 물었다.

"라떼는 아직 오는 중이고 쿠델은 연락이 안 돼. 클리브도 그렇고. 내 생각에는 라일라랑 같이 있는 것 같아. 아마 다시 연락 오겠지."

"올라프는?"

"오줌 누러 갔어."

벤은 맥주 두 병을 따서 우리에게 건넸다.

"그러니까,"

킴은 럭키에게 물었다.

"무슨 일이길래 이렇게 급하게 불러?"

올라프가 덤불 사이에서 나와 우리를 보고 인사했다.

"들어봐"

럭키가 우리를 둘러보며 말했다.

“일자리가 하나 들어왔는데 그걸 받아들여야 할지 모르겠어. 내일 아침까지 결정해야 하는데 말이야.”

“뭐가 문제인데?”

킴이 물었다.

“자리는 좋아. 양조장 마케팅 부서에서 일하는 거야.”

그는 자신의 맥주를 위로 들어 보였다.

“하지만,”

그는 킴을 쳐다보았다.

“양조장이 쾰른에 있어.”

모두 탄식을 내뱉었다.

“잊어버려. 가지 마.”

단번에 킴이 대답했다.

“왜?”

내가 질문을 꺼냈다.

“나는 쾰른에 가본 적이 있어. 사람들도 많고 멋지고 좋은 곳이었어.”

킴은 살의를 가진 눈빛으로 나를 노려보았다. 그것은 가장 위험한 신호라는 것을 뜻했다. 하지만 럭키는 진짜 행운을 만났다. 대체 뭐가 문제라는 거지?

“럭키는 못 해.”

킴이 말했다.

"우리 없이, 여기를 떠나서는 아무것도 못 해."

"아 그래. 그러면 그 복사 모세도 럭키를 아주 끔찍하게 그리워하겠군. 모세의 그 예민한 감수성은 쾰른에 같이 가도 똑같겠지, 아마?"

예니는 낮은 목소리로 못마땅하다는 듯 중얼거렸다. 그리고 칠흑처럼 검게 변한 눈동자로 킴을 뚫어지게 응시했다.

"그래 그건 진짜 병신 같은 짓이야, 킴."

올라프가 재빨리 둘 사이로 끼어들었다.

"이지 말이 맞아. 럭키에게는 진짜 로또가 터진 거야. 쾰른에 있어도 언제든 소식을 주고받을 수 있어."

그는 럭키의 어깨를 두드렸다.

"멋져, 진짜 잘됐어."

"그러면 럭키가 힘들 때 누가 럭키를 도와줘?"

킴은 정말 화가 났다.

"그럴 때 럭키는 어디로 가야 해? 엉?"

그리고 진짜로 킴의 눈동자가 젖어 들었다. 나는 그녀를 바라보았다. 지금 무슨 일이 일어나고 있는 거지? 올라프가 킴을 팔로 감싸 주었다.

"킴, 진정해. 우리가 여기 있잖아. 그리고 럭키를 보러 갈 수도 있어. 괜찮아."

그가 킴의 등을 부드럽게 쓰다듬었다. 나는 킴의 어깨가 들썩이는 것을 볼 수 있었다. 킴은…… 그녀는 울고 있었다. 단지 럭키가 이사 간다는 것 때문에? 럭키 역시 킴을 안아주었다.

킴의 어머니는 그녀를 버리고 떠났고 그녀의 아버지는 알코올 중독자인데도 킴은 언제나 냉정함을 유지했다. 그런 그녀가 럭키 때문에 절망에 빠지다니. 그녀는 아무 말 없이 사람들의 품에서 빠져나와서는 비척거리며 엘베 강 모래사장을 따라 걸어갔다.

"이봐."

럭키가 킴을 뒤에서 불렀다.

"나는 아직 승낙한다고는 안 했어!"

하지만 킴은 그냥 멀어지기만 했다.

"미안."

이렇게 말하고 내가 재빨리 킴의 뒤를 쫓아갔다. 내가 그녀를 따라잡았을 때 킴은 거의 나무숲 사이로 사라지려던 참이었다.

"좀 기다려."

내가 킴의 팔을 잡았다.

"왜 그래. 럭키랑 뭐라도 있는 거야?"

킴은 그 자리에 멈춰 서더니 나를 쳐다보았다.

"럭키는 우리 친구야, 우리 그룹이라고, 알아?"

그녀는 내 팔을 뿌리치더니 가던 길을 걸었다.

"그래서 뭐? 그게 인생의 맹세는 아니잖아. 이건 럭키의 행운에 관한 문제인 거잖아, 안 그래?"

킴은 다시 자리에 멈춰 섰다.

"럭키의 행운?"

그녀는 씁쓸하게 웃었다.

"참 달콤한 말이네. 그래서 그 행운을 위해서 럭키는 시체를 타고 넘어야 하는 거야?"

"그럼 뭐 우리가 여기서 집단 자살이라도 한다는 거야 뭐야? 단지 럭키가 우리 모임을 깨고 이사 가는 것 때문에?"

나는 이해할 수가 없었다.

"맙소사, 이지, 너는 진짜 이해가 안 되지, 그렇지?"

킴의 그 말은 진짜 맞는 말이었다. 하지만 그녀는 내가 무엇을 이해하지 못하는지 알려주지 않았다. 우리는 지하철을 타고 다시 시내로 돌아올 때까지 아무 말도 하지 않았다.

킴은 이틀 동안 학교에 나오지 않았고 나에게 그 어떤 연락도 하지 않았다. 나는 혼자 프로그램을 계속 실천해 나갔다. 그러나 혼자 하는 것은 죽을 만큼 힘들었다. 특히 이번 주에 우리는 〈모델 다이어트〉를 시작했다. 아침으로 달걀 하나, 점심으로 저지방 요구르트 175그램, 저녁으로 또 저지방 요구르트 175그램. 그게 전부였다. 너무나 가혹했다. 내 위장은 점점 더 크게 요동을 쳐 댔고 끔찍한 고통이 느껴졌다. 초기에 느꼈던 행복감은 이미 오래전에 고통스러운 공허함 속에 사라져 버렸다. 급기야 월경도 멈췄다.

"어차피 귀찮은 거잖아."

킴은 이렇게 짧게 대꾸할 뿐이었다. 학교에서 나는 집중하는 것처럼 보이려 노력했다. 하지만 더는 수업을 따라갈 힘이 없었다. 내 귀에 들리는 것이라고는 코피의 과자 봉지가 바스락거리는 소리, 수리의 레모네이드가 찰랑 이는 소리와 아이들이 도시락통을 여는 소리뿐이었다. 그것들이 내 이성을 잃게 했다. 사방에서 햄 냄새와 초콜릿 냄새가 풍겼다. 체육관에 있을 때조차 나는 음식 냄새를 맡을 수 있었다. 나는 무설탕 껌을 입에 쑤셔 넣고 텅 빈 내 위가 너무 큰 어항이라도 되는 듯이 많은 양의 물을 쏟아부었다. 하지만 조쉬가 바로 내 눈앞에서 모차렐라 치즈가 뚝뚝 흘러내리는 바게트를 한 입 베어 물었을 때 나는 더는 버틸 수 없었다. 아무것도 할 수 없었다. 나는 떨리는 다리로 서둘러 집으로 돌아와 침대에 몸을 눕혔다. 나는 음식 생각 외에는 아무것도 할 수 없었다. 천장에 달린 전구마저 싱싱한 과일을 떠올리게 해 입안에 침이 고였다. 하지만 벽에 걸린 킴의 바지를 꺼내어 입어 보았을 때 나는 지퍼를 잠글 수 있었다. 이제 단추만 잠글 수 있으면 되었다. 조금만 더 버티면 단추까지 잠글 수 있게 될 것이다. 나는 목표를 이루게 되는 것이다. 그것이 나에게 다시 원동력이 되었다. 나는 부엌으로 가서 생강을 몇 조각 잘라 끓는 물에 넣었다. 바로 그때 엄마가 집으로 돌아왔다. 제기랄. 나는 벗어 던진 윗도리를 다시 입는 것을 잊었다. 드러난 내 팔뚝과 목덜미를 본 엄마는 바로 나를 향해 분노로 가득 차 고함을 질렀다.

"이사벨라, 우리는 지금 당장 병원으로 갈 거야. 잔말 말고 따라와."

어찌 됐든 나는 거기에 저항할 힘이 없었기에 엄마에 이끌려 차에 탈 수밖에 없었다. 헬름슈테트 박사는 머리부터 발끝까지 나를 진찰하고 심장 박동을 체크하고 나를 저울 위에 세웠다. 나는 그냥 하는 대로 내버려 두었다. 엄마가 탄식하며 우는 소리만 두꺼운 유리 벽 너머로 희미하게 들을 수 있었다. 나는 가능한 한 빨리 침대로 돌아가고 싶을 뿐이었다. 그래서 나는 모든 질문에 귀를 기울이지도 않고 무조건 '예'라고 대답했다. 의사 선생님 책상 옆에는 곰 젤리가 가득 담긴 커다란 유리병이 있었다.

"매주 체중을 재기 위해 와야 한다. 알았니."

헬름슈테트 박사님이 말했다.

"네."

내가 대답했다. 그리고 드디어 집으로 돌아갈 수 있게 되었다. 집에 도착하자마자 나는 바로 침대로 가 드러누웠다. 엄마가 미음을 가져와 몇 숟가락 떠먹여 주었다. 초인종이 울리고 엄마가 방을 나가는 소리가 들렸다. 엄마가 무언가 큰 소리로 고함을 치고 거칠게 문을 닫고 잠갔다. 지잉, 핸드폰 소리였다. 킴에게서 온 문자였다. 겨우 이제야.

'너희 엄마 미친 것 같아. 나 지금 너희 집 앞이야.'

그것은 마치 리모컨처럼 내 몸을 일으키게 했다. 나는 계단을 조심스럽게 내려와 부엌에서 전화하는 엄마를 지나쳐 집 밖으로 나갔다.

"이제 너희 엄마 완전히 미쳤네."

킴은 굽 높은 구두를 신고 다리를 세우고 길가 보도블록에 앉아 있었다. 그리고 그녀가 나에게 @beauty_is_the_goal에서 보여주었던 초미니스커트를 밑으로 끌어내렸다.

"어제는 어디에 있었어?"

우리는 엄마가 내가 없어졌다는 사실을 알아차리기 전에 재빨리 길모퉁이를 돌아갔다.

"할 일이 있었어."

그게 다였다. 나도 더는 자세히 묻지 않았다. 나는 이미 알고 있었다. 킴이 대답하지 않으리라는 걸.

"그러면 지금은?"

"너는 이제 준비가 끝났잖아."

그녀가 진지하게 말했다.

"내가 그 남자에게 네 이름으로 메시지를 보냈어. 지금 만나고 싶다고. 그리고 네 전화번호도 남겼어. 혹시 연락이 왔어?"

"뭘 했다고? 너 미쳤어?"

나는 내 핸드폰을 쳐다보았다. 거기에는 진짜 메시지가 와 있었다.

'젠장, 네 나이가 걸리네. 우리 다른 곳에서 보자.'

"그에게 리도를 추천해봐. 거기 진짜 낭만적인 곳이잖아."

킴은 완벽하게 다시 예전으로 돌아가 있었다.

"너 내 나이에 대해 그에게 뭐라고 했어? 다른 곳에서 보자는 뜻이 뭐야?"

킴이 웃었다.

"내가 네 부모님이 교통사고로 죽었다고 썼거든. 그래서 지금 청소년 쉼터에서 산다고 했어. 그러면 거기 있는 방장에게 괴롭힘을 당하고 있는 것처럼 보일 수 있잖아."

나는 거의 쓰러질 뻔했다.

"너 진짜 돌았어? 제정신이야? 내 부모님이 돌아가셨다고? 너는 내 부모님을 전부 알잖아?"

나는 그녀의 팔을 잡 당겼지만 킴은 나를 뿌리쳤다. 그리고 몹시 모욕당한 표정을 지었다.

"이봐, 나는 너를 돕는 거라고."

"뭐? 맙소사. 킴. 진짜 고맙구나. 진짜로. 나는 네가 거짓말을 좋아하는 것이 아니라고 생각했어. 모세에게 한 거짓말은 나도 이해할 수 있어. 응급상황이든 뭐든. 근데 지금 이게 뭐야? 그렇게 처음부터 끝까지 새빨간 거짓말로 시작하면 대체 나중에는 어떻게 하란 말이야? 나중에 어떻게 되는 거야?"

"나중에 나에게 고마워할 거야."

그녀가 말했다. 하지만 당연히 그건 사실이 아니었다. 당연히 킴은 나를 다시 안심시키려 했다. 기쁜 목소리로 '짜잔'하고 그녀의 가방에서 깜짝 놀랄 만큼 아름다운 블라우스를 꺼내어 나에게 안겼다.

"샤넬이야."

그녀가 말했다.

"데이트 갈 때 입고 가."

나는 깜짝 놀라 그것을 받아든 채 킴을 쳐다보았다.

"이건 진짜 너무 예쁘다."

나는 부드럽게 녹아내린 채 중얼댔다.

"이거 어디서 났어?"

"내가 선물로 주는 거야."

"뭐? 진짜? 나 주는 거라고?"

"그럼."

그 사실은 나를 황홀경에 빠뜨렸다.

"고마워."

나는 킴을 안았다.

"샤넬은 정말 최고야."

"당연하지."

그녀가 미소를 지었다.

"이런 말 알아?"

"무슨 말?"

"멧돼지도 샤넬을 입으면 두 배 빨리 뛴다."

그녀는 웃었다.

"그런 말이 있어?"

"뭐 어찌 됐든. 맞는 말이긴 하잖아."

그래서 나는 그 남자에게 진짜 메시지를 보냈다. 엘베 강에서 만나고 싶다고.

나는 뇌가 잘려나간 채 원격으로 조종되는 멍청이였다. 낯선 남자의 테스토스테론에 중독된 멍청이. 이때는 대체 얼마나 어리석었던가?

23. 죽음의 셀카

다음 날도 나는 학교를 나가지 않았다. 그 남자를 만나기 전에 운동을 하기 위해서였다. 내가 알스터가까지 달리기를 하고 있을 때 갑자기 누군가가 뒤에서 나를 불렀다. 야라였다.

"왜 학교 안 갔어?"

"나도 같은 걸 물어보려고 했는데."

"나는 병원에 갔다 왔어. 편도선염이래."

그녀의 얼굴은 사실 심각하게 창백해 보였다.

"아, 그랬구나. 나는 운동이 필요해서. 학교에서는 미칠 것 같아. 영원히 교실에 앉아만 있잖아."

그녀는 나를 생각에 잠긴 눈빛으로 쳐다보았다.

"그래, 그럼."

그렇게 말하고 갑자기 그녀는 그냥 가던 길로 가 버렸다. 하지만 나는 내가 달리기를 하는 동안 나를 지켜보고 있다는 것을 느낄 수 있었다. 10분도 채 지나지 않아 엄마에게 전화가 걸려왔다. 나는 받지 않았다. 지잉, 문자가 왔다.

'너 어디야? 학교에는 안 간 거니?'

'더 재미있는 일이 있어서.'

나는 이렇게 답장을 했다. 야라가 일러바친 것일까? 우리가 가장 친한 친구였던 것이 아주 오래된 옛날처럼 느껴졌다. 즐겁고 좋은 시간이었다. 하지만 너무 단순했던 시절이었다. 동화 속 왕자님이라니! 푸핫! 립스틱을 '몰래' 바르다니! 맙소사! 나는 내일 그 남자를 만날 것이다. 그리고 무언가 새롭고 더 나은 일들이 일어날 것이다. 지잉, 다시 문자가 왔다.

'저녁 7시 반에 프라이하펜 다리에서 만나자. 그 블라우스를

입고 와.'

전형적인 킴의 문자였다. 왜 그러는지, 무슨 일인 건지는 전혀 설명하지 않는다. 그녀는 내 질문에는 대꾸도 하지 않고 그저 이모티콘만 보냈다. 두 소녀가 하트로 묶여 있는 모양이었다. 하지만 나는 다시 의문에 사로잡혔다. 그놈의 프라이하펜 다리에서 대체 뭘 하자는 거지? 거기는 도로와 공장, 그리고 오래된 엘베 강 외에는 아무것도 없는 곳이었다. 아니면 카스파 뮐렌바흐씨가 그 다리에서 세상을 하직해서 거기서 전부 모이기라도 하는 것일까? 아니면 킴의 어머니가 그녀를 떠나기 전에 그녀와 거기서 갈매기 먹이를 준 추억이라도 있는 것일까? 아니면 그녀의 새로운 애인이 그곳 선로 노동자로 일하는 중인 걸까? 그리고 나는 늘 그랬듯이, 당연히 그리로 갔다. 나는 킴의 바늘에 매달려 펄떡이고 있을 뿐이었다.

그곳은 황량했다. 끝없이 뻗어 있는 회색빛 다리와 음산한 철길(독일 전철은 지상으로 다니는 경우도 많아 도로에 전철이 다니기 위한 갈색 선로가 깔린 경우가 많다), 교통 신호를 알리는 종소리와 세차게 울부짖으며 흐르는 회갈색 엘베 강은 꼭 세상의 끝인 것처럼 보였다. 범죄가 일어나기 완벽한 곳이야, 나도 모르게 그런 생각이 들었다. 나는 재킷을 여며 목덜미가 깊게 파인 블라우스를 가렸다. 오직 빛나는 도시의 야경만 멀리서 아름다운 희망을 품은 채 빛났다.

"이지, 나 여기 있어."

킴의 목소리가 어디선가 들렸다. 나는 몸을 돌려 사방을 살폈지만 어디서도 그녀를 발견할 수 없었다.

"여기, 위야."

그녀가 소리쳤다.

그 순간 화물 열차가 다리 위로 달려왔다. 열차에서는 죽은 생선이 썩는 듯한 역겨운 냄새가 풍겨왔다. 나는 열차가 사라질 때까지 기다렸다. 그리고 나는 킴을 보았다. 세상에! 그녀는 반대편 다리 난간의 철로 위에 서 있었다. 거기에는 인도가 없었다. 단지 선로 작업자들을 위한 좁은 통로가 있을 뿐이었고 거기까지 갈 방법도 없었다.

"거기서 뭐하는 거야?"

내가 소리쳤다. 그녀는 마치 생트로페(프랑스 남부 지중해 연안의 휴양지)의 해변 산책로 난간에 기대어 서 있는 것처럼 미소를 지었다.

"내가 완벽한 장소를 찾았어."

그녀는 뒤를 가리켰다. 저 멀리 석양빛을 받아 빛나고 있는 엘베 필하모니 건물이 보였다.

"어디에 완벽하다는 거야?"

"우리 궁극의 베스트프렌드 포에버 셀카. 어때, 완벽하지?"

"뭐? 너 미쳤어? 여기서?"

"응. 봐 봐, 여기서 찍은 사진은 끝도 없이 좋아요가 달릴걸."

그녀는 팩트를 꺼내 얼굴을 보고 팩트로 톡톡 코에 파우더를 발랐다. 우리 사이로 초고속 열차가 지나쳐 갔다. 나는 폭풍 치는 듯한 바람에 하마터면 넘어질 뻔했다. 내가 다시 킴이 있던 곳을 바라보았을 때 그녀의 모습은 보이지 않았다. 나는 아무 일도 일어나지 않기를 간절히 바랐다. 다행히 그녀는 원래 있던 곳에서 몇 미터 떨어져 있었지만, 난간에서 담담하게 서서는 여전히 손에 팩트를 꼭 쥐고 있었다. 그리고 그녀는 나를 향해 웃어 보였다.

"와우, 멋진데."

그런 다음 그녀는 가방에서 빗을 꺼내 머리를 다시 정돈했다.

"빨리, 이리로 와."

"어디로? 네 쪽으로? 너 죽고 싶어? 너 방금 지나간 고속열차 못 봤어?"

나는 킴이 무표정하게 핸드폰을 들여다보고 있는 동안 신경질적으로 고함쳤다.

"다음 열차는 10분 뒤에 와."

"그래서? 시간이 바뀌기라도 하면?"

"그런 일은 잘 없잖아. 여기 다 나와."

그녀는 자신의 핸드폰을 들어 보였다.

"너 지금 장난이지. 그치? 왜 사진을 꼭 거기서 찍어야 해? 그냥 이쪽으로 와서 찍으면 안 돼?"

"이지, 너 진짜 그냥 쉽게 대충 그럴 거야? 업로드용 사진은 항상 제일 잘 나와야 해. 알면서 왜 그래?"

"그건 셀카가 아니라 자살 셀카야. 이건 백퍼야."

나는 킴에게 돌았냐며 머리 옆으로 동그라미를 그려 보였다. 이번에는 내가 맞을 것이다. 이건 그냥 완전히 병신 같은 미친 짓이다. 셀카를 찍겠다고 목숨을 담보로 내걸다니. 아마 우리는 셀카를 찍자마자 기차에 치일 것이다. 킴은 바로 작전을 바꿨다. 목소리가 훨씬 부드러워졌다.

"들어 봐, 이지. 나는 여기를 정말 고심해서 고른 거야. 왜냐면 네가 나에게 정말 중요한 사람이기 때문이지. 이 철길은 우리의 우정을 의미하는 거야. 철길은 영원히 나란히 달리고 있잖아. 무슨 말인지 이해해?"

그녀는 예쁜 머리를 비스듬히 기울이고 손을 가슴에 나란히 올려놓으며 나를 다정하게 바라보았다.

"그리고 엄청 많은 좋아요와 팔로워가 우리를 기다리고 있잖아. 세상이 우리를 바라보게 될 거야. 우리 둘을!"

그녀의 눈빛은 갑자기 광기로 번뜩였다.

"그러기 위해서 우리는 모든 것을, 전부를 이 세상에서 눈에 잘 띄도록 업데이트해야 해. 인터넷에 올리지 않을 거라면 왜 이런 옷을 입고, 남는 거라곤 납작한 엉덩이밖에 없는 다이어트를 하겠어?"

그녀는 재킷을 벗었다.

"여기를 봐!"

내가 입고 있는 것과 똑같은 블라우스가 드러났다. 다만 목덜미가 내 옷보다 좀 더 파여 있었다. 그리고 킴은 블라우스 안에 아무것도 입고 있지 않았다.

"노출이 많으면 좋아요가 더 많지."

킴의 가슴은 얇은 블라우스에 비춰 굴곡이 드러나 보였고, 블라우스 끝자락을 묶어 올려 눈에 확 띄는 반짝이는 피어싱이 달린 배꼽도 훤히 드러나 보였다. 골반 뼈는 작은 혹처럼 살짝 튀어나와 있었고 배에서 헐렁한 청바지 허리가 안쪽으로 들어가 둥글게 말려 있었다. 나는 놀랐지만 동시에 그녀의 모습에 매혹되었다.

"그러니 나를 위해 해 줘, 응?"

그녀는 애원하며 키스를 보냈다. 무언가에 홀린 듯이 나 역시 재킷을 벗었다.

"너 진짜 예쁘다!"

킴이 환호를 보냈다.

"우리 사진은 진짜 대박일 거야."

그녀는 다시 핸드폰을 보았다.

"좋아, 아직 8분 남았어. 시간은 충분해."

"진짜 확실해?"

그녀는 재빨리 고개를 끄덕였다. 그래서 나는 그녀가 나에게 자의식을 없애는 약을 먹이기라도 한 것처럼 난간을 넘어 철로를 건너갔다. 킴은 기뻐 환호성을 지르며 나에게 왔다. 그녀의 표정은 나에게 무엇인가를 떠올리게 했지만, 그때 나는 그것이 무엇인지 깨닫지 못했다.

"자, 빨리 여기 서봐, 철길 위에."

그녀는 나에게 손을 내밀었다. 우리 옆으로 차들이 경적을 울려 댔다. 카브리오 한 대는 우리 옆을 지나가며 무엇인가를 외쳤다. 나는 철길 위에 비틀거리며 올라섰고 킴은 내 옆에 와 섰다. 그녀는 아주 긴 셀카봉을 가지고 왔다. 킴은 그것을 위로 치켜올렸다.

"자 입술을 내밀고 악수를 하자. 하나, 둘, 셋!"

내가 그 말에 순순히 입술을 모으며 앞으로 내밀 때, 경적이 울렸고 무엇인가 불빛이 반짝이는 것이 보였다. 그리고 저승에 있는 카스파 뮬렌바흐씨가 뛰어오르는 것이 보였다. 현기증이 났다. 그때 갑자기 번개같이 무엇인가가 내 머리를 스쳤다. 그건 하늘에 있는 어떤 존재가 나에게 직접 메시지를 보내는 것처럼. 나는 한 치의 망설임도 없이 킴의 손을 잡아 철길 옆 난간 아래에 있는 좁은 보도로 킴을 밀어 넣었다. 킴은 발작하는 미친년처럼 고함을 질러댔지만 나는 죽을힘을 다해 그녀를 단단히 잡고 꼼짝도 하지 않았다. 하늘이 알려준 그대로. 그 순간 고속열차가 우리 앞으로 달려 지나갔다. 우리는 열차가 다가오는 소리를 들을 수 없었다. 거대하고 긴 뱀처럼 열차는 조용히 우리 앞을 지나쳐 역동적인 여행을 떠나는 중이었다. 8분이라는 시간의 절반도 채 지나지 않은 때였다. 킴은 틀렸다. 하긴 그녀가 제대로 확인이나 했을지는 아무도 알 수 없을 테지만. 어쩌면 그녀는 이렇게 목숨이 왔다 갔다 하는 상황을 즐기고 있는 것일지도 몰랐다. 그리고 그제야 나는 내가 언제 기쁨과 광기로 가득 찬 그녀의 표정을 보았는지가 떠올랐다. 우리가 죽다가 살아난 그 일명 '한밤중의 함부르크 질주 사건'에서였다. 우리는 1분 정도 좁은 통로에 얼어붙은 채 누워 있었다. 엘베 강은 철썩이는 소리를 내며 흘러갔고 갈매기 몇 마리가 날아오르며 울었다. 도로 위로 자동차가 바로 우리 옆을 지나갔다. 우리는 살아 있었다. 킴은 자리에서 몸을 일으키더니 아래를 내려다보며 욕을 퍼부었다.

"아 제길, 네가 내 블라우스 찢었잖아."

그녀는 나를 분노로 가득 찬 눈으로 노려보더니 벌떡 일어났다.

"그 남자애랑 데이트하고 나면 네 블라우스를 줘."

그녀는 청바지에 묻은 먼지를 털었다. 나는 아직 바닥에 누워 있었다. 킴은 자신의 핸드폰을 보더니 만족스러운 듯 웃었다.

"그래도 사진은 건졌어."

그녀는 아무 일도 없었다는 듯이 나를 바라보았다.

"가자, 일어나. 여기서 얼른 나가자."

"킴, 아 젠장. 나는 방금 네 목숨을 구했어!"

내가 소리를 질렀다.

"그래서? 뭐 내가 지금 너에게 무릎이라도 꿇어야 해? 나도 사진을 찍었고 모든 걸 다 알고 있었어. 내가 했다면 적어도 내 블라우스는 지금 멀쩡했겠지."

그녀는 소독제를 꺼내서 손을 소독했다.

"아 그러셔?"

나는 그녀의 손에 들린 소독제를 탁 쳤다. 소독제는 다리 난간을 넘어가 멀리멀리 영원의 시간으로 사라져 버렸다.

"전혀 잘 알고 있는 것 같아 보이지 않던데? 그런 일을 같이 저지른 내가 정말 미쳤지. 너는 미쳤어. 진짜야. 미쳤어."

그녀는 평온하게 손을 문질렀다. 그리고 방향을 바꾸지도 않고 그냥 좁은 작업용 보도를 따라 앞으로 걸어갔다.

"아하, 이제 그냥 가 버리시겠다. 아주 마무리가 기가 막히네!"

그녀의 뒷모습을 향해 내가 고함을 쳐댔다. 나는 자리에서 일어나 더럽혀진 우리의 재킷을 챙겨 들고 그녀의 뒤를 쫓았다. 나는 그녀를 따라가 그녀의 팔을 잡았다.

"킴. 이제 멈춰. 거기 서."

엄청난 소리를 내며 다음 기차가 우리 옆을 지나쳤다. 바람이 우리를 난간 쪽으로 밀어 우리는 기차가 완전히 우리를 지나칠 때까지 난간을 꼭 붙잡고 버텼다.

"너는 네 목숨이 왔다 갔다 하는 게 재밌어? 그런 거야?"

내가 물었다.

"이지, 진정해."

그녀가 말했다.

"나도 너 같은 상상력이 있었으면 좋겠다. 이러다 내가 자살 시도라도 했다고 할 셈이야? 이것 봐."

킴은 자신의 핸드폰을 내 얼굴 앞에 들이밀었다. 그녀는 우리 사진을 벌써 업로드했다. 사진은 정말 멋져 보였지만 다시는 그따위 것을 위해 이따위 미친 짓을 하지 않을 것이다.

"벌써 좋아요가 120이야. 그것도 5분도 안 돼서 말이야."

그녀는 승리감에 가득 찼다.

"이제 이해해? 내가 무엇을 하려고 한 건지?"

"아니."

나는 냉랭하게 대답했다.

"우리는 죽을 뻔했어."

"그랬으면 이게 우리의 마지막 사진이 되었겠지. 그리고 아마 이 사진이 뉴스에 나왔을걸."

그녀는 미소를 지었다. 나는 도저히 이해할 수 없었다. 깊게 숨을 들이마셔 천천히 한숨을 내뱉었다. 킴은 깔깔대며 웃었다.

"농담이야, 농담. 이지. 농담이야."

우리는 결국 이 끔찍한 다리를 끝까지 건넜다. 멀리서 경찰 사이렌 소리가 들려왔다. 킴이 나를 강변으로 이끌었다.

"우리 오리 먹이 주러 가자."

그녀가 말했다. 덕분에 나는 그녀에게 끌려다녀야 했다.

밤에 나는 악몽을 꾸었다. 나는 도쿄로 향하는 철길을 걷고 있었다. 그때 갑자기 열차가 안개를 뚫고 나와 나를 덮쳤다. 열차가 내 몸을 덮치기 직전 나는 보았다. 조종간을 잡은 것은 킴이었다. 킴은 웃고 있었다. 그녀의 머리카락은 할리우드 영화에 나오는 것처럼 완벽하게 휘날렸다. 그리고 나는 꿈에서 깨어났다. 시트가 축축했다. 나는 어린아이처럼 침대에 실례를 했다.

24. 좋아요가 좋아요

다음날 나는 학교에 가야 했다. 수업에 뒤처졌기 때문이다. 엄마는 다시 한번 그렇게 멀리 나간다면 경찰을 부르겠다고 나를 협박했다. 친엄마는 경찰을 불러 나를 잡으려 한다. 단지 내가 크래쩌 선생님의 빌헬름 텔 수업을 안 듣고 다이어트로 내 몸만을 돌보려 했다는 이유로. 벌을 주기 위해 엄마는 나에게 몸에 딱 붙는 민소매 옷을 입게 했다. 옷 입은 나를 보더니만 엄마는 갑자기 침묵을 지켰다. 엄마는 내가 더 만족스러운 기분을 느낀다는 것을 이해하지 못한 것일까? 하지만 학교에서 나는 이런 옷 입은 걸 후회했다. 옛 친구들도 엄마와 거의 비슷한 반응을 보였기 때문이었다. 전부 다 나를 싫어하기로 약속이라도 한 것일까?

"예전의 너는 이렇게 뼈만 앙상하지 않았잖아."

이렇게 말하며 레니는 마테오에게 의미심장한 눈빛을 던졌다. 그는 레니의 옆구리를 주먹으로 슬쩍 치고는 마치 경호원처럼 내 옆에 와 섰다. 그의 눈에는 무엇인가 완강하고 공격적이지만 또 한편으로는 상처받은 듯한 것들이 번쩍였다. 그러고 그는 재빨리 돌아섰다. 야라는 나를 보자마자 곧바로 눈물을 흘렸고 야누크는 입을 벌린 채 나에게서 시선을 떼지 못했다. 나는 지겨웠다.

"얘들아, 좀."

내가 말했다.

"나는 모든 걸 다 알아서 하고 있어. 훨씬 기분도 좋고. 알겠어? 그러니 이제 다시 교재를 보고 서로 숙제나 베껴. 제발 좀."

그러나 야라는 아랑곳하지 않았다. 그녀는 내 바로 앞자리에 앉아 엄마가 나를 방해할 때의 표정으로 나를 바라보았다. 그녀는 권총을 다루듯 자신의 핸드폰을 조심스럽게 꺼내어 내 코앞에 들이밀었다. 내가 킴과 함께 다리 위에서 찍은 셀카였다.

"사진 멋지지, 안 그래?"

내가 조심스럽게 말했다.

"아아, 벌써 좋아요가 1000개네."

다리 위에 있었던 순간에 대한 나의 기억은 그러나 '멋진'것과는 완전히 반대의 것이었다.

"이시."

야라가 단호한 목소리로 말했다.

"너는 지금 여기서 그만둬야 해."

그녀의 입술이 떨리고 있었다.

"너희는 이러다가 너희 자신을 죽일 거야, 젠장. 이런 개똥 같은 좋아요는 엿이나 먹으라 그래. 너는 네 비석에 '좋아요를 1000개 받았음' 이렇게 적어야 할 거야, 알겠어? 그리고 너는 저 하늘에서 얼마나 많은 사람이 너에게 존경을 표하는지 지켜볼 거야? 하지만 아무도 그렇게 하지 않을 거야. 사람들은 고개를 흔들면서 너같이 멋진 아이가 그렇게나 바보 같은 마지막을 맞이하게 되었는지, 어떻게 그렇게 되었는지 궁금해할 걸."

야라는 댓글 목록을 밑으로 내려 자신이 적은 것을 나에게 가리켰다.

"싫어."

그녀는 나를 슬프게 바라보았다. 내가 막 반박을 하려 할 때 킴이 들어왔다. 뒤이어 언제나 킴의 다리를 쳐다보는 크래쩌 선생님이 따라 들어왔다. 킴은 믿을 수 없이 높은 하이힐을 신고 있었다. 나는 웃음을 참을 수 없었다. 그렇게나 높고 반짝이로 가득한 하이힐은 전에 한 번도 본 적이 없었다. 거기에 거의 엉덩이 절반이 드러나는 초미니 핫팬츠를 입고 어깨에 털이 달린 셔츠를 입고 있었다. 그녀는 당당하게 교실 중앙을 런웨이를 걷듯 걸어갔으며 그녀가 모두의 시선을 즐기고 있다는 것은 누구나 알 수 있었다. 크래쩌 선생님은 킴을 갑자기 외계인이 교실에 나타난 것처럼 쳐다보았다. 심지어 선생님은 우리에게 인사를 하는 것도 잊을 정도였다.

"내일은 다른 신발!"

선생님이 큰 소리로 화를 냈다. 말을 제대로 끝맺지도 않았다. 있을 수 없는 일이었다.

"낮은 신발을 신으면 집중이 안 돼서요."

킴은 멋진 독화살을 날리며 반격했다. 크래쩌 선생님은 얼굴이 벌겋게 달아올랐다.

"말도 안 되는 소리."

선생님은 정말 열이 받았다.

"빅토리아 베컴은 진짜 그렇게 말했어요."

킴은 귀엽게 미소 지었다.

"누구?"

"일종의 심리학자예요."

킴은 눈을 동그랗게 뜨며 대답했다. 그녀는 담담했다.

"나한테는 말이지."

킴이 나에게 살짝 속삭였다. 수업해야 하는 크래쩌 선생님은 야라를 불렀다.

"자, 숙제. 윌리엄 텔 요약하기. 야라!"

이 말은 녹음한 듯 늘 되풀이되는 동사를 생략한 크래쩌 선생님의 전형적인 말투다.

"여기서부터."

그는 자신이 서 있던 자리의 앞줄을 가리켰다.

"그런데 레니, 무슨 일이냐, 어디 아프니?"

"아니요. 정신을 차리고 수업에 집중하려고 노력하는 중이에요."

레니는 킴을 쳐다보며 심호흡을 했다.

"킴의 어깨에 있는 짐승이 자꾸 저를 노려보는 것 같아서요."

킴은 평온한 표정으로 긴 다리를 꼬고는 지루하다는 표정으로 크래쪄 선생님을 쳐다보았다.

"분명한 사실은 네 옷차림이 같은 반 친구들의 집중력에도 영향을 미친다는 거다. 이번 경고를 진심으로 새겨들었으면 좋겠구나."

크래쪄 선생님은 무엇인가를 교무 수첩에 적었다.

"자, 야라. 시작해 봐."

야라가 교실 앞으로 걸어가자 선생님은 뒤로 가 야라의 자리에 앉았다.

"네, 그러니까."

야라가 시작했다.

"계층 간의 투쟁에서,"

그녀는 나와 킴을 번갈아 가리켰다.

"겉으로는 텔이 승리자로 여겨집니다."

그녀는 나를 가리켰다. 야라는 킴을 바라보며

"귀족 계급의 모자는……."

그리고 나를 쳐다보며

"숭배받지만, 결국 사라질 것이고 스위스 국민은 자유를 되찾게 될 것입니다."

야라는 미소를 지었다. 끝이 났다.

킴은 오른손 가운뎃손가락 손톱을 무언가로 닦는 척했지만 야라에게 가운뎃손가락을 들어 보이는 것이 확실했다.

"좋아, 잘했어."

크래쪄 선생님이 조금 누그러진 목소리로 말했지만, 그는 킴을 무시하기로 맘먹은 듯했다. 나머지 시간 동안 선생님은 킴이 그렇게 하듯이 킴을 완전히 무시했다. 킴은 화장품 파우치를 꺼내어 속눈썹을 풍성하게 하고 눈썹을 그리는 일에 열중했다. 선생님은 겨우 수업이 끝날 때가 되어서야 다시 노기 가득한 눈빛으로 킴을 바라보았다.

"킴콤.(KimKomm-독일어로 킴이 온다는 뜻, 비슷한 단어를 사용한 표현)"

선생님이 큰 소리로 말했다. 그 바람에 킴은 깜짝 놀라 몸을 움찔했고 그리고 있던 아이라이너가 미끄러져 눈꺼풀 끝으로 긴 갈고리를 그렸다. 잠깐 그녀는 크고 동그란 눈으로 자신이 감당하기에 너무 큰 세상을 바라보는 겁에 질린 새끼고양이처럼 보였다. 하지만 이미 사로잡힌 고양이였다.

"선생님도 인터넷 하세요?"

킴은 놀라서 되물었다.

"인터넷의 넓은 세상은 나라고 해서 갈 수 없는 곳이 아니란다, 학생."

크래쩌 선생님은 기세등등해서 자신의 작고 추한 눈으로 킴을 평가하듯 내려다보았다.

"그리고 거기에는 끔찍한 타락과 놀랄 정도로 의심스러운 결과들이 있지."

침묵. 10초 동안 교실에는 완전히 침묵에 잠겼다. 그러다 킴이 웃었다.

"선생님이 쓰시는 데이트 어플은 뭔데요? 닉네임 좀 알려 주세요. 하루에 몇 명하고 연결되나요?"

크래쩌 선생님의 얼굴이 완전히 빨갛게 변했다.

"그런 일에는 부작용이 있어, 학생."

선생님의 목소리는 흥분으로 갈라졌다.

"나는 네가 그 책임을 회피하는 방법이 곧 사라져 버리지 않을까 걱정이 되는구나."

선생님은 단어를 부자연스럽게 길게 늘여서 이야기하기 시작했다.

"지금 당신은 그걸 그만둘 수 있습니다."

이건 크래쩌 선생님만의 화법이다. 선생님은 심하게 화가 났을 때 우리에게 존댓말을 쓴다. 모두 다시 거울을 들여다보며 잘못 그린 아이라인을 고치는 킴을 바라보았다.

"KimKomm? 그게 진짜 계정이야?"

교실 전체가 쥐죽은 듯 고요했기 때문에 내가 작게 킴에게 속삭였다.

"아니. 내 데이트 앱 계정이야."

킴은 거울에서 시선을 떼지 않은 채 대답했다.

"그럼 KimGalaxy는 뭐야?"

"그건 인스타 계정. 패션이랑 뭐 그런 거 올리는데."

그제야 킴은 거울에서 고개를 돌려 나를 쳐다보았다.

"KimKomm은 그냥 남자에게만 쓰는 거야."

"남자에게만? 대체 무슨 말이야?"

"아, 이지, 뻔하잖아. 중고딩들. 대딩들. 뭐 더 어른도 있고. 미친놈도 있고 발정 난 놈도 있고 그저 그런 놈도 있고."

그녀는 웃었다. 나는 화가 난 눈으로 그녀를 쳐다보았다. 그녀는 고개를 뒤로 젖히며 큰 소리로 웃어댔다. 모두가 고개를 돌려 킴을 쳐다보았지만, 오직 크래쪄 선생님만이 아무 소리도 듣지 못했다는 듯이 수업을 계속 이어 나갔다.

"너, 거기서 친구들을 사귄 거야?"

"맙소사, 이지, 너 진짜 순진한 거야 아니면 멍청한 거야? 당연히 거기서 알게 된 거지."

그리고 그녀는 얼굴을 내 귓가에 바짝 대고 속삭였다.

"그 남자도 거기서 알았어."

귀에서 위잉 하는 소리가 울렸다. 그 남자는 나를 인스타에서 본 적이 한 번도 없다. 그는 킴의 데이트 앱에서 본 것이다. 속이 메슥거렸다.

"너 미쳤어? 그럼 그 사람이 원하는 거라곤 그저……."

"아 뭐래, 너 샤넬 블라우스 입지 마. 그는 이상한 게 없는 사람이야. 진짜 괜찮아. 내가 미리 다 확인했어. 완전히 깨끗해. 내가 보장할게. 그 사람 페북도 뒤져 봤어. 웃긴 영상이나 올리고 수구팀 우승컵 사진 같은 것만 있어. 페친도 200명밖에 없어. 귀엽다고."

나는 의심스러운 눈빛으로 킴을 바라보았다.

"이지, 나를 믿어 봐. 그 사람은 잘생기고 멋져. 그리고 너에게 진짜 관심이 있어. 이제 와서 취소하지 마."

마지막 말은 위협처럼 들렸다. 나는 더는 어떻게 할지 알 수 없었다. 그리고 여기서 누구와 무엇을 했는지도 알 수 없었다. 과연 킴은 정말 진짜인 걸까? 무엇이 가짜인 걸까? 설마 그녀는 자신의 인생을 연기하고 있는 것일까? 몸이 주체할 수 없이 떨리기 시작했다. 그리고 모든 것도 같이 흔들렸다. 무척 더운 날씨였지만 추워서 견딜 수 없었다. 누가 피부를 잡아당기듯 얼굴이 뻣뻣해졌다. 온몸이 간지러웠고 위가 참을 수 없이 요동을 치면서 SOS 신호를 보냈다. 모든 증상이 한꺼번에 몰려와 식은땀이 흘렀다.

"가자."

킴이 말하면서 나를 일으켰다. 그녀는 나를 아래층으로 떠밀어 밖으로 끌고 나갔다.

"우리, 나가자. 여기 있어봤자 다 병신 같잖아."

나는 아무 말도 할 수 없었고 나를 지킬 수도 없었다. 엄마가 나를 병원으로 데려갔던 바로, 그날처럼, 누군가 내 물에 마취제를 탄 듯 몽롱한 기분이 들었다. 나는 지금 끌려가는 것일까?

뜻밖에 킴은 나를 집으로 데려갔다. 나를 침대에 눕히고 생강차를 만들어 왔다.

"이봐,"

킴이 부드럽게 말했다.

"다시 기운을 차려야지. 오늘은 중요한 날이잖아."

목소리가 장막 너머에서 들려오는 듯 희미했다. 그리고 그때 엄마가 집으로 돌아왔다. 벌써? 엄마는 아직 수업 중이어야 하는데. 아마 화가 난 듯했다. 엄마는 흥분한 코끼리같이 계단을 거칠게 올라와 문을 벌컥 열었다. 나를 발견한 다음 엄마는 킴을 알아챘다. 그녀는 킴에게 달려들어 팔을 잡아끌어 집 밖 거리로 내동댕이치고 거칠게 현관문을 닫아 잠가 버린 뒤 다시 내 방으로 돌아왔다. 나는 한바탕 혼이 나겠지 생각했다. 하지만 엄마는 내 침대에 몸을 던지더니 몇 분 동안 목놓아 울었다. 끔찍했다. 울어야만 하는 사람은 바로 나였다. 이렇게 기분이 더러운 적은 처음이었다. 나는 오늘 아는 거라곤 고작 이름밖에 없는, 성도 모르는 남자를 엘베강에서 만나야만 하는데, 방금 나의 가장 친한 친구가 나에게서 떨어져 나갔다. 그녀가 실제로 어떤 사람인지 나는 전혀 짐작도 할 수 없다. 게다가 병신 같은 파울, 거지 같은 라라와 더 거지 같은 도쿄에 있는 아빠 그리고 이 미칠 것 같은 복통. 킴은 대체 이걸 어떻게 견뎌낸 거지? 그녀는 나보다 적게 먹으면 먹었지 더 먹지 않았다. 아니면 나에게 원래 양의 절반을 알려준 걸까?

엄마는 침대에서 일어나더니 잠시 후 기름진 닭고기 수프를 가지고 돌아왔다. 엄마는 너무 울어 빨개진 눈으로 나를 바라보았지만 아무 말도 하지 않았다. 하지만 몇 주 만에 처음으로 엄마의 눈빛은 바깥에서 멀리 떨어진 나의 외로운 섬, 내 마음 깊은 곳을 어루만져 주었다. 나는 그제야 편안함을 느꼈고 조금 위안을 받았다. 나는 입을 열어 따뜻한 수프가 내 목구멍을 타고 내려가 내 텅텅 빈 위로 흘러가도록 했다. 나는 구역질을 느꼈지만 동시에 따뜻함도 느꼈다. 나는 엄마에게 몸을 기대고 다시 수프를 삼켰다. 나는 최대한 구역질을 참았다. 나는 엄마의 사랑을 채웠다. 내가 어렸을 때 우리가 서로를 꼭 껴안고 있는 것을 나는 그렇게 불렀고 그렇게 엄마의 사랑을 느끼곤 했다.

널 위해서라면 난 슬퍼도 기쁜 척할 수 있었어~ 갑자기 핸드폰이 울렸다. 곁눈질로 쳐다본 핸드폰 발신인은 킴이었다. 나는 받지 않았다. 곧바로 메시지가 왔다. 짧은 문자는 엄마의 품에서 빠져나가지 않고도 바로 읽을 수 있었다.

'밤 9시 슈테른샨쯔역. 내가 데리러 갈게.'

위가 반란을 일으켰다. 나는 쓰레기통을 붙잡고 거기에 몸을 숙였다. 그러자 구역질은 금방 가라앉았다. 엄마가 내 머리카락을 얼굴에서 쓸어 올려 부드럽게 쓰다듬었다.

"우리 아기."

엄마가 말했다.

"내가 세상에서 제일 사랑하는 우리 예쁜 공주."

그녀가 나를 보고 웃었다.

"우리는 이겨 낼 거야."

엄마가 내 뺨에 입을 맞췄다.

"뭐를?"

갑자기 내 안에서 스멀스멀 반항심이 일어났다.

"우리가 뭐를 이겨 낼 건데?"

엄마는 곧바로 눈치를 채고 침묵을 지켰다. 하지만 나는 알 수 있었다. 엄마는 내가 너무 말라서 아프다고 다시 단정 지는 것이다. 하지만 난 아직도 뱃살이 많았고 내 팔은 여전히 굵었다. 왜 엄마는 그냥 나를 지지해 주고 용기를 주지 않는 것일까? 나는 재빨리 일어나 벽에 붙여 놓았던 킴의 바지를 떼어 냈다.

"이사벨라, 안 돼!"

엄마가 벌떡 일어났다.

"너는 지금 쉬어야 해!"

하지만 나는 엄마의 존재는 느끼지도 못한 채 바지를 입고 지퍼를 올린 다음 단추를 잠그려 노력했다. 제길! 단추는 아직도 잠기지 않았다.

"그 수프만 안 먹었더라면!"

엄마에게 고함을 질렀지만 동시에 나는 엄마에게 미안함을 느꼈다. 엄마는 오늘이 마지막 날이라는 것을 몰랐다. 그리고 나는 간발의 차로 그 목표에 도달하는 데 실패해 버렸다. 나는 견딜 수 없을 정도로 나 자신이 실망스러웠다. 왜 나는 이 기름진 수프를 먹어서 겨우 지퍼밖에 올릴 수밖에 없도록 한 것일까. 엄마는 내내 경악스러운 표정으로 나를 바라보았다. 그녀는 전혀 이해하지 못했다. 나는 화장실로 달려가 문을 잠그고 변기 뚜껑을 덮고 그 위에 걸터앉아 울부짖었다. 왜 갑자기 모든 것이 이렇게 끔찍하도록 복잡해진 것일까. 그리고 엉망진창으로 망가진 것이지? 오늘은 나에게 정말 중요한 날이란 말이다! 나는 그 남자를 만날 것이다. 그리고 결국은 나 역시 모든 것을 바꿀 수 있다는 것을 증명해 낼 것이다. 킴이 나를 잘 이끌어 주겠지.

나는 천천히 변기 뚜껑을 열고 손가락을 목구멍에 쑤셔 넣어 수프와 내가 가진 모든 의심을 게워 내었다. 끔찍했지만 다른 선택이 없었다. 시간은 한 시간밖에 남지 않았다. 아마 더는 아무것도 마시면 안 될 것이다. 더는 배가 나오게 할 수는 없었다. 하지만 인스타그램 속 가짜 이지와는 1년이 지나더라도 똑같아질 수는 없다. 킴처럼 날씬해지려면 나는 아마 뼈 몇 개를 들어내야만 할 것이다. 내가 방에 돌아왔을 때 엄마는 여행용 트렁크에 짐을 싸서 나를 기다리고 있었다. 엄마의 눈빛은 시멘트만큼이나 딱딱했다.

"지금 병원에 갈 거야."

엄마가 말했다.

"병원에는 왜 가?"

"안 그러면 너는 나한테 죽을 거야."

시멘트는 회색이었고 축축하게 젖어 있었다.

"고작 그게 다야?"

나는 엄마에게서 가방을 뺏으려 했지만, 엄마는 내가 가방을 놓을 때까지 꽉 잡고 놓아주지 않았다. 나는 힘으로 이길 수가 없었다.

"아빠도 내일 올 거야. 방금 비행기를 탔대."

"잘됐네. 그럼 서로 더 잘 이해할 수 있겠네."

나는 엄마의 시선을 피하며 쏘아붙였다. 나는 아직 킴의 청바지를 입고 있었다. 내가 숨을 들이마시면 단추를 잠글 수 있었다. 화장품은 전부 내 옆 가까이에 놓인 가방 안에 들어 있다. 샤넬 블라우스는 내 뒤에 있는 옷장 안에 있다.

"알았어."

나는 급격하게 부드러워진 목소리로 대답했다.

"2분만 시간을 줘, 엄마."

엄마는 나를 의심스러운 눈으로 쳐다보았지만 내 트렁크를 들고 방을 나갔다.

"아래에서 기다릴게."

엄마가 말했다. 그녀가 나가자마자 나는 재빨리 화장품이 들어 있는 가방에 블라우스를 집어넣고 얇은 재킷을 걸친 다음 지붕 창을 열었다. 나는 온 힘을 다해 결국 길거리로 나오는 일에 성공했다. 그리고 서둘러 다음 골목으로 사라지는 데 성공했다. 지금 나는 그저 도망자에 불과했다. 마치 중범죄를 저지른 사람처럼 말이다. 진짜 미친 짓이야. 근데 대체 어디로 가야 하지? 킴에게는 갈 수 없었다. 야라는 성가시게 할 것이다. 그리고 야누크는 너무 멀리 살았다.

25. 나는 도망자

“짜잔, 깜짝 놀랐지!”

마테오는 현관에 서 있었다. 귀여운 마테오 웃음을 지으며.

“이게 무슨 일이야? 다른 애들한테처럼 만날 등만 보여주더니 오늘 나에게 이렇게 얼굴도 다 보여주고?”

그는 옆으로 몸을 돌려 내가 집 안으로 들어갈 수 있게 했다.

“뭐 그렇게 됐어. 오늘은 엄마가 뒤쫓아 오거든.”

나는 마테오가 할 다음 질문을 건너뛰고 싶었다.

“그건 좀 다른 건데. 그러면 우리가 경찰에 신고해야 하잖아.”

“바보냐.”

나는 웃으며 그가 내민 손바닥을 쳤다. 그의 녹색 눈은 여전히 멋졌다.

“내가 범죄자라고…… 그리고 지금 도망치는 중이고.”

나는 그의 방 소파에 털썩 주저앉아 몸을 기댔다.

“은행 강도? 아니면 또 누구 심장을 훔친 거야?”

“그냥 사육시설로부터 탈출이라고 해두자.”

“아아”

그는 내 옆에 털썩 주저앉더니 파스타가 남아 들러붙어 기름으로 뒤범벅이 된 지저분한 접시를 나에게 내밀었다.

"뭐 좀 먹을래?"

"참 웃기는 농담이군."

점차 심장 박동이 안정되고 몸이 다시 따뜻해졌다. 하지만 뻣뻣한 느낌이 아직 피부에 남아 있었다.

"봐봐, 나 여기서 몇 시간 정도 숨어 있을 수 있을까?"

"당연하지, 잠자는 숲속의 공주님, 있고 싶을 때까지 있어."

그는 얼음장처럼 차가운 내 손을 잡았다.

"이런. 너는 구얼리랑 같이 있어야겠어."

"구얼리? 그게 누군데?"

"내 이케아 담요."

마테오가 웃었다.

"그리고 찬 한 잔도 부탁해."

그는 내가 부탁한 둘 다를 가져왔고 내가 편안하고 따뜻함을 느끼고 있을 때, 그가 자신의 핸드폰을 켰다. 거기에는 내가 알아채지 못한 채 킴이 편집해 남자들에게 보냈던 사진이 있었다.

"얘 어떤 것 같아?"

마테오가 편집된 내 사진을 가리키며 물었다.

"괜찮아 보이는데."

나는 이렇게 대답했지만 마테오를 제대로 쳐다보지 못했다. 너무 뻔한 거짓말이기 때문이었다.

"그래? 너무 뚱뚱한 것 같지 않아?"

그는 나를 뚫어지게 쳐다보았다. 나는 침을 삼켰다. 어디서……? 그는 대체 어떻게 이 사진을……? 눈물이 흘렀다. 나는 얼굴을 돌렸다.

"다른 사람에게는 한 번도 하지 않은 이야기를 해 줄게. 너에게만."

마테오가 말했다.

"우리 부모님이 헤어졌을 때 나는 사고를 많이 쳤어. 도둑질도 했고. 나는 그때 부모님이 나를 구하기 위해 나를 돌봐야 하는 상황이 되면 다시 합칠 거라고 생각했어. 하지만 그런 행동으로 더 큰 분란만 일어났지. 부모님은 예전보다 더 심하게 싸웠어. 엄마는 나를 신고한 슈퍼마켓으로 가서 변상 대신 선처를 해달라 하자고 했고 아버지는 나 대신 사회봉사를 하려고 했지. 아버지가 실행에 옮기기도 전에 엄마가 저축해 놓은 돈으로 몽땅 다 변상해 버렸고. 웃기지. 나는 내가 이전보다 더 형편없다고 느꼈어. 게다가 내 남동생이 나를 완전히 미치게 했지. 무슨 사냥개처럼 나를 감시했거든. 걔는 그때 잠시 내 보디가드 역할을 했어. 그러다 언제부터인가 다시 정상으로 돌아왔어."

마테오는 내 얼굴을 자신 쪽으로 돌리고 나를 쳐다보았다.

"내 이야기 어땠어, 잠자는 숲속의 공주."

"왜 지금 나에게 그런 이야기를 해? 나는 도둑질 안 했어."

"흠."

마테오가 고개를 비스듬히 기울였다.

"이미 비슷한 일을 한 거야, 안 그래?"

"뭐?"

"그러니까, 너는 너 자신을 훔친 거야. 말하자면 너는 네게 가야 할 그 영양분을 훔쳤어……. 그리고 너의 친구들도."

"무슨 어이없는 소리를 하는 거야!"

나는 담요를 바닥에 던져 버렸다.

"이시."

마테오가 조용히 나를 불렀다.

"너희 부모님은 같이 있을 수 없어. 그리고 내 생각에 킴은 너를 예전에 내 동생이 나에게 그랬던 것처럼 잘 돌볼 수 있을 것 같지 않아."

"젠장, 무슨 미친 사이코 같은 헛소리야. 나는 네가 내 편이라고 생각했어."

나는 찻잔을 탁자 위에 거칠게 내려놓았다.

"나는 네 편 맞아."

마테오가 내 손목을 잡으며 말했다.

"하지만 지금 네가 여기를 나가면, 이사벨라 로진스키, 나는 너희 어머니에게 전화하게 될 거야. 너는 그러면 나를 영원히 미워하겠지. 그리고 그건 나에게 제일 최악의 일이 될 거야. 하지만……."

그는 나를 자신 쪽으로 잡아당겼다.

"나는 네가 낭떠러지로 걸어가는 것을 그냥 눈 뜨고 볼 수만은 없어. 그래서 나는 네 어머니께 전화할 거야. 네 어머니는 예전에 나에게 정말 큰 도움을 주셨어. 우리 집 분위기가 엉망일 때마다 나는 늘 너희 집에 가 있을 수 있었거든. 그리고 진짜 솔직히 말하면, 네가 있는 그 집은 나에게 세상에서 가장 좋은 곳이었어."

그는 나의 손목을 놓아 주었다. 그것은 그가 나를 꽉 잡았을 때 보다 더 아팠다. 우리는 서로를 쳐다보았다. 세상은 멈춰 섰다. 오직 나의 섬에만 폭풍이 몰아치고 귓가에는 바람이 으르렁거렸다. 그의 말은 나를 스치고 지나 멀리 사라졌다. 나는 바다를 건너려고 필사적으로 노력했다. '세상에서 가장 좋은 곳' 그러나 소용이 없었다. 아무것도 느낄 수 없었다. 온기도 희망도 느껴지지 않았다. 내 안에는 스스로 놀랄 정도로 차가움만 있을 뿐이었다. 나는 여기서 얼어 죽는 것일까? 여기서, 지금?

"너는 나를 전혀 이해하지 못해."

나는 소리를 질렀다. 그것은 나에게도 낯선 것이었다. 작은 악마가 내 가슴속에 자리 잡고 앉아 어떻게 행동하고 어떻게 말해야 할지를 지시하는 것 같았다. 나는 거기에 순종해 가방을 들쳐메고 길거리로 뛰쳐나왔다. 이제 나를 도와줄 사람은 오직 한 명밖에 없다.

26. 비밀의 킴

"무슨 일이 있었던 거야?"

킴이 물었다.

"어디로 가야 할지 모르겠어."

나는 핸드폰에 대고 숨을 몰아쉬었다.

"나도 예외적으로 너의 집에 갈 수 있으면 안 될까?"

"그건 안 돼. 하지만 슈트란트펄(엘베 강가에 있는 유명한 식당) 식당에서 만나자, 알았지? 입구 몇 미터 앞에 서 있어. 내가 30분 안으로 갈게."

대답할 새도 없이 그녀는 전화를 끊었다. 나는 거기 가는 것 외에 다른 도리가 없었다. 나는 뮤지엄하펜역으로 가기 위해 지하철을 타고 다시 버스를 탔다. 엘베 강을 건너며 바라본 풍경은 아름다웠다. 갈매기 몇 마리가 울어댔고 반대편에 있는 기중기들이 내는 날카로운 소리가 익숙하게 들려왔다. 해변에서 나는 신발을 벗고 맨발로 따뜻한 모래 위를 걸었다. 배가 아팠고 무릎에서 통증을 느꼈다. 하지만 나는 심호흡을 했다. 슈트란트펄은 사람들로 가득했다. 마침내 해변에 가득한 수많은 사람 사이에서 빠져나와 조용한 자리를 찾았을 때야 나는 안도의 한숨을 내쉬고 따뜻한 벽에 등을 기댔다. 정말 미친 것 같은 하루였다. 무엇이 내가 진짜 겪은 것이고 무엇이 그저 내 상상에 불과한 것인지 더는 구별할 수 없었다. 엄마의 사랑 충전? 구얼리? 세상에서 가장 좋은 곳? 내가 거의 잠들다시피 할 때 마침내 킴이 나타났다.

"이봐, 너 지금 완전 엉망이야. 대체 무슨 일이 있었던 거야?"

청바지를 입은 그녀의 다리가 바쁘게 움직이더니 내 옆으로 다가왔다.

"엄마가 나를 병원으로 데려가려고 했어."

내가 힘없이 대답했다.

"그게 어때서? 너를 잘 돌봐 주려 한 거지."

그녀는 팔을 뻗어 나를 안고 얼굴을 가리고 있던 머리카락을 부드럽게 쓸어 넘겼다.

"나는 도망쳤어."

마테오에게서 라고 나는 말하지 않았다. 나는 킴이 그에 대해서 나쁘게 이야기하는 것을 참기 어려웠다. 우리 나이가 씁쓸한 거야. 더는 달콤하지 않지. 내가 말했잖아."

우리는 서로 몸을 기댔다. 나는 편안하게 느껴보려 노력했다.

"그래도 블라우스는 가져왔어."

나는 가방에서 블라우스를 트로피처럼 꺼내 보였다.

"잘했어."

그녀는 나를 내려다보았다.

"야! 너 내가 준 청바지도 입었잖아."

그녀는 두 손을 위로 번쩍 들어 올렸고 나는 그녀를 한 대 툭 쳤다.

"너는 해냈어. 진짜 네가 너무 자랑스럽다."

그녀는 전에는 좀처럼 볼 수 없던 반짝이는 눈빛으로 나를 쳐다보았다. 좋았다. 그것이야말로 오늘 내가 겪어야 했던 모든 것이 지나간 다음, 드디어 누군가가 나를 기쁘게 할 한 줄기의 빛이었다. 비록 바지가 아직 너무 꽉 끼어서 숨을 참아야만 단추를 잠글 수 있더라도. 하지만 그렇다 해도. 나는 바지 단추를 잠글 수 있다.

"자 그러면 내 친구 집으로 가자."

킴이 말했다.

"친구 누구?"

나는 라떼나 럭키를 떠올렸다.

"키아누. 여기 근처 오쓰마쉔에 살아."

"키아누? 대체 키아누가 누군데?"

"내가 어제부터 사귀기 시작한 사람."

"어제부터? 대체 어디서 그런 사람을 알게 된 거야?"

그녀는 어이없다는 듯 나를 바라보았다.

"이봐, KimKomm, 벌써 잊어버린 거야?"

섬뜩했다. 킴은 다른 속옷을 갈아입듯 남자 친구를 바꾸어 버렸다. 하지만 나는 거기에 대해 언급하는 모험을 하지 않았다. 그녀가 얼마나 예민하게 반응할지 그사이에 알게 되었다. 나는 오늘 더 이상의 스트레스를 견딜 수 없다. 나는 그저 고개를 끄덕였다.

키아누는 공동 주택에서 살고 있었다. 그는 천체 물리학을 전공하는 대학생이었다. 창가에는 선인장이 자라고 있었고 낯가림이 있어 보였다. 어쨌든 그는 재빨리 손을 흔들어 보였지만 거의 눈길을 던지지 않았다. 그가 우리에게 블랙홀에 관해 이야기하는 동안 킴은 계속 그의 무릎에 앉아 있었다. 그는 아마 킴이 그의 셔츠 단추를 풀고 옷을 벗겼더라도 강의를 계속했을 것이라고 나는 확신한다. 그의 침대 옆 벽에는 선글라스를 낀 사슴 그림 포스터가 붙어 있었다.

"이리와, 우리 화장실 가자."

킴이 갑자기 벌떡 일어났다. 나는 그녀를 따라갔다. 그녀는 문을 닫고 웃으며 등을 기댔다.

"귀엽지 않아? 저렇게 걸려들었다니까. 저렇게 똑똑한데도."

그녀는 거울을 보면서 화장품 파우치를 꺼냈다. 키아누는 모든 면이 모세와는 완전하게 반대였다. 하지만 킴은 대체 이 지루한 사람이랑 무엇을 하려는 거지?

"그가 너에게…… 먼저 연락했지?"

내가 물었다. 킴은 웃었다.

"아니. 그럴 수나 있어 보여? 저 사람은 다른 이름으로 신발 패티쉬라고 검색해야 나와. 말하자면 내가 발견한 거지. 새로운 것으로 말이지."

그녀는 미소 지었다.

"반짝이 하이힐 사진에 완전히 꽂혔더라고."

"그래? 겉으로는 정말 얌전해 보이던데."

"맞아. 우리 둘만의 비밀인 거지."

그녀는 웃었다.

"나중에 말이지 좋은 직장이라도 잡으면 이걸 이용할 수도 있지."

"미쳤어?"

그녀는 자신의 완벽한 치아를 빛내며 환하게 웃었다.

"내 말을 믿었어?"

그녀는 머리를 어깨 뒤로 쓸어 넘기며 화장품 파우치에서 작은 병을 꺼냈다.

"좋았어."

그녀는 손을 소독하고 문을 열었다.

"블라우스 입어. 이제 가야 해."

의미심장한 눈빛을 보내며 그녀는 나를 화장실에 남겨 두었다. 나는 핸드폰을 꺼내어 그 남자의 사진을 열었다. 그는 정말 완벽해 보였다. 솔직히 말해 너무 완벽했다. 나는 거울을 바라보았다……. 아아…… 아! 대체 누구지? 거울이 농담을 하거나 거짓말을 하는 것은 아니겠지. 나는 실제의 내 얼굴을 응시했다. 그리고…… 그리고…… 바싹 마른 피부 내 얼굴 위를 하얀 솜털이 뒤덮고 있었다.

"왜 그래?"

킴이 다시 들어왔다. 나는 그녀를 쳐다보았다. 그녀도 나를 보아야 했다. 그녀는 아무 말도 하지 않고 화장실 서랍을 뒤져 면도기 하나를 찾아내어 나에게 건넸다.

"자 늑대인간이 되지는 않을 거야."

그녀가 말했다.

"그건 그냥 나쁜 신체 반응일 뿐이야."

나는 아무런 반응도 하지 않았다.

"추위나 그런 것 때문에 생긴 거겠지."

"내가 꼭 괴물처럼 보여."

내가 중얼댔다.

"말도 안 되는 소리 하지 마. 그냥 밀면 돼."

그녀는 내 손에 면도 크림 한 통을 쥐어주고는 다시 밖으로 나갔다. 실제로 내 손에 면도기가 쥐어지고 그걸로 얼굴 솜털을 밀고 있을 때, 나는 기력이 없었고 그 빌어먹을 원격조종을 당하는 중이었다. 그 위에 화장품을 바르고, 색조 화장을 칠하고, 블라우스를 입고 킴과 함께 한 번도 본 적 없는 테스토스테론과 데이트를 하기 위해 만나기로 한 리도로 급히 길을 나섰다. 사람은 얼마나 어리석게 변할 수 있는가? 나는 킴이 멋지게 창조한 뼈만 앙상한 캐리커처처럼 보였다. 이제 이시는 죽고 앞으로는 인스타 바비인형 이지로 살아야 한다.

27. 가면과 가면

우리가 약속 장소로 가는 동안에도 킴은 계속 핸드폰을 보고 있었다.

"왜 그래?"

내가 물었다.

"아무것도 아니야."

킴이 대답했다.

주위가 점점 어두워졌지만, 다행히 리도에는 여전히 꽤 많은 사람으로 북적이고 있었다. 몇 쌍은 해변 모래 위에 윗옷을 깔고 그 위에 서로 껴안은 채 앉아 있었고 모닥불 주위에는 몇

몇 젊은 남자들이 맥주 상자 위에 쭈그려 앉아 있었다. 산책하는 사람들이 계속 지나갔다. 킴의 휴대 전화에서 뿜어 나오는 불빛이 그녀의 얼굴을 푸르게 물들여 마치 으스스한 마스크를 쓴 것처럼 보였다.

"아까부터 계속 뭘 하는 거야?"

그녀는 대답하지 않고 핸드폰에서 고개를 들어 모닥불 주위에 있는 무리에게 시선을 돌렸다.

"자, 내 말 좀 들어봐."

우리가 약속 장소에 거의 다다랐을 때 킴이 말했다.

"나는 저기 있는 저 남자애들에게 바로 갈 거야."

"뭐? 지금? 저 애들 알아?"

"아직 모르지."

그녀는 웃으며 나에게 핸드폰을 들어 보였다.

"하지만 토니오라는 애가 여기서 공개적으로 매칭을 찾고 있어."

킴은 나에게 잘생긴 남자의 사진을 보여 주었다. 내가 뭐라 반응을 보이기도 전에 그녀는 그 남자애들 쪽으로 가버렸고 그 토니오라는 남자에게 말을 건넸다. 나는 꿈쩍 않고 거기 서서 킴이 그에게 어떻게 다가가는지 바라보았다. 그는 킴에게 맥주 한 병을 건네고 바로 담배 하나를 건네주었다. 그리고 맥주 상자 위 자기 옆에 자리를 만들어 그녀에게 내주었다. 다른 근육질의 남자도 그녀를 위해 맥주 박스 위에 자신의 재킷을 펼쳐 깔았다. 그녀는 내가 있는 쪽으로 단 순간도 눈길을 주지 않았다. 나는 내가 그녀 쪽으로 그냥 가야 하는 건지 아니면 그녀가 자신의 무대를 만들도록 두어야 하는지 고민했다. 제길! 그녀는 내가 자신이 필요하다는 걸 알고 있었다. 다시 현기증이 일었다. 나는 블라우스 단추를 하나 열고 숨을 들이마셨다.

"아아, 여기 기후 온난화의 진짜 이유가 있었네."

나는 뒤돌아보았다. 바로 그 남자였다!

"네가 이지 맞지?"

그의 목소리는 이상스러울 만큼 가늘었다. 젤을 너무 많이 바른 머리카락은 번들거리고 있었다. 그는 청바지에 단순한 흰색 티셔츠를 입고 있었다. 미소는 자상해 보였다. 하지만 그 역시 보정을 해서 올렸을 것이 분명한 그 사진처럼은 멋져 보이지 않았다.

"맞아."

내가 작게 대답했다. 왜 킴은 나랑 같이 있지 않는 거지? 아 제길! 제길!

"안녕."

"너 지금 더워 보여."

그는 살짝 열린 내 블라우스를 쳐다보며 말했다. 나는 이 옷을 입은 것을 바로 후회했다.

"우리 좀 걸을까?"

그는 씹던 껌을 모래사장에 뱉었다. 나는 내 쪽으로 고개를 돌린 킴을 바라보았다. 하지만 그녀의 눈빛을 읽기에는 너무 어두웠다. 그녀의 웃음소리가 들렸고 토니오가 그의 맥주병을 그녀를 향해 치켜올렸다.

"좋아."

내가 대답했다. 붉은 저녁노을이 깔려 엘베 강은 빛나는 붉은 바다가 되었다. 갑자기 나는 참을 수 없는 추위를 느꼈다. 몸이 떨리기 시작했다. 그 남자는 그 사실을 알아채고 나를 팔로 안았다.

"지금 몸이 고드름처럼 차가워. 겉만 그런 거였으면 좋겠는데 말이야."

그는 웃었다. 역겨웠다. 모든 것이 너무 빨리 지나갔고 이것은 내가 이제껏 상상하던 것이 전혀 아니었다.

"젠장, 너희 부모님 말이야."

그가 갑자기 말을 꺼냈다.

"뭐라고?"

"아, 그러니까 사고가 났던 거 뭐 그런 거."

"아, 아 그래."

나는 내가 공식적으로 청소년 자립 쉼터에 살고 있다는 킴의 불행한 거짓말을 완전히 잊고 있었다. 젠장.

"하지만 너는 그런 결별에도 잘 버텼어, 그렇지?"

우리는 조금 더 걸어갔다.

"수구 할 줄 알아?"

나는 주제를 바꾸려 노력했다. 그 사이 주위는 칠흑처럼 어두워졌다. 달이 뜨지 않은 밤이었다. 그가 대답하는 대신 낄낄대며 큰 소리로 짧게 웃었을 때, 나의 경악하는 얼굴을 보았다면 그는 비참함에 사로잡혔을 것이다.

"수구? 나는 그런 게이가 아니야. 그런 건 안 하지. 나는 체육관에 다녀."

그는 자신의 팔을 올려 이두박근을 만들어 보였다. 나는 이 상황이 믿기지 않았다. 모든 것이 전부 거짓이었다.

엘베 강물이 철썩이며 흘렀고 항구의 크레인들이 삐걱 끽끽거리는 소리가 가끔 멀리서 들려왔고 어둠 속에서 모닥불의 불빛이 일렁이며 따닥따닥 소리를 냈다……. 나는 그저 벗어나고 싶었다. 그리고 나에게 이런 지독한 일을 저질러 놓고는 중요한 순간에 나를 혼자 내버려 둔 킴을 저주했다.

"강물 수위가 높네."

잠시 침묵을 지키던 그는 다시 내 어깨를 팔로 감쌌다.

"흠."

나는 눈에 띄지 않게 블라우스 단추를 잠그려 했다.

"가끔 저 앞으로 물개가 나와."

그는 나를 더 꽉 잡았다.

"아 그래."

단추가 손에서 미끄러져 블라우스 앞섶이 다시 벌어졌다.

"응. 조수를 따라오는 거야. 아마 걔들은 여기 수로에 층이 있다는 것을 모를걸."

"층?"

"끝, 종료. 더는 갈 수 없어. 걔들이 다시 친구에게 돌아갈 수 있을지는 모르겠네."

그의 손이 내 등을 넘어와 결국 내 손목을 잡았다.

"이렇게 작고 귀여운 물개 말이야, 응? 얼마나 유감이겠어. 그렇지? 더는 집에 돌아가지도 못하면 말이지, 응?"

그는 킥킥댔다. 손목이 아팠다. 그의 눈에는 욕망이 번들거렸다. 맙소사! 그때 갑자기 무엇인가가 번뜩 떠올랐다. 속보, 이자벨라 로진스키…… 내 작은 악마가 웃으며 모든 것을 망가뜨렸다. 그는 보드카가 그려진 깃발을 휘둘러 내 생각을 흩어버렸다. 그리고 나는 거기서 나를 보았다. 겁에 질린 채 추한 모습을 하고 무방비로 있는 작은 소녀인 나를. 먼 곳에서 좋은 인생이 화창하게 피어나는 동안 나는 굶주린 상어에 둘러싸인 작은 섬 위에서 얼어붙은 채 흐느끼고 있다. 그리고 그 작은 악마는…… 킴이었다.

"그런데 너는 몇 살이야?"

그가 물었다.

"열일곱."

나는 거짓말을 했다.

"흠."

그는 대답하는 척하며 내 손을 주물럭댔다. 내가 손을 빼냈지만, 그는 곧바로 자신의 팔을 올가미처럼 휘둘러 나를 더 바짝 끌어안았다. 나는 필사적으로 어떠한 계획이나 아니면 적당한 어떤 말이라도 찾기 위해 재빨리 노력했다.

"이리 와, 우리 여기 좀 앉자."

그가 말했다. 나는 그러고 싶지 않았다. 우리는 으슥한 모퉁이에 도착한 참이었다. 근처에는 아무도 없는 듯 보였다. 나는 자유로운 다른 손으로 가방을 뒤져 핸드폰을 찾았다. 누군가에게라도 전화를 걸기 위해서였다. 예를 들자면 야라에게.

"좀 더 걷자."

그는 그 자리에 멈춰 서서 내 손을 아플 때까지 잡아끌었다.

"아니, 우리는 여기 좀 앉았다 갈 거야."

그의 눈동자는 반들반들한 석탄처럼 어둠 속에서 번뜩였다. 나는 패닉에 빠졌다.

"알았어."

그가 조금의 반항도 용납않을 거라는 사실이 분명했기 때문에 나는 속이 메슥거렸다. 나는 비명을 지르고 싶었지만, 공포에 질린 혀는 마비된 듯 꼼짝도 하지 않았다. 그는 나를 물가에서 덤불 쪽으로 바짝 끌어당겼다.

"여기는 좀 무서워."

나는 잠긴 목소리로 겨우 말했다.

"아 뭐야, 완벽한 장소잖아."

도대체 뭐에 완벽하다는 것이지? 젠장. 대체 뭐에? 도대체 어디에 이렇게 외지고 으슥하고 온통 컴컴한 어둠에 잠겨 있는 장소가 완벽하다는 것인가? 나는 몸을 움직이다 중심을 잃고 옆 덤불로 쓰러졌다. 그는 곧바로 내 옆으로 와서 탐욕스럽게 블라우스 단추를 풀기 시작했다. 나는 그의 손을 밀어냈다.

"미쳤어? 그만해!"

"이지"

그는 특이하게 가는 목소리로 속삭였다.

"무서워할 필요 없어."

그는 내 위에 올라타더니 자신의 몸무게로 나를 짓눌러 나를 차가운 모래 위로 눕혔다.

"싫어. 그만둬."

내가 소리를 질렀다.

"나는 이런 거 싫어."

나는 거칠게 몸부림쳤다.

"조용히 해."

그가 거칠게 내뱉었다. 그의 목소리는 갑자기 놀랍도록 차가워졌다. 마치 내 심장처럼.

"싫어어어어"

나는 패닉에 빠져 소리쳤다.

"싫어어어어"

그는 한 손으로 내 입을 틀어막고 다른 손으로 내 블라우스를 찢었다.

"닥치라고, 그러면 아무 일도 없을 테니까."

얼음장처럼 차가운 파도가 나를 덮쳐 내 뼈를 부수고 내게서 모든 생명을 앗아 갔다. 나는 아래에서 발버둥 쳤지만 내가 말하지 못한 모든 것이 휩쓸려갔다. 엄마, 나는 생각했다. 마테오. 나는 일어나려 몸부림치고 그의 납덩이 같은 몸에 주먹을 휘둘러보았다. 하지만 나는 그의 상대가 아니었다. 그는 내 바지의 허리띠를 풀고 바지를 아래로 잡아당겨 벗겼다. 순간 내 입을 막고 있던 손이 미끄러졌다. 나는 내가 할 수 있는 최대한의 힘을 내어 어둠을 향해 고함쳤다.

"사람 살려어어어!"

곧바로 그의 우악스러운 손이 내 입을 막았다. 나는 더는 아무것도 느낄 수 없었다. 단지 얼어붙을 것 같은 추위가 나를 감싸고 있을 뿐이었다. 나는 깊은 외로움으로 떨어져 내렸다. 갑자기 모든 것을 이해할 수 있었고 더는 아무것도 하고 싶지 않았고, 그냥 포기하고, 수치스러웠고, 찌그러졌고, 미쳐 돌아갔다. 다른 나. 한 번도 나였던 적이 없었던.

그때 갑자기 숨을 쉴 수 있게 되었다. 나를 짓누르던 묵직한 몸이 치워지고 나는 어렴풋이 둔탁하게 사람을 치는 소리와 그 남자가 욕을 하며 도망가는 소리를 들었다. 모든 일이 내가 바닥에 널브러져 있는 사이에 너무 순식간에 일어났다.

"얘야, 학생, 너 괜찮니?"

낯선 남자의 목소리가 물었다. 나는 어렴풋한 형태만 알아볼 수 있었다.

"아직 살아 있지?"

겁에 질린 여자의 목소리.

"숨 쉬는 소리를 들었어."

남자가 말했다.

"핸드폰 라이트를 켜 봐."

눈앞이 환하게 밝아졌다.

"눈은 뜨고 있어."

여자가 말했다.

"너 괜찮아? 학생?"

나는 멍하니 고개를 끄덕이고 바지를 위로 끌어올렸다.

"오 하느님"

여자가 숨을 몰아쉬었다.

"정말 다행이야."

그녀는 자신의 스웨터를 내 어깨에 둘러 주고 성모와도 같은 품으로 나를 안아 주었다. 그리고 그제야 나는 움직일 수 있었다. 나는 눈물을 흘리고 또 흘리며 예전에 단 한 번도 본 적이 없었지만 내가 도움이 필요할 때 그 자리에 있었던 이 낯선 여자에게 매달려 울부짖었다. 킴이 아니라 낯선 두 명의 사람이었다. 그는 나를 차에 태워 집으로 데려다주었다. 엄마는 나를 데려온 남자가 무슨 일이 있었는지 설명하는 동안 넋이 나간 채 내 얼굴을 쳐다보았다. 눈물이 엄마의 뺨을 타고 흘러내렸다. 엄마는 아무 말 없이 나를 꽉 잡고 오래오래 단단히 안아주었다. 다시 엄마의 사랑으로 충전해 내 세상으로 돌아올 때까지. 색색의 수채물감이 투명한 웅덩이에 흘러들 듯이 아주 아주 천천히 내 혈관 속으로 사랑이 흘러들었다. 아빠가 과도할 정도로 나를 구한 사람들에게 감사의 말을 하는 동안 엄마는 나를 위층으로 데려갔다. 아빠! 나는 계속 생각했다. 아빠가 저기 있다! 하지만 나는 아무 말도 하지 않았다. 나는 진작 머나먼 섬에서 바다로 떨어져 마치 모든 것을 물속에서 들었고, 어떤 질문도 이해하지 않았고, 아무도 보지 않았으며, 모든 일이 나에게 일어나도록 내버려 두었다. 나는 눈이 멀고 귀가 먼 느낌이 들었다.

28. 악몽

시간이 흘러 내가 잠에서 깨어났을 때, 나는 모든 것이 그저 나쁜 꿈이었기를 바랐다. 하지만 찢긴 블라우스가 침대 앞 바닥에 놓여 있었고 쇠약해진 내 몸에서 드러난 모든 뼈를 느낄 수가 있었다. 블라우스 옆에는 음식이 가득 차려진 테이블이 놓여 있었다. 분노에 찬 나는 치즈 샌드위치를 집어 들고 한 입 베어 물었다. 그러면서 생각했다. 나는 너를 증오해, 킴. 나는 당신을 저주해. 더러운 놈. 나쁜 새끼. 나는 더 크게 한 입 베어 물었다. 나는 네가 싫어, 바보 같은 다이어트. 나는 샌드위치를 하나 더 집어 들었다. 나는 네가 지겨워, 조작된 이지…… 나는 벌떡 일어나 가위를 집어 들고 킴의 청바지로 달려가 조각조각 잘라 버렸다. 너덜너덜한 천 쪼가리가 될 때까지, 남김없이. 그때 노크 소리가 들렸다.

"누구세요?"

나는 분노로 가득 차 소리쳤다. 그리고 킴을 쓰러뜨려 때려눕히고 눈깔을 뽑아버릴 준비를 했다.

"나야."

아빠가 말했다.

"들어가도 되니?"

"아니!"

나는 안에서 문을 걸어 잠갔다.

"라라에게나 가!"

그리고 나는 릴리를 토끼장에서 꺼내어 품에 안고 지붕 창으로 기어 올라갔다. 그리고 따뜻한 지붕에 누웠다. 릴리는 내 배 위에 웅크렸다. 나는 릴리의 부드러운 털을 쓰다듬었다. 빛나는 하늘은 비현실적으로 파랬다. 나는 눈을 감았다. 그러자 곧바로 어젯밤의 악몽이 생생하게 떠올랐다. 그 남자의 손, 그 모든 것, 그의 불규칙하고 날카롭던 호흡, 공포가 몰려왔다. 나는 눈을 뜨고 다시 일어나 주위를 둘러보았다. 야라는 없었다. 야라가 없다는 사실이 괴로웠다.

'네 말이 다 옳았어.'

나는 야라에게 메시지를 보냈다.

'정말 미안해.'

그런 다음 나는 양 모양으로 떠가는 구름을 스무 개 정도 센 다음 릴리처럼 몸을 동그랗게 말고 다시 메시지를 보냈다.

'나는 네가 필요해.'

나는 화면을 응시했다. 그리고 두 번째 읽음 표시를 기다렸지만 야라는 접속하지 않았다.

밤마다 나는 비명을 지르며 땀으로 범벅이 된 채 깨어났다. '무서워할 필요 없어.' 그 남자가 나에게 속삭였다. 하지만 나는 끔찍한 공포를 느꼈다.

아침 식사 자리에서 우리는 처음으로 다시 셋이 되었다. 소파에서 밤을 지낸 아빠와 함께. 하지만 더는 예전과 같지 않았다. 나는 엄마와 아빠가 침묵을 지키며 나를 지켜보는 동안 버터 바른 빵만 계속 우물우물 씹었다. 엄마는 자신의 요가 제단에 초를 켜 두었다. 아침 운동을 끝내고 나면 초는 다시 꺼질 것이다. 그리고 아빠가 보는 신문은 가지런히 접힌 채 여전히 옷장 위에 올려져 있었다. 엄마의 눈빛은 불안했다.

"왜요?"

엄마는 한 손을 식탁 위로 올려 내 손을 잡았다.

"만약 네가 이야기가 하고 싶으면."

엄마가 말했다.

"우리는 여기서 항상 너를 기다릴 거야."

나는 자리에서 일어났다. 나는 엄마가 나를 기대에 찬 눈빛으로 쳐다보는 것과 무엇인가를 듣고 싶어 하는 것을 견딜 수 없었다. 내가 다시는 이야기 하고 싶지도 않고, 내가 잊으려 하고, 내 기억에서 지우고, 불태우고, 사라지게 하려 하는 것에 대해서 말이다.

"올라갈게요."

나는 재빨리 방으로 들어가 문을 잠그고 릴리와 함께 지붕창으로 나갔다. 거기서 따뜻한 지붕이 내 등을 데워준 다음에야 숨을 내쉬었다.

"너 릴리 어디 있었는지 알아?"

갑자기 내 옆에서 말소리가 들려왔다. 익숙한 목소리였다. 내가 바로 지금, 너무나 듣고 싶었던 목소리였다.

"야라."

나는 소리를 지르며 눈을 크게 떴다. 그러자 바로 안심이 되었다.

"릴리는 토끼장이 있는 집 정원에 있었어."

야라가 이야기했다.

"그 앞에 앉아서 안으로 들어가려고 노력하고 있었어. 그 토끼장은 플라스틱 상자로 대충 만들어서 정말 괴상하고 흉측한 모양이었는데도 말이야. 그리고 그 안에는 전에는 있는지도 몰랐고 관심도 없었던 모나리자 토끼가 있었지. 소개를 해 보자면, 작은 토끼 이름이 모나리자야. 하지만 릴리는 정말 온 힘을 다해 들어가려고 노력 중이었어. 벌써 토끼장 밑에 구멍을 뚫고 있었지. 왜 그렇게 들어가고 싶어 했는지 짐작이 가?"

"아니, 전혀."

"내 생각에는, 릴리가 어떻게 집에 돌아오는지 몰라서 그랬던 것 같아. 그래서 건방진 모나리자가 지독한 외로움보다는 낫다고 여긴 거겠지."

야라는 릴리의 털을 쓰다듬었다.

"다행히 우리가 릴리를 발견했지."

"그래."

내가 말했다.

"정말 다행이었어."

나는 일어나 앉아 릴리를 내 무릎 위에 앉혔다.

"그거 알아? 내 생각에, 릴리는 모든 것이 예전처럼 되어서 기쁠 거야."

"네 생각이야? 어떻게 그걸 알아?"

나는 릴리의 앞발을 손바닥에 올렸다.

"그녀가 다시 낮은 신발을 신었거든. 높은 굽의 모나리자가 쓰레기통에 버려져 있는 걸 봤어."

야라가 큰 소리로 웃었다. 그 웃음소리는 전염성이 높아서 나는 항상 같이 웃을 수밖에 없었다. 그리고 깔깔거리며 숨이 넘어가도록 웃을 때마다 가슴 속 얼음이 조금씩 녹았고 나는 조금씩 더 따뜻해졌다. 그리고 지붕 창 위로 아연실색한 아빠의 얼굴이 불쑥 나왔을 때 우리는 거의 숨이 넘어갈 정도가 되었다. 아빠는 나에게 무슨 일이 생긴 줄 알고 내 방문을 부수고 들어온 것이다.

"괜찮아."

아빠가 숨 쉴 새도 없이 그 이야기를 했을 때 나는 대답했다. 우리의 대화를 방해하고 싶지 않았던 아빠는 곧바로 지붕 창을 닫고 사라졌다. 우리의 대화는 거의 소음에 가까웠다.

"네가 너무 그리웠어, 이시."

우리가 조금 진정이 되고 난 다음 야라가 말했다.

"나도 그랬어."

내가 말했다. 그리고 그것은 진실이었다.

"너 코코 샤넬이 한 말 알아?"

"아니."

야라가 나를 미심쩍게 바라보았다.

"인생에서 가장 아름다운 것은 돈이 들지 않는다. 하지만 두 번째로 아름다운 것은 굉장히 값비싸다."

"아하,"

야라가 말했다.

"그래서?"

내가 그녀를 보며 웃었다.

"두 번째로 아름다운 것은 거짓말이야."

"비싸지 않다고?"

"아니, 게다가 아름답지도 않아. 그건 그저 거대한 똥 덩어리에 불과해. 좋은 건 그리 오래 가지 않아."

"그러면 제일 아름다운 건 뭔데?"

"그건 당연히 우정이지."

나는 릴리를 껴안았다. 그리고 야라에게 머리를 기대고 아무 말도 하지 않았다.

"너 그거 알아? 마테오가 오쓰마셴에 갔었던 거?"

한동안 침묵을 지키던 야라가 말했다.

"마테오는 너희 어머니와 대화를 나눈 뒤에 엄청 화가 많이 났어. 그리고 너를 찾으려고 네 핸드폰 위치를 추적했어. 그는 예니쉬파크에 있었어…… 그때……."

그놈. 기억이 다시 살아났다. 그의 커다랗고 거친 주먹, 나를 붙잡고, 내 입을 틀어막고, 내 블라우스를 찢고, 그리고 바지를…….

"야, 너 지금 너무 창백해."

야라가 내 손을 잡으며 말했다.

"그리고 너무 차가워."

"너무 끔찍했어, 야라."

내가 릴리를 껴안고 웅크리고 있는 동안 그녀는 나를 껴안고 등을 쓸어주었다. 나는 익숙한 야라의 냄새를 들이마셨다.

"나는 정말 어리석었어."

야라는 아무 말도 하지 않고 그저 나를 부드럽게 쓰다듬어 주었다.

"나는 킴을 믿었어. 그리고 걔가 실제로 나를 도와줄 거라고 생각했어. 그래서 저런 끔찍한 철길 사진까지 찍어 가면서 모든 것을 같이 했어. 나는 그 애의 거짓말도 견디고 술 취한 미친놈이 모는 오토바이 뒤에 앉아 질주하는 일도 했지. 그리고 그 애는 결국, 나를 물건처럼 팔아넘겼어."

나는 눈물을 흘리며 야라를 바라보았다.

"그리고 개처럼 되기 위해 했던 그 끔찍한 다이어트."

나는 간신히 입술을 움직였다.

"나는 거의 목표에 가까이 갔었어, 야라, 정말 가까이 갔었어."

나는 엄지와 검지 사이를 단 몇 밀리의 간격만 띄워 들어 보였다. 그리고 그제야 내가 몸을 떨고 있다는 사실을 깨닫고 충격을 받았다. 야라는 계속 내 등을 쓸어 주면서 우리가 지붕에서 늘 같이 불렀던 노래를 흥얼거렸다. 그녀는 내 눈물이 천천히 그칠 때까지 흥얼거리고 또 흥얼댔다. 그러다 우리는 갑자기 같이 노래를 불렀다. 내 몸의 경련이 멈출 때까지 점점 크게 더 큰 소리로 노래 불렀다. 경련이 멈춘 뒤에도 우리는 나란히 앉아 계속 노래를 흥얼댔다. 맙소사, 나는 어떻게 야라에게 그렇게나 큰 상처를 주었을까? 그래도 야라는 나를 용서해 주었다. 그녀는 언제나 나에게 돌아오고 나를 용서했다.

"이시, 너 그거 알아? 나는 킴과 관련한 모든 일은 어떤 충격요법의 일종이라고 생각해. 너는 지금 항체가 생겼고 아마 평생 면역력을 가질 거야."

"뭐에 대해서?"

"좋아요, 킴, 기찻길?"

"그리고 거기서 너도 항체가 생겼어?"

"뭐 예방접종을 맞았달까? 아니면 모유수유를 통해서? 정확히는 모르겠어."

"그런데 너에게도 '상황이 바뀌는 일'이 생기면?"

"그러면 나에게는 네가 있잖아."

그날 밤 나는 내 포르필 사진을 다시 잠자는 숲속의 공주 자전거로 바꾸었다. 반 단톡방에 나는 오랫동안 참여 않았기에 지금 어떤 일이 일어나는지 제대로 알지 못했다. 나는 화면을 조금씩 밀어서 포스팅한 것들을 보았다. 야라는 늘 조쉬와 함께였다. 그 둘은 함께 파티를 열 계획을 세우고 있었다. 마테오는 따로 올린 것이 없었다. 내가 찾아낸 그의 마지막 챗은 우리가 함께 춤추던 바로 그날이었다. 우리의 사진은 아직 챗방에 있었다. 우리의 이야기가 바로 이 순간에 끝나버린 것처럼. 누군가가 거대한 가위로 멜로영화를 잘라놓은 것처럼. 싹둑싹둑. 이제 모든 건 지나간 일이다.

레니는 자신의 지적인 글귀 하나를 자신의 프로필 아래에 적었다.

맙소사, 레니.

이렇게 조쉬가 댓글을 달자 그 아래에 다른 남자애가 눈물까지 흘리며 깔깔 웃는 이모티콘을 달았다.

야누크의 포스트 아래 여자애들 몇몇이 엄지를 들어 보이는 댓글을 달았다. 그리고 마테오였다. '누구라도 내 여자를 모욕하면 내 주먹맛을 보게 될 거야.' 그는 실제로 '내 여자'라고 썼다. 내기를 한 걸로 보이지는 않았다. '내 여자' 그리고 단체톡방. 내 심장이 뛰기 시작했다. 만약 조쉬의 파티에 있었던 일이 전부 다 진심이었다면…… 그는 정말, 진심이었던 걸까……? 나는 그렇게 생각해 본 적이 없었다. 나는 거울을 보았다. 끔찍해 보였다. 얼굴은 너무 창백하고 눈 아래에 짙은 그림자가 드리워 있었다. 그리고 내 빨간 곱슬머리는 지나치게 열을 가해서 빛이 바래고 거칠어 보였다. 피부는 가칠가칠하고 여기저기 찢어진 채 바싹 말라 있었다. 충격이었다. 그러나 나는 내 온 힘을 다해 큰 결심을 내렸다. 다음 날 아침, 나는 학교에 갔다. 예전의 내가 바로 그랬던 것처럼 나는 오래된 편한 청바지와 편한 티셔츠를 입었다. 킴은 나를 떠나 버렸던 그 날 이후로 단 하나의 메시지도 보내지 않았다. 그리 놀라운 일도 아니었다. 나는 데이트 앱을 다운받아 미키 마우스 사진으로 가짜 계정을 만들어 내 이름을 검색했다. Easy, 킴이 작성한 것처럼 그대로. 그리고 실제로는 내 것인 프로필이 검색되었다. 비정상적으로 마르고 부푼 입술의 보정한 사진이 거기 있었다. 나는 킴을 깨끗하게 차단했다. 나는 자기소개 글을 읽었다. '인생은 짧다, 소년들이여 다 함께 로큰롤을!' 역겨워 나는 계정을 삭제

하려 했다. 하지만 불가능했다. 권한은 킴에게 있었다. 제기랄! 나는 그녀에게 문자를 보냈다.

'당장 내 프로필 지워. 그리고 나에게 알려 줘.'

그것은 나의 첫 번째 단순한 경고였다. 만약 킴이 그렇게 바보가 아니라면, 내가 그녀에게 가상의 우정을 끝내려 한다는 것을 알았을 것이다. 나는 예니의 말을 생각했다.

'킴은 늘 자신이 있는 진창 속으로 같이 끌고 들어갈 쌍둥이가 필요해.'

하지만 쌍둥이가 탯줄에서 잘려나가면 어떻게 반응할까? 킴은 예측이 불가능했다. 나는 킴이 있는 그 진창이 두려웠다.

29. 결투

나는 모든 준비를 마치고 격투기장에 들어서는 것처럼 교실로 들어갔다. 내가 가장 좋아하는 청바지는 통이 너무 넓어서 치마바지처럼 펄럭였지만 아무 상관이 없었다. 그것이 킴을 자극할 수만 있다면 그게 바로 내가 노리는 바였다. 야라가 벌떡 일어나 나에게 달려왔다. 그녀는 나를 껴안고 속삭였다.

"내 옆에 앉는 게 나을 거야. 킴이 너 주려고 선물 같은 걸 가져왔어. 아마 저 안에 폭탄이 들었을 거야."

나는 곁눈질로 킴의 자리를 쳐다보았다. 킴은 언제나처럼 거기 앉아 있었다. 늘 그렇듯이 요란한 옷차림을 한 냉정한 천사처럼. 책상 위에는 정말 분홍색 리본으로 묶인 선물이 놓여 있었다. 바로 내 책상 위에.

"아니야."

내가 다시 속삭였다.

"나는 이겨 나갈 거야."

그리고 나는 오늘따라 끝없이 길어만 보이는 책상 사이 복도를 따라 걸어가다 킴 옆에서 고꾸라졌다. 그 소리가 교실에 울렸다. 킴은 나를 쳐다보았다. 처음으로 나는 그녀가 진짜로 놀라는 것을 보았다. 그녀는 눈도 깜빡 않고 아래위로 나를 훑어보더니 평정을 찾으려고 했다. 그리고 다시 자신의 이성을 회복했다.

"아, 너 뭐야, 병신같이."

그는 건조하게 말하며 두 손을 화장품 파우치 위로 올렸다.

"너 뭐라고 했어."

킴은 자신의 화장품 파우치를 열었다. 나는 그녀가 그것을 하나의 방패처럼 사용해 그 뒤에 숨거나 무기로 사용하려 한다는 것을 알고 있었다.

"토니는 어땠어?"

"좋았지."

이렇게 말하며 그녀는 팩트로 얼굴 화장을 고쳤다.

"그러는 너는 어땠어?"

나는 더는 참을 수 없었다. 나는 그녀의 손에서 화장품을 빼앗아 바닥으로 던져 버렸다. 화장품은 산산조각이 났다.

"네 그 용감한 병신 놈은 나를 때려눕혔어. 이 약아빠진 뱀 같은 게."

교실이 순간 정적에 잠겼다. 킴이 약해진 아주 짧은 순간 나는 다시 예전에 크래쪄 선생님이 킴에게 데이팅앱에 대해 이야기했을 때 보였던 겁먹은 새끼고양이 같은 표정을 보았다. 하지만 단 몇 초 만에 그녀는 다시 Kim Galaxy로 돌아왔다.

"너 그 남자 찼어? 말 안 했잖아. 아 젠장, 이지. 믿을 수가 없네."

그녀는 여전히 게임을 하고 있었다.

"이제 모든 일이 다 수포가 되어 버렸잖아."

"무슨 일?"

"뭐, 너를 뭐 어떻게든 섹시한 여자로 만들 수 있었을 텐데 말이야."

그녀는 나를 못마땅한 눈으로 관찰하면서 긴 속눈썹을 깜빡였다.

"아하, 그러고 보니 너는 뚱뚱한 겁쟁이 어린애였구나."

"말라깽이 사이코 보다는 낫겠지."

킴은 나를 노려보았다. 그녀의 우주, 갤럭시에는 그녀의 친구 키아누에게 있던 커다란 블랙홀이 있었다.

"일 대 영. 이시 승리."

레니가 자리에서 일어나며 이렇게 소리쳤다. 킴은 짐을 챙겨 디자이너 가방에 쑤셔 넣었다.

"만약 내가 너라면, 남은 살을 부여잡고 성형을 받겠어. 가슴 성형, 피부 시술, 페이스 리프팅이나 그 외의 것들도 말이지. 그러면 너도 더는 마테오 같은 애송이처럼 거지같아 보이지는 않겠지. 내가 너에게 말했지, 누가 나를 그렇게 좋아하지 않으면 너는 거기에 대해 노력을 해야 한다고."

나는 머리끝까지 화가 났다.

"마테오는 너의 그 모든 쓰레기 같은 놈들을 다 합친 것보다 훨씬 나은 사람이야. 알리프, 모세, 키아누 전부 네 괴상한 취향처럼 이상한 놈들이야. 너 아니면 아무도 상대도 안 할 루저들이지."

킴은 숨을 멈췄다. 나는 마테오를 곁눈질했지만 반 아이들 거의 모두가 나와 킴을 둘러싸고 있었기 때문에 그를 볼 수 없었다.

"와우!"

레니가 손가락 두 개를 공중에 펴들고 소리쳤다.

킴은 자신의 가방을 뒤져 작은 병을 꺼내 우리 모두 다음에 일어날 일을 기다리는 동안 손을 소독했다. 그러나 아무 일도 일어나지 않았다. 전혀. 결국, 킴은 아무 말도 없이 자리에서 일어나 둘러싸고 있는 몇몇 아이들 옆을 지나쳐 높은 구두로 도도하게 교실 중앙을 따라 걸어 사라졌다. 인사를 하는 사람은 아무도 없었다. 나는 천천히 숨을 내쉬며 야라를 쳐다보았다. 야라는 엄지를 들어 보이며 나에게 달려와 볼에 입을 맞추었다. 어디선가 누군가 손뼉을 치기 시작했다. 마테오인가? 라티파가 나를 안았고 곧 레니와 야누크, 수리와 사라도 모두 얼싸안았다. 나는 자리에서 일어나 나를 둘러싼 아이들에게 미소를 짓고 드디어 내가 집처럼 편안하게 느꼈던 야라 옆자리로 다시 가서 앉았다.

"겨자 단지?"

야라가 나를 보며 웃었다.

"중요한 건 걔가 그걸 알아먹었다는 거지."

"그걸로 내쫓을 수 있었어. 너는 진짜 영웅이야."

야라가 말했다. 하지만 나는 전혀 그렇게 느껴지지 않았다. 나는 그저 이제 모든 것이 끝났기 때문에 안도감을 느꼈다. 하지만 가장 나은 방법은 그녀 뒤를 쫓아가서 아무도 보는 사람 없는 데서 다시 한번 조용히 이야기를 나누는 것이었는지도 모른다. 그때 포헥 선생님이 교실로 들어왔다. 모두 자신의 자리로 돌아갔다. 그는 자신의 가방을 탁자 위로 던져놓고 교실을 둘러보았다.

"내가 제대로 본 것이 맞겠지, 그렇지? 킴이 방금 나가던데?"

교실에는 웅성거리는 투덜거리는 소리가 났다.

"네."

레니가 말했다.

"걔는 자기 이로 머리를 빗는 걸 까먹어서 다시 집에 가야 한다던데요."

몇몇이 웃었다.

"레너드."

포첵 선생님이 불렀다.

"너는 킴을 뒤따라가서 다시 수업에 들어오도록 데리고 올 선의 정도는 베풀 수 있겠지?"

"아."

레니가 말했다.

"좀 그런데요, 선생님."

그는 나를 슬쩍 쳐다보았고 나는 고개를 끄덕였다.

"아마 걔를 다시 데려오는 건 불가능할 거예요."

마테오가 끼어들었다. 나는 그를 다시 볼 수 없었다. 레니가 기다란 소시지를 꺼내어 들더니 그걸로 마테오를 가렸기 때문이다. 그리고 레니는 내 쪽을 향해 웃으며 엄지와 검지로 동그란 원을 만들더니 그 사이로 소시지를 들이밀었다 빼기를 반

복했다.

"지금 그게 무슨 뜻이지?"

포쉑 선생님이 물었다.

"바로 지난 시간에 우리는 그리스 철학자가 발견한 무한함의 발견에 대해서 배웠잖아요……. 그래서……."

마테오의 손이 레니를 붙잡아 앉히느라 분주했다. 나는 그의 손이 닿는 곳 전부가 공기처럼 사라져 버렸으면 좋겠다고 생각했다.

"엘레나의 제논, 그래 맞았다."

포쉑 선생님은 불안한 눈빛으로 창밖을 바라보았다. 킴은 담장을 제대로 잘 넘어갔을까? 하지만 이제 나와는 전혀 상관없는 일이었다. 나는 이제 내가 무엇을 원하는지 정확히 알았다. 그것은 근육질의 남자도 알리프도 모세나 키아누도 아니었고 오히려 인터넷에서는 공포심이 생겼다. 나는 킴이 되고 싶지도 이제 더는 다른 누군가가 되고 싶지도 않았다. 내가 원하는 것은 오직, 마테오였다. 그리고 그것이 너무 늦지 않길 바랄 뿐이었다.

"그런데 선생님 솔직히 말해서,"

레니가 자리에서 일어나 반론을 제기했다.

"저는 제 인생을 위해 해야 할 일이 있어요. 제 생각에는 단 한 번도 다시 데려오지 못한 애는 그냥 가게 놔둬야 하지 않을

까요, 안 그런가요?"

모두가 박수를 보냈다. 포췍 선생님은 실제로 미소를 지었다. 그리고 마침내 마테오를 바라볼 수 있었다. 나는 그를 미심쩍은 눈으로 쳐다보았다. 그의 머리카락! 그는 머리카락을 아주 짧게 잘랐다. 붉은 갈기는 잘려나갔다. 그는 완전히 달라 보였다. 아주 천천히 그는 나를 향해 몸을 돌리고 믿을 수 없이 아름다운 녹색 눈으로 나를 바라보았다. 나는 나의 부르트고 갈라진 입술로 지을 수 있는 가장 아름다운 미소를 지어 보였다. 그는 나를 향해 고개를 끄덕였다.

"마테오에게 무슨 일 있었어?"

내가 속삭였다.

"모르겠어. 네가 그를 거부해서 아마 승려가 되기로 했었나 보지."

"야라 양."

포췍 선생님이 큰 소리로 불렀다.

"나는 지금 우리가 아주 중요한 이야기를 해야 한다고 확신하고 있는데 말이지. 그런데……."

그때 포췍 선생님이 나를 보았다. 그는 말을 멈췄다. 아마 그가 나를 처음으로 알아차린 것이 분명한 순간이었다. 선생님은 다음 말을 이으려고 노력하며 입술을 달싹거리다 결국 큰 소리로 웃었다.

"잠깐 쉬자."

선생님은 부드러운 목소리로 말했다.

"제발 휴식시간에만 떠들어야 한다."

그리고 그는 자신의 수학 공식 노래를 흥얼거리며 우리를 그저 내버려 두었다. 하지만 나는 그동안 팔딱이는 심장을 부여잡고 마테오가 말을 걸어오면 어떤 말을 해야 할지 생각했다. 그리고 환상에 취해 기쁨을 미리 맛보는 동안 킴의 행성에서 나온 킴의 갤럭시는 불붙은 마지막 폭탄을 터트렸다. 지잉, 핸드폰이 울렸다. 나는 포쉑 선생님을 바라보았지만, 다행히 선생님은 듣지 못한 것 같았다. 오직 야라만이 그녀의 팔꿈치로 내 옆구리를 다급하게 찔러댔다. 나는 핸드폰을 무음으로 바꿨다. 포쉑 선생님이 칠판에 방정식 표를 쓰는 동안 나는 메시지를 확인했다. 모든 피가 단숨에 발밑으로 사라지는 기분이 들었다. 현기증이 일었다. 나는 추한 광대 꼴을 하고 있는 사진을 보았다. 그건 나였다. 나는 퉁퉁 붓고 시뻘게진 얼굴을 하고 눈은 유리알처럼 번들거리고 있었다. 립스틱은 번지고 머리카락은 온통 들러붙어 있었다. 하지만 가장 엉망인 것은 바지를 입고 있지 않았다는 것이었다. 셔츠도 완전히 풀어 헤쳐져 분명히 등을 돌리고 있는 것이 분명한 쿠델의 욕망이 닿아 가슴이 껍질 깐 달걀처럼 그대로 드러나 있었다. 내 반대편에는 럭키가 앉아 있었는데 방금 대마초를 들이마시고 눈이 돌아가 있었다. 킴은 이 사진을 실제로 우리 반 단체 채팅창에 올렸다. 모두가 볼 수 있도록! 나는 숨을 쉴 수 없었다. 조심스럽게 나는 주변을 살폈다. 그러나 슬픈 사실이 펼쳐졌다. 몇몇은 책상 아래에서 쳐다보고 있었고 야누크는 수리에게 핸드폰을 내밀었고 그녀는 깜짝 놀라 핸드폰을 빼앗아 들여다보았다. 헬렌은 쓰레기통에서 못 보던 벌거벗은 벌레를 발견한 듯이 나를 바라보았고, 코피는 크게 웃지 않기 위해 허벅지를 때리고 있었다. 올리는 뒷자리로 돌아서서 모함메드와 조쉬에게 웃으며 자신의 스마트폰을 설명했다. 나는 레니의 핸드폰을 쳐다보던 마테오와 눈이 마주쳤다. 그의 녹색 눈은 갑자기 예니 아버지의 무덤을 덮고 있던 이끼를 떠올리게 했다. 나를 쳐다보는 마테오의 슬픈 눈빛을 보는 순간 깨달았다. 이제 모든 것이 끝났다는 것을. 모든 것이. 내내 그는 내 옆에 있었고 나를 구하려 노력했지만 이제 이 사진 한 장이 내가 더는 '그의 여자'가 아니라는 것을 증명하고 있었다. 그를 잃었다.

수업 중간에 나는 아무 말 없이 일어나 도망쳤다. 교실 문을 닫고 화장실에 도착할 때까지 복도를 따라 달렸다. 문을 열고 뛰어 들어가 거칠게 문을 잠갔다. 그리고 변기 뚜껑을 부러뜨려 집어 들고 화장실 문에 세차게 내리쳤고, 나무 벽에 주먹질을 하고 벽에다 머리를 박으며 비명을 질렀다. 킴은 언제나 마지막 한 방을 가지고 있었다. 나는 그녀가 나의 결별을 순순하게 받아들이지 않으리라는 것을 이미 알고 있었다. 하지만 그렇다고! 그녀는 내가 떨쳐 내려 했던 것을 다시 그대로 되돌려주었다. 제기랄!

다시 한번 그 모든 순간, 내가 다른 사람이 되어야겠다고 생각했던 그 시간, 좀 더 날씬하고 아름답고 발전적인 사람, 바로 킴처럼 되어야겠다고 생각한 그 모든 순간순간을 저주했다. 그렇다. 상황은 바뀐다는 것을 엄마는 나에게 정확하게 알려주었다. 하지만 그렇다고 왜 나는 악마가 모든 것을 망가뜨리고, 빼앗아가고, 사라지게 두었던 것일까? 지금쯤 모두가 그 사진을 보았을 것이다……. 모두? 나는 바지 주머니에서 핸드폰을 끄집어내어 KimGalaxy를 접속했다……. 그렇다 사실이었다. 그녀는 그 사진을 인스타그램에도 올렸다. 다음과 같은 글과 함께. '예전에는 이랬던 그녀의 품격이 오늘은 미니바.' 거기에는 웃으며 윙크하는 이모티콘이 붙어 있었다. 눈물이 흘렀다. 2만 명의 팔로워가 이 사진을 볼 것이다. 그리고 해시태그를 붙이면 다른 누구도 얼마든 볼 수 있다. 그녀는 가능한 모든 것을 동원했다. 너무 끔찍했다. 절대, 절대, 이 화장실을 떠나지 않겠어. 두 번 다시. 이 넓은 세상에서 얼마나 많은 유저들이 그것을 볼지는 사실 상관없었다. 나에게 중요한 것은 내 친구들이었다. 야라, 마테오, 야누크, 라티파와 조쉬 그리고 다른 아이들. 그리고 부모님. 다행히 부모님은 앱을 아직 설치하지 않았다. 나는 한없는 수치심에 시달리며 화장실 바닥에 앉아 울부짖었다.

30. 가짜뉴스

"이시, 이시. 나야, 야라. 문 열어봐."

그녀가 문을 두드렸다.

"나는 못 해."

내가 중얼댔다.

"이시."

야라가 속삭였다.

"왜 이래, 누구나 실수는 하는 거야."

"아니. 이렇게 병신 같은 짓은 아무도 안 해."

"아냐, 나도 했어."

"뭐라고?"

"나도 그렇다고."

야라는 잠시 침묵을 지켰다. 나는 계속 울었다.

"뭔데?"

"그러니까 수영장에 귀여운 구조 요원이 있었던 거, 기억하지?"

"나쁜 게 아니잖아."

내가 말했다.

"게다가 사진도 없잖아."

"그리고 내가 지하철에서 이탈리아인 두 명에게 이탈리아산 속옷을 입고 있는 걸 보여주려 했던 것 기억해?"

"야라, 그것도 그다지 나쁜 건 아니잖아."

"좋아. 그럼 내가 학교에서 카니발 축제는? 그건 진짜 심했어. 포토박스에서 열두 번째로 온 느끼한 사람이 바지 지퍼를 올려준 건. 게다가 나는 토끼 분장을 하고 순진하게 웃고 있었는데 말이야. 오 맙소사."

"알았어. 그건 진짜 부끄러운 일이긴 했어. 하지만 그 사진은 나만 봤잖아."

"맞아."

야라는 조용히 대답했다. 영원 같은 침묵의 시간이 지나고 나는 야라가 밖으로 나갔다고 생각했다. 지잉, 핸드폰이 계속 울려댔다. 야라는 카니발 축제 사진을 진짜 우리 반 단체 채팅방에 올렸다. 그리고 댓글을 달았다.

'이시가 시작한 챌린지 도전! 가장 부끄러운 셀카 올리기! 그녀가 나를 지목했으니 도전. 다음 타자는 조쉬.'

나는 그 사진을 쳐다보았다. 믿을 수 없었다. 그리고 그녀의 댓글을 다시 읽었다.

"야라"

나는 문 뒤에서 속삭였다.

"너는 미쳤어."

그러자 야라가 조용히 웃었다.

"하하, 네 말이 진짜 맞아. 나도 내가 이런 짓을 할 수 있을지 몰랐어. 나에게도 변기 뚜껑 하나만 주라."

"야라?"

"응?"

"너는 정말 최고의 친구야, 아무도 상상할 수 없을 만큼."

"너라도 그랬을 거야."

나는 문을 열었다. 그리고 야라를 바라보았다. 그녀와 함께 한 것은 전부 진짜였다. 그리고 전부 순수하고 아름다운 것들로 가득했다.

"고마워."

내가 말했다. 우리는 서로의 목을 끌어안고 울었다. 출입문이 열리자 나는 급히 야라를 내 피난소로 끌어당기고 문을 닫아걸었다. 우리는 필사적으로 킥킥거리다 서로를 쳐다보았다. 어떻게 이렇게나 멀리 올 수 있었던 것일까? 우리는 동시에 같은 생각을 하고, 웃다가 서로를 바라보고 또 같이 울다가 다시 웃었다.

"나는 두려워. 이시."

야라가 입을 열었다. 그녀의 얼굴은 창백하고 눈은 둥그렇게 커져 있었다. 그녀는 몹시 당황한 듯 보였다.

"나는 조쉬를 정말 사랑해. 그가 그 사진을 보면 대체 어떻게 생각할까?"

"그는 이렇게 생각하겠지. 아니 뭐 이런 미친 애가 다 있지. 정말 사랑스럽군."

"나는 그가 내 바지를 그렇게 한 그 남자를 참을 수 없다는 걸 알아. 나는 한 번도 조쉬에게 이 이야기를 한 적이 없어. 만약에 그가……."

갑자기 야라가 울음을 터트렸다. 나는 그녀를 안고 등을 부드럽게 쓸어주었다. 맙소사. 우리의 역할이 바뀐 것 같았다. 정말 곤란한 상황에 빠진 사람은 야라였다. 나는 이미 마테오와의 관계를 망쳤다. 하지만 야라는…….

"그건 벌써 1년 전이잖아. 그리고 카니발이었고. 조쉬는 쿨한 아이잖아. 분명 그냥 웃어넘기고 말 거야."

그러나 나 역시 확실하지 않았다.

우리는 물에 빠진 사람처럼 서로를 꼭 껴안고 오랫동안 피난소에 서 있었다. 나는 너무 오랫동안 절망에 빠져 어리석은 짓을 저지르고 얼음 바다 밑에 가라앉아 내 머리 바위에 있던 구멍을 찾고 있었다. 이것은 커다란 두려움이었다. 나는 대체 어디서 더 큰 두려움을 느껴야 할지 전혀 알지 못했다. 마테오와 다른 아이들로부터 배척을 당하는 것인지 아니면 야라와 조쉬가 헤어지는 것인지.

지잉, 내 핸드폰이었다. 나는 야라의 손을 강하게 꽉 쥐었다. 그리고 화면을 보았다. 조쉬도 사진을 올렸다. 그건 그의 얼굴에 난 엄청나게 큰 여드름이었다. 그의 얼굴은 온통 빨간 여드름으로 뒤덮여 있었다. 끔찍해 보였다. 그는 카메라를 향해 순진하게 웃고 있었고 얼굴 옆으로 프랑켄슈타인 엽서를 들고 있었다. 사진 밑에는 댓글이 있었다.

'이런 좋은 지목을 해줘서 고맙군. 내 진주. 너를 위해서 나는 기꺼이 웃음거리가 될 거야. 여드름약을 위해 건배. 다음 타자는 라티파. 부탁해.'

야라는 기쁨의 탄성을 지르며 그 자리에서 팔짝팔짝 뛰었다.

"와. 그가 해줬어! 나는 조쉬를 정말정말정말 사랑해!"

"봐봐. 너는 진짜 행운아야."

야라는 나를 바라보며 한쪽 눈썹을 추켜세웠다.

"솔직히 이시, 너는 이미 예전에 너를 위해서라면 뭐든지 하려고 하는 꿈의 왕자님을 찾았잖아. 그리고 그도 이미 그러고 있고. 하지만 너는 지금 그 행운을 네 발로 차 버렸어. 이 바보야."

"그래, 솔직히 네 말이 맞아. 지금 내가 결국 그걸 망쳤지."

"말도 안 되는 소리. 그는 아직도 신호를 기다리고 있어."

“나는 내가 너무 멀리 가버린 것 같아 두려워.”

지잉. 레니가 댓글을 썼다.

‘다음 타자는 누구지? 누가 승리의 축배를 들 것인가.’

나는 기다렸다.

지잉. 라피타도 사진을 올렸다. 그녀의 눈은 플래시에 반사되어 빨간 점처럼 빛나고 있었다. 그녀는 한 손에 보드카 병을 들고 목에는 콘돔을 이어서 만든 목걸이를 걸고 있었다. 맙소사. 그 아래 댓글이 있었다.

‘네, 저 했어요. 아니에요, 이건…… 나는 그냥 이 악마의 도구가 궁금했어요. 역겨워요. 나는 다음 타자로 레니를 지목하겠음. 수치스러운 사진의 왕 등장!’

즉시 올라갔다. 징. 레니의 사진이었다. 입에는 공갈 젖꼭지를 물고 턱받이와 기저귀 외에는 아무것도 입지 않고 테이블 위에서 춤을 추고 있었다.

“이것 봐.”

야라가 말했다.

“이건 너희 집에서 열린 파자마 파티였어.”

“그래, 맞아. 그때 모함메드가 테이블 불꽃놀이에 불을 붙여 버렸지. 나중에 정원 분수를 장식할 거였는데. 나중에 아빠가 지붕을 다시 칠해야 했고 구멍이 뚫린 카펫 위에 화분을 놓아 두었지.”

우리는 킥킥댔다.

'너무 멋진 챌린지야, 이시.'

레니가 썼다.

'나는 이제 마테오가 어떤 사진을 올릴지 기대 중. 다음 타자는 마테오.'

그는 악마의 뿔이 달린 이모티콘을 덧붙였다. 우리는 바로 긴장했다. 야라는 내 손을 꼭 잡아 용기를 주었다. 제발, 마테오, 나는 기도했다. 제발 나를 용서해줘. 그리고 함께 해줘. 나도 내가 어리석기 그지없었다는 걸 알고 있어. 하지만 제발 함께 해줘.

우리는 기다렸다. 쉬는 시간을 알리는 종이 울렸다. 화장실 문이 열렸다. 떠드는 소리와 웃는 소리로 가득 찼다. 옆 칸에서 볼일을 보는 소리가 들려왔다. 담배 연기가 문틈으로 흘러들어왔다. 누군가 우리가 있던 칸 문을 흔들었다. 우리 문은 꼭 잠겨 있었다. 물이 흐르는 소리가 들렸다. 우리는 움직이지 않고 그 자리에 서서 서로의 손을 꼭 잡은 채 기다렸다. 다시 종소리가 울렸다. 5분이 지나갔다. 크래쪄 선생님은 교실로 들어갔을 것이고 비어 있는 자리를 알아챘을 것이다. 그리고 우리에 관해서 물어보겠지. 교무 수첩에 우리의 이름을 적고 수업을 시작할 것이다. 그리고 마테오는? 대체 무슨 생각인 걸까? 그는 정말 나를 잘라내어 버린 것일까?

지잉. 우리는 화면을 쳐다보았다. 조쉬의 댓글이었다.

'이봐, 마테오. 대체 어디로 가버린 거야. 선생님이 찾는다고. 빨리 와!'

"대체 어디에 가 있는 거야?"

야라가 큰 소리로 읽었다.

"하지만 그는 교실에 있었는데."

"나도 이해가 안 되는데."

하지만 희미한 생각이 스멀스멀 떠올랐다. 내 사진을 보고 너무 충격을 받고 나가 버린 것일까? 나와 더는 마주치지 않으려고?

"가자, 이시. 우리 다시 교실로 돌아가자, 응?"

"나는 못하겠어."

"아니야, 넌 할 수 있어. 챌린지가 이어지고 있잖아. 그리고 다들 참여하고 있잖아. 이제 충분해."

"야라, 내가 뭘 기다리고 있는지 알잖아."

그녀는 고개를 끄덕였다.

"알았어. 나는 이제 돌아갈게. 내가 마테오에 대해 알게 되면 너에게 문자를 보낼게."

야라는 나를 강하게 안아주고 화장실 칸 문을 열고 나갔다. 나는 재빨리 다시 문을 잠그고 변기 위에 앉았다. 너를 위해서라면 난 슬퍼도 기쁜 척할 수 있었어~ 엄마가 전화를 했다. 나는 받지 않고 그냥 끊었다. 지잉. 곧바로 엄마에게 문자가 왔다. 나는 할 수 없이 문자를 열었다.

'이사벨라, 뭐하려는 거야? 어디야? 왜 킴이 나에게 이런 걸 보내? 오 마이 갓, 제발 연락 줘. 네 옆에 있는 이 남자…… 지금 나는 브릭스만 부인과 있어. 만약 네가 학교에 없으면 나는 경찰에 알릴 거야. 제발 연락해!'

안 돼, 안 돼, 안 돼. 킴은 실제로 그렇게 했다. 교활한 뱀 같은 것이! 어떻게 나에게 이럴 수가, 제기랄! 브릭스만은 교장 선생님이었다. 그녀는 바로 크래쪄 선생님을 호출할 것이고 그리고…… 지잉. 야라에게서 온 메시지였다.

'브릭스만 선생님이 너를 찾고 있어. 너희 어머니야? 선생님에게 네가 속이 너무 안 좋아서 집으로 갔다고 했어. 괜찮을까?'

'그래.'

나는 답장을 했다.

'마테오는?'

'없어. 짐은 그대로 있어. 아무도 몰라.'

이건 어떤 의미인 걸까? 미칠 것 같았다. 나는 문을 열고 나와 복도를 살금살금 걸어 재빨리 학교를 빠져나와 밖으로 나갔다. 비가 쏟아지고 있었다.

내가 마테오의 집 앞에 도착했을 때 그가 집에 없다는 사실을 바로 알았다. 그의 자전거가 있어야 할 자리에 없었다. 나는 창문을 통해 그것을 볼 수 있었다. 지잉, 핸드폰이 울렸다.

'마테오에게서 온 인사. 그는 지금 핸드폰이 없어. 내가 그를 위해 사진을 올릴게.'

반 채팅에 올라온 이 글은…… 킴! 킴이 올린 글이었다! 이게 대체 무슨 거지 같은 상황인 거지? 그리고 사진이 한 장 올라왔다. 나는 현기증을 느껴서 벽에 기댈 수밖에 없었다. 사진은 진짜로 마테오가 있었다. 그는 흐트러진 침대에 누워 찢어진 티셔츠를 위로 걷어 올리고 있었다. 그리고 방금 붙잡힌 사람처럼 눈을 크게 뜨고 있었다. 사진을 확대해 보고 나는 알 수 있었다. 바지 아랫도리가 불룩한 것을. 사진 밑으로 킴의 댓글이 달려 있었다.

'마테오는 나를 지목하네요.'

그리고 곧바로 다음 사진이 올라왔다. 킴은 레이스 속옷을 입고 그 위에 속이 훤히 비치는 슬립을 걸치고 있었다. 그리고 똑같은 침대에서 완벽한 화장을 한 채 머리를 아름답게 늘어뜨리고 있었다. 그녀가 댓글을 달았다.

'앗, 실수.'

나는 자리에 주저앉았다. 현관문 근처에 고장 난 접이식 의자가 있었다. 나는 그 위에 주저앉아 두 손으로 얼굴을 감쌌다. 얼음 같은 추위와 온통 축축함만 느껴지는 나는 죽은 생선 같았다. 이건 있을 수 없는 일이었다! 마테오? 킴? 불가능했다. 그건 절대 불가능한 일이다.

나는 악몽을 지워내는 것처럼 손으로 얼굴을 문지르고 다시 사진을 보았다. 대체 어떤 침대인 거지? 이건 킴의 집에 있을 수 없는 것이었다. 매우 고급스러워 보이는 매끄럽게 빛나는 새틴 침구와 그 주변의 상황은 일상적이지 않아서 호텔 같아 보였다. 램프가 놓여 있는 테이블. 알람시계. 파도가 그려진 그림 액자. 사진 한 장이나 책 한 권도 보이지 않았다. 모든 것이 정형적으로 정돈되어 있었다. 맙소사. 그곳은 호텔 방이었다. 지잉, 야라였다.

'내 생각에 이건 사실이 아니야, 이시. 이건 가짜일 거야. 이건 진짜가 아니야!!'

지잉,

'킴은 나갔어.'

레니가 반 채팅방에 글을 올렸다.

'관리자가 처리했어. 휴.'

그는 킴을 단체 채팅방에서 퇴장시켰다. 하지만 너무 늦었다. 이 사진은 이전 사진보다 더 끔찍했다. 나는 그녀를 보았다.

지잉. 마테오에게서 온 문자였다. 내 심장을 빠르게 뛰었다.

'이시.'

나는 자리에서 일어났다.

'마테오는 핸드폰을 두고 갔어. 그와 연락이 안 될 거야. 레니.'

나는 몸을 웅크렸다. 그러면 킴이 처음 올린 사진은 진짜였다는 말인가.

나는 이제 어떻게 해야 하는 거지? 지잉. 야라였다.

'이시, 어디야? 괜찮아? 나 지금 KimGlaxy를 봤어. 그녀는 진짜로 헤퍼 보여…….'

거기에 죽은 얼굴을 한 이모티콘.

나는 킴의 계정을 열었다. 사실이었다! 킴은 마테오의 사진을 KimGalaxy에도 올렸다. 그것도 전체 공개로. 하지만 작은 변화가 있었다. 그녀가 사진을 보정 해서 꼭 남성용 잡지의 표지 사진을 자신의 침대 위에 펼쳐 놓은 것처럼 보였다. 그의 피부는 매끄럽고 녹색 눈은 작은 빛처럼 반짝였고 팔은 두 배나 더 두꺼워져 있었다. 빨간 머리는 어두운색으로 변해 있었다. 아래에 댓글이 달려 있었다.

'누가 여기서 길을 잃었나? 패티슨?

너무 역겨웠다. 내가 웅크리고 앉아 핸드폰을 들여다보고 있는 동안 내 옆으로 자전거 브레이크가 끼익 서는 소리가 들렸다. 마테오. 나는 위를 올려다보았다. 그는 놀라서 갑자기 나타난 나를 보고 놀란 얼굴로 쳐다보았다. 흡사 유령을 보고 놀란 것처럼 그는 몸을 움츠렸다.

"이시?! 여기서 뭐하고 있어?"

그는 자전거에서 내리더니 벽에 기대어 섰다. 빰에 살짝 긁힌 자국이 있었지만, 나처럼 흠뻑 젖어 있었다.

"왜 학교에 안 있는 거야?"

나는 너무 터무니가 없어서 웃을 수밖에 없었다.

"네가 내 새 아빠라도 돼? 네가 그 멍청한 파울을 대체하는 거야?"

안에서 참을 수 없는 분노가 치밀어 올랐다. 그것은 독을 가득 품은 가스처럼 내 안에서 피어나왔다.

"아, 그런 건 아니야."

나는 계속 화를 냈다.

"내가 몰랐네. 네가 나의 아주 좋은 친구인 킴이랑 같은 침대를 쓴다는 사실을 말이야."

그가 놀라서 뒤로 물러났다.

"이시? 너 지금 왜 그래? 뭐 나에게 화 난 거 있어?"

나는 살면서 그에게 그렇게 화가 난 적이 없었다.

"너 지금 정말 미친 거야? 대체 그 잘생긴 머리통 안에 뭐가 들어 있는 거야? 어? 나는 너를 위해 나를 다 주려고 했는데 너는 지금 그런 헛소리나 지껄이는 거야?"

그는 나를 세워둔 채 현관문을 열었다. 그는 나를 절망적이고 깊게 상처받은 눈으로 바라보았다. 그리고 문이 닫혔다. 몇 초 뒤 그는 다시 문을 열고 나에게 다가오더니 자신의 자전거를 끌고 집으로 들어가 버렸다. 두 번째로 문이 닫혔다. 나는 문을 멍하니 바라보았다. 지옥이 있다면 바로 이곳일까? 나는 미칠 것 같았다. 더는 사실이 아니었으면, 제발 아니었으면. 나는 쓰러졌다. 눈앞이 갑자기 깜깜해졌다. 나는 그대로 기절했다.

31. 밥 먹을래요

내가 깨어났을 때 나는 내 방 침대에 누워 있었고 헬름슈타트 박사님이 나를 살피고 있었다. 엄마와 아빠는 내 옆에 서서 내가 죽기라도 한 것처럼 울고 있었다. 내가 정말 죽음에 가까워져서 이렇게 누워있는 걸까?

"엄마?"

다행히 나는 내 목소리를 들을 수 있었다. 엄마도 마찬가지였다.

"그래, 내 보물."

그녀는 침대로 몸을 던져 나를 누군가에게 오래 빼앗겼던 것처럼 나를 꼭 껴안았다. 나는 내 주위 사람들을 둘러보았다.

그리고 마테오가 창문에 기대어 서 있는 것을 보았다. 그는 피부가 하얗고 또 아주 아름다워 보였다. 나는 바로 이전에 무슨 일이 있었던가 제대로 생각해 보지도 않고 웃었다. 그는 진지하게 고개를 끄덕이고는 아무 말도 없이 병실 밖으로 나갔다.

"자, 다시 한번 운이 좋았어요."

의사 선생님이 말했다.

"우선 바로 병원에 갑시다."

"진짜 꼭 그렇게 해야 하나요?"

아빠가 물었다.

"제 의견으로 권유하는 겁니다."

헬름슈테트 박사는 안경 너머로 아버지를 진지하게 바라보았다.

"결정은 부모님이 하시는 거니까요."

왜 나에게는 아무도 안 물어보는 거지?

"한동안 영양을 꼭 잘 섭취해야 합니다. 장기가 다시 강해지려면 꼭 필요해요."

"뭐라고요?"

내 목소리는 짖어대는 앵무새처럼 갈라졌다. 엄마가 나를 일으켜 세워 주었다.

"이사벨라, 진정해. 너는 반드시……."

"싫어요."

나는 기침을 했다. 엄마는 물 한 컵을 가져왔고 허겁지겁 그걸 마셨다.

"저는 다이어트가 싫어요."

내가 소리쳤다. 모두 나를 쳐다보았다. 나는 침대에서 일어나 앉았다.

"네, 진짜예요."

목소리가 다시 갈라졌다.

"저는 다이어트 싫어요. 킴도 싫고요. 지금 배도 고파요."

엄마는 아기처럼 행복하게 깔깔거렸다. 그리고 즉시 자리에서 일어났다.

"내가 지금 뭐 좀 만들어 올게."

그리고 엄마는 방에서 사라졌다.

"정말 기쁜 소리구나."

헬름슈테트 박사는 이렇게 말하며 자신의 청진기를 챙겼다.

"킴이 누구냐?"

그것은 나에게 거의 은하계를 말하는 것 같았다.

"킴 도른베르그요. 우리 반 애예요."

이 말이 왠지 낯설게 들렸다. 헬름슈테트 박사는 눈썹을 추켜세웠다.

"오호라."

의사 선생님이 말했다.

"네 친구니?"

"이제는 아니에요."

내가 말했다.

"아, 아니에요. 친구였던 적도 없어요."

"그래, 좋아, 좋아."

그가 말했다.

"킴을 아세요?"

"그저 예전에 잠깐."

헬름슈테트 박사는 가방을 챙기고 자리에서 일어났다.

"그 애의 오빠가 생트 파울리 축구팀에서 뛰고 있어. 예전에 폐렴을 앓았는데 나에게 치료를 받았어."

"킴은 오빠가 없는데요."

"없어?"

그는 잠시 멈추더니 나를 생각에 잠긴 눈으로 쳐다보았다.

"자 그럼, 몸 잘 챙기거라, 이사벨라. 조심해야 해."

그리고 선생님은 돌아갔다. 아빠는 내 머리를 쓰다듬었다.

"내 토끼, 나는 너를 전혀 몰랐구나."

아빠는 나를 슬픈 눈으로 쳐다보았다. 아무 일도 없었던 것처럼 아빠가 내 옆에 앉아 있는 것이 어색했다. 한편으로는 그렇게나 먼 곳으로 떠나버린 아빠에게 분노가 일어났지만 또 다른 한 편으로는 아빠의 목을 껴안고 가지 못하게 하고 싶은 마음이 동시에 일었다.

“대체 무슨 일이 있었던 거니?”

아빠가 조심스럽게 물었다.

“행성 몇 개가 궤도에서 이탈했어요.”

나는 생각에 잠겨서 대답했다.

“내가 바로 그중 하나고?”

“흠.”

“아직 그 행성은 네 주위를 돌고 있어.”

“하지만 멀어졌어요.”

“그래, 나는 그걸 과소평가했지.”

아빠는 벽에 걸린 액자 속 사진을 바라보며 생각에 잠겼다. 우리 셋은 하얀 눈에 누워서 천사처럼 양팔을 활짝 벌리고 있었다.

“네가 보고 싶었어.”

아빠가 말했다. 나는 토끼장을 가리켰다.

“릴리 좀 꺼내 주실 수 있나요?”

아빠는 토끼를 꺼내어 내 이불 위에 올려놓았다. 릴리의 부드러운 털을 쓰다듬는 것은 좋았다.

“릴리도 한동안 없어졌어요.”

내가 말했다.

“하지만 지금은 다시 집에 있어요.”

"그래, 무슨 말인지 알겠어."

아빠는 릴리를 쓰다듬으며 말했다.

"적어도 하나의 행성이 본래 자신의 궤도로 돌아왔구나."

나는 고개를 끄덕였다.

"도쿄는 어때요?"

내가 물었다. 아빠는 한숨을 쉬었다.

"시끄럽고, 복잡하고, 미쳤지."

"미친 건 괜찮네요."

"글쎄, 나는 잘 모르겠다. 공기가 너무 나빠서 길거리 많은 사람이 마스크를 쓰고 있어. 정말 소름 끼쳐 보인단다. 사람들은 그저 눈만 볼 수 있고 아무도 웃지 않아. 신선한 공기를 살 수 있는 자판기도 있어. 산소바도 있고."

그건 맞는 말이로군, 나는 떠올렸다. 킴은 사실을 말했다.

"킴이 거기에 살롱을 가지고 있는 사람을 안다고 했어요. 거기서 모델을 할 수도 있다고. 이름이 일곱 번째 하늘이래요."

아빠는 숨을 들이마셨다.

"일곱 번째 하늘? 모델? 이시, 그곳은 도쿄에서 유명한 테이블 댄스 바야. 거기는 뭐든 다 하는 곳이야. 진짜 모델 일만 빼고. 바라는데 킴이 그곳에 가는 일은 없어야 해, 알았지?"

나는 고개를 흔들었다.

"그리고 라라는요?"

내가 물었다.

"나는 그냥 네 이야기가 하고 싶은데."

아빠가 한숨을 쉬었다.

"내가 떠나 있는 동안 대체 무슨 일이 있었던 거니?"

"저는 다이어트를 했어요."

"그건 나도 봤어."

그의 눈동자가 젖어갔다.

"그리고 원하는 효과를 얻었어?"

"아니오."

나는 마음속 깊이 진심을 담아 말했다. 현실이 너무 우울했기 때문이었다.

아빠는 숨을 쉴 수 없을 정도로 나를 꽉 껴안았다.

"사진 속 그 남자는 누구니?"

"그 사람은 사실 좋은 사람이에요. 우리는 그냥 좀 멍청한 게임을 했을 뿐이에요……."

"잠깐만, 너는 그 사람이 괜찮다고 생각하는 거야?"

아빠는 나를 다시 쳐다보았다.

"그는 너의…… 그러니까 너무 가까이…… 그 남자가…… 그게……."

"아빠, 그만. 그건 쿠델이 아니에요. 그냥 너무 취해서 바보 같은 짓을 한 거예요. 이 남자는 그날 처음 온 사람이라 이름이 잘…….”

내 목소리는 점점 기어들어갔다.

“뭐, 그다음은 아빠도 알고 있는 대로예요.”

“뭐? 거기 두 명이 있었어?”

아빠가 벌떡 일어났다.

“너는 그 사람들을 전부 인터넷으로 알게 되었고?”

“이야기하자면 길어요, 아빠.”

엄마가 쟁반을 들고 나타났다.

“다 됐다. 얼른 먹자.”

엄마의 목소리에는 기쁨이 있었다.

“고구마 버섯 리소토와 집에서 만든 산딸기 바닐라 무스.”

그녀는 쟁반을 내 무릎에 놓았다. 먹음직스러운 냄새가 풍겼다.

“그래서 너는 그냥 나가서 만난 거야? 밤에? 엘베 강에서?”

아빠가 머리를 쓸어 넘겼다.

“아빠, 내가 방금 말했잖아. 이야기하면 길다고.”

지잉. 침대 주위에 걸려 있던 바지에서 난 소리였다. 엄마가 바지에서 핸드폰을 꺼내어 걱정스러운 표정으로 나에게 건넸다. 엄마가 킴에게 연락이 올까 봐 걱정하고 있다는 걸 나는 알고 있었다. 아빠는 벽에 기대면서 슬쩍 핸드폰 화면을 보려고 했다. 나는 몸을 돌렸다. 우리 반 단체 카톡에 수리가 올린 메시지였다.

킴이 아무도 추천하지 않으니, 그냥 내가 다음 타자를 할게. 사진에서 수리는 자신의 엉덩이를 카메라를 향해 내밀고 있었다. 청바지를 입고 있는 다리는 매끈한 긴 소시지처럼 아래로 뻗어 있었지만, 엉덩이 정 중앙이 한 뼘 정도 찢어져 있었다. 수리는 몸을 숙여 다리 사이로 고개를 들고 혀를 내밀고 있었다. 원래는 이 사진을 찍어 사람들을 웃기려 했던 것이다.

나는 다음 타자로 야누크를 지목할게.

문자함에는 오래전에 온 야라의 문자도 있었다.

'지금 너 기다리는 중이야……. 내가 어디 있는지는 알겠지?'

나는 곧바로 지붕 창을 올려다보았다. 콩이 튀듯이 요란한 소리를 내며 빗방울이 창문을 두드리고 있었다. 그리고는 아무것도 보이지 않았다. 그런데 잠깐, 창틀 왼쪽 아래 구석에 무엇인가 작은 것이 보였다. 무언가 금색의…… 립스틱이었다. 우리의 립스틱. 야라는 아직도 있는 것이 분명했다. 이 폭우에 지붕 어딘가에 아직도 있다고? 세상에!

"이제 혼자 좀 쉴래."

나는 재빨리 말을 꺼냈다.

"좀 나가 주면 안 될까?"

엄마는 나를 의심스럽게 바라보았다.

"이사벨라, 또 무슨 수를 쓰려고 그래? 음식을 또 화장실에

다 버리려고?"

"아냐, 엄마. 이제 그런 짓 안 해."

엄마는 몇 초 동안 나를 뚫어지게 바라보았다. 나는 그녀가 자신과 싸우고 있다는 것을 느꼈다. 그러더니 엄마는 자리에서 일어나 화장실 문을 닫고 열쇠로 화장실을 잠갔다. 그리고 엄마는 미안한 눈길로 나를 쳐다보았다.

"그저, 안전을 위해서야."

"괜찮아, 알았어."

내가 대답했다.

"우리는 나중에 또 이야기하자."

아빠가 말했다.

"다행히 화상 전화가 있잖아."

"지금은 우선 좀 먹어."

이렇게 말하며 엄마가 아빠를 문밖으로 잡아끌었다. 그리고 그제야 나는 혼자가 되었다. 방문이 닫히자마자 나는 지붕 창을 열었다. 빗방울이 후두두 떨어져 내렸다.

"야라?"

몸을 덜덜 떨며 입술이 부르트고 흠뻑 젖은 얼굴이 창틀 너머에 나타났다.

"드…… 드…… 디어……."

야라는 부들부들 떨며 겨우 방으로 내려왔다.

"왜 현관으로 벨을 누르고 오지 않고?"

"벨을 누르라고? 다 듣게?"

"옷이나 얼른 벗어, 미쳤어."

내가 말했다.

"안됐지만 욕실 문이 잠겼어. 뭐 좀 닦을 거를 찾아볼게."

"잠겼다고?"

야라는 흠뻑 젖은 컨버스를 벗었다.

"흠."

나는 고민했다.

"구금 중이야. 화장실도 허락받고 가야 해."

"왜 그렇게까지?"

야라는 릴리를 쓰다듬으며 인사를 했다. 릴리는 몸을 흔들더니 반대편 구석으로 뛰어갔다.

"아, 야라."

내가 말했다.

"여기는 지금 전부 달라졌어. 엄마는 점점 미쳐가는 중이지, 아빠도 왔지, 온통 손 소독제 냄새는 풍겨대지, 킴은 변덕을 부려대지 그리고 지금 나는 음식을 화장실에 버리는 괴물이야. 무슨 끝도 없이 뒤를 쫓아오는 좀비가 된 것 같아. 공포의 행진이야."

"하지만 밥은 진짜 맛있어."

야라는 따뜻한 김이 모락모락 올라오는 리소토 접시를 바라보며 고개를 끄덕였다. 나는 웃었다.

"감당하긴 버겁지, 이해해."

야라는 나에게 엄지손가락을 들어 보이고 눈을 과장되게 부릅떠 보였다. 몸에서는 아직도 물이 뚝뚝 떨어지고 있었다.

"자 젖은 옷은 벗어."

내가 말했다. 야라가 젖은 옷을 벗어 놓을 동안 나는 방을 둘러보았다. 적당한 크기의 수건은 보이지 않았다. 구석에는 킴이 나에게 준 찢어진 블라우스가 있었고 그녀의 서랍 위에는 셔츠가 두 개 있었다.

"자, 이걸로 좀 닦아."

야라는 손가락으로 블라우스를 들어 올렸다.

"으, 이걸로 내 몸을 닦기는 싫은데."

그녀는 블라우스를 청바지 조각들이 버려져 있는 쓰레기통에 던져버렸다. 그리고 티셔츠 두 개도 곧바로 쓰레기통으로 향했다.

"그냥 네 옷이나 줘. 그걸로 갈아입게."

야라가 바지와 윗옷을 갈아입은 다음 우리 둘은 킴이 차지했던 서랍장, 말하자면 킴의 서랍장을 바라보았다. 서랍 세 칸에는 이미 킴의 물건들로 가득했다.

"너도 내가 생각하는 그걸 생각하는 중?"

야라가 물었다. 나는 고개를 끄덕였다. 우리는 서랍을 모두 꺼내어 안에 있던 물건을 다 바닥에 쏟았다. 그리고 하나씩 살펴보고 쓰레기통에 휙휙 던졌다. 데오도란트. 휙. 분홍색 립스틱. 휙. 헤어스프레이 한 통. 휙. 립라이너. 파운데이션. 컨투어 파우더. 컨실러. 블렌더. 아이라이너. 하이라이터. 파우더. 컨디셔너. 아이브로. 모두 모아 쓰레기통에 다 처넣었다. 그리고 마지막으로 손 소독제 세 병. 그것까지 전부 다 버렸다.

"저것만 있으면 무슨 화장품 가게 차려도 되겠어."

야라가 말했다.

"대체 저걸 다 바르면 어떤 모습이 되는지 한번 보고 싶네."

"너는 상상도 못할 걸. 나도 모르긴 해. 걔는 잘 때도 화장을 하는 애니까. 그리고 아침에 일어나 전날 한 화장을 지우고 다시 화장을 한다고."

"아마 밤에 네가 사진을 찍어서 인터넷에 올릴까 봐 무서웠나 보지."

야라가 웃었다. 나도 함께 웃었지만, 마음속 깊은 곳에서 그것이 사실이라는 것을 느꼈다. 그리고 마음속에서 다른 감정이 소용돌이쳤다. 그것이 나를 놀라게 했다. 나는 실제로 킴에게 동정심을 느꼈다. 미친 것 같지만 그랬다. 하지만 나는 그의 알코올 중독자 아버지를 떠올릴 수밖에 없었다. 그리고 그녀를 버리고 떠난 어머니와 그녀가 처한 상황이 떠올랐다.

"킴은 어떻게 마테오의 사진을 손에 넣었을까? 합성할 수 있는 거 아니야?"

야라가 물었다.

마테오. 나를 집까지 데리고 온 걸까? 왜 그는 킴과 함께 호텔에 있었던 거지? 그리고 거기서 무슨 일이 있었을까? 나는 야라를 바라보았다.

"너는 항상 그 애 편을 들어."

내가 말했다.

"편을 든다고?"

야라가 웃었다.

"내가 누구 편을 들 때가 있으면 그거 너일 거야. 마테오는 그냥 줄을 잘 선거라고. 하지만 너는 자살 특공대에 있었잖아……. 나는……."

과연 어떤 것이 맞는 것인지, 나는 어디로 가고 있는 것이며 마테오는 어떤 비밀을 지키고 있는 것인지 확신할 수 없었지만 더 말하지 않기로 했다.

"모든 게 전부 예전처럼 돌아갔으면 좋겠어."

내가 말했다.

"뭐를? 언제로?"

"전부. 다이어트 전으로. 킴과 친해지기 전으로. 그리고 상황이 바뀌기 전으로."

야라는 내 팔을 잡았다. 그녀의 젖은 머리카락에서 물방울이 내 어깨 위로 뚝뚝 떨어졌다.

"우리는 예전에 우리가 멈췄던 그때부터 다시 앞으로 가면 돼."

야라가 말했다.

"그렇게 간단하지 않아, 야라. 나는 너무 많은 걸 망쳤어."

"무슨 소리야. 전부 원상 복구시킬 수 있어. 내가 맹세할게."

"네가 무슨 수로 맹세를 해."

"왜냐면 내가 할 수 있기 때문이지."

그녀는 단호했다.

"우선 음식부터 좀 먹어. 냄새가 너무 좋다."

그녀는 리소토 접시를 집어서 책상 위에 놓았다. 그리고 의자를 빼서 어서 앉으라는 손짓을 했다. 나는 의자에 앉았다.

"네, 야라 선생님."

나는 버터가 듬뿍 들어간 리소토를 한 숟가락씩 맛보았다. 정말 맛있었다. 내 위장은 빠른 속도로 채워졌다. 몇 숟가락을 남기고 도저히 먹을 수 없어서 나는 접시를 야라에게 내밀었다.

"천천히 먹었어야 했는데."

내가 말했다.

"먹을래?"

그 순간 내 위를 가득 채운 따뜻한 음식을 거부하는 메스꺼움이 느껴졌다. 하지만 난 그것을 받아들이지 않기로 했다. 나는 나를 조종하고 싶어 하는 킴의 작은 악마가 이 메스꺼움이라고 상상했다. 그래서 그것과 싸웠다. 나는 악마를 공격하고 위협해 날뛰지 못하게 했고 얌전히 앉아 있게 했다.

"흐음……."

메스꺼움은 조금씩 가라앉았다.

"마음에 들어."

지잉. 야누크가 사진을 올렸다. 우리는 비명을 질렀다. 그 사진은 우리도 아는 것이었다. 예전에 야누크는 우리가 그 사진을 다른 사람에게 보여주면 목을 조르고 독살이라도 할 기세였다. 우리는 월요일마다 수영을 하러 갔다. 야누크는 인간 폭탄을 만들겠다며 자신의 수영 바지를 가슴까지 끌어올려 입었다. 수영 바지 윗부분을 바짝 당겨 목덜미에 헐렁하게 걸쳐져 있었다. 야누크는 두 손을 자신의 가슴에 올리고 비명을 지르듯 입을 벌렸다. 야라가 그때 사진을 찍었다.

"분명히 걔가 그랬을 거야."

야라가 킥킥대며 말했다.

"그리고 밑에 뭐라고 썼어?"

나는 큰 소리로 읽었다.

'누군가 이 사진을 다른 곳에 퍼 가면 걔는 유언장을 만들어

야 할 거야. 그리고 다음 타자는, 그래도 된다면 둘을 지목할게. 야스퍼와 헬렌.'

그 뒤로 그녀는 주먹으로 위협하는 이모티콘을 덧붙였다.

"이게 진정한 우정이 아니라면,"

야라가 환호했다.

"내가 이런 짓을 해서 이 사진을 올리려고 했으면 아마 걔는 내 눈을 뽑아버렸을지도 몰라."

야라는 불타는 눈빛에 사랑을 가득 담아 나를 바라보았다.

"이시, 모두 같이 참여하고 있어."

"그래."

내가 힘주어 말했다.

"마테오 문제도 해결될 거야. 그냥 너는 기다리기만 하면 돼.

그는 다시 시작하게 될 거야."

"킴에게서 아니면 뭐?"

"그냥 마테오에게 전화를 걸어, 이시. 어찌 됐든, 그가 너를 여기까지 업고 뛰어왔어."

"어떻게 알았어?"

야라는 나에게 마테오에게서 온 문자를 보여주었다.

'야라, 이시가 우리 집 앞에서 기절했어. 내가 집으로 데리고 갔어. 내 생각에 지금 네가 필요할 것 같아. 마테오.'

"걔네 엄마 핸드폰으로 나에게 보낸 거야."

야라가 말했다.

"파티에서 마테오와 이야기해 볼게, 내일."

내가 말했다.

"무슨 파티?"

"내가 여는 파티."

32. 다시 학교로

다음 날, 내가 학교에 갔을 때 다행히 킴은 없었다. 야라는 개인 경호원처럼 나를 데리고 다녔다. 학교에 가는 길에 우리는 그가 밤에 올린 글에 관해 이야기를 나누었고 킴이 올린 그의 사진은 가짜라는 결론을 내렸다. 나는 내가 어떻게 그것을 받아들여야 할지 알 수 없었다. 어찌 됐든 그는 킴을 만났다. 대체 왜지? 우리가 교실로 들어서자 모든 시선이 나에게 쏠렸다. 공기 중에는 거대한 침묵의 비난이 있었다. 대부분 그사이 부끄러운 사진을 올렸고 따라서 분위기는 긴장감이 팽팽했다. 우리는 일종의 운명 공동체였다. 단 한 명이 이탈해 사진이 공개되거나 다른 곳으로 퍼지게 된다면 불안정한 우리 공동체는 단번에 붕괴하고 말 것이다. 마치 다 쓰러져 가는 고층 건물에 폭탄을 설치해 제거하는 것처럼. 교실은 이상할 정도로 조용했다. 모두 주위에 은밀한 시선을 던졌다. 모두 무언가 나쁜 일이 일어날 것을 기다리고 있는 듯 보였다. 몇몇은 배신자가 생길지도 모르는 일에 너무 높은 위험을 감수한 것을 그사이에 후회하는 것처럼 보였다. 헬렌의 눈은 너무 울어서 빨갛게 충혈되어 있었다. 그녀의 사진은 야한 포즈로 엉덩이를 소시지에 내밀며 살짝 미소 짓는 것이었다. 그녀의 사진은 별로 심하지 않은 것에 속했다. 하지만 그녀의 아버지는 우리 반에서 가장 엄격한 사람이었다. 그래서 헬렌은 우리 파티에도 거의 오지 못했다. 라티파는 백지장처럼 창백했다. 나는 종교적 이유로 그녀가 술을 마시면 안 된다는 것을 알고 있다. 그녀의 부모님은 몹시 인자한 분들이었지만 보드카 병을 들고 있는 사진은 그분들에게 엄청난 충격을 줄 것이다. 게다가 거기에 콘돔이 더해진다면. 모함메드 역시 어떤 여자애의 무릎을 베고 누운 사진 한 장을 올렸지만 우리는 알고 있다. 그의 부모님에게는 그것만으로도 아주 끔찍한 사건이 되리라는 걸. 모든 것이 나를 불편하게 했다. 사진 대회에 참가하는 것으로 많은 친구가 위험 부담을 안게 되었다. 그리고 그것은 단지 나를 돕기 위해서였다……. 그리고 당연히, 나는 비겁한 사람이 되어 분위기를 깨뜨려 후폭풍을 일으켜서는 안 되었다. 조용히 내 자리로 가서 앉았다. 모든 시선은 나를 주시하고 있었다.

"고마워."

메스꺼움이 느껴졌다. 기분이 비참했다. 마테오는 오지 않았다. 그것이 더 고통스러웠다. 마침내 레니가 팽팽한 침묵을 깨뜨렸다.

"자, 바지 혐오자씨. 내가 여기 반대표로 이야기할게. 내 생각에 이제 우리를 그만 괴롭혀도 될 것 같아. 우리 서로서로 좀 더 잘 알게 되어서 기쁘다고 생각해."

그는 야누크를 보고 윙크를 했고 야누크의 얼굴은 곧바로 빨갛게 되었다. 그리고 그는 조쉬를 바라보며 웃음을 겨우 참으며 프랑켄슈타인 같은 표정을 지었다.

"말하자면 우리 중 거의 절반은 다 바지를 벗은 셈이네."

그는 의자 위로 뛰어 올라가 벨트를 풀고 바지를 벗는 시늉을 하다가 멈추고 웃음을 터트렸다.

"아 젠장, 이제 앞으로 나쁜 일은 일어나지 않을 거야. 좋은 일만 생길 거야."

그는 엉덩이를 빙글빙글 돌렸다.

"우리는 진짜 멋있는 반이야. 안 그래? 어디에 우리 같은 반이 있겠어?"

몇몇이 맞는 말이라며 환호성을 질렀고 나머지는 책상을 두드리며 박수를 보냈다. 그리고 레니는 나를 쳐다보았다.

"이시, 이 문제아 녀석아. 내가 아까 한 이야기는 모두를 위해서 한 이야기라고 생각해. 그 애의 이름을 부르지 않아도 되면 우리는 승리한 거야. 그 어두운 아가씨의 다이어트 중독증이 자초한 일이야……."

그는 의자에서 뛰어내리더니 나에게 다가와 나를 안았다.

"이 머글이 드디어 우리에게 돌아왔어. 자 다들 박수."

드디어 나의 수치심은 모두가 환호하는 소리와 박수에 묻혀 폭발하며 마침내 사라졌다. 야누크는 나를 오래 안아주었다. 라피타는 내가 숨 쉴 수 있도록 조심스럽게 안아주었다. 그리고 그녀는 기쁨에 가득 찬 미소를 지었다.

"고마워 레니."

내가 소음 너머로 소리쳤다.

"전부 모두 고마워."

"만약 내가 너라면 말이지,"

레니가 말했다.

"파티를 열어서 우리 모두를 초대할 거야."

다시 환호성이 울렸다. 야라가 그에게 벌써 귀띔을 한 걸까? 그 순간 마테오가 교실로 들어왔다. 그는 우리를 불안한 눈빛으로 둘러보았다. 그는 몇 초 동안 나를 보았다가 웃고 환호성을 지르며 나를 둘러싸고 있는 친구들을 보고 대체 무슨 영문인지 알 수 없어 당황한 듯 보였다. 조쉬가 마테오에게 설명을 했다. 나는 마테오를 주시했다. 낯설게 짧은 머리를 한 그는 웃더니 친구의 어깨를 두드리고는 자기 자리로 가 앉았다. 하지만 그는 나를 쳐다보지 않았다. 내가 그에게 다가가기 위해 내 안에 있는 모든 용기를 끌어모으려는 찰나, 교실 문이 열리더니 토마넥 음악 선생님과 뒤를 이어 브릭스만 교장 선생님이 차례로 들어섰다. 브릭스만 선생님은 크게 기침을 했다. 모두 입을 다물고 각자의 자리로 돌아갔다.

"모두 잘 지내는 것 같아 보기 좋구나. 잠깐 할 이야기가 있단다."

"이런 이야기 하기는 아쉽지만 킴 도른베르그가 전학 가게 되었단다. 유감스럽지만 그녀가 우리에게 작별인사를 할 수가 없었다는구나. 너희 반은 정말 유대감이 특별한 것을 나도 알고 있으니 누군가 한 명이 나가야만 한다는 사실을 말하기가 나도 힘들었어. 그래도 계속 연락하면서 잘 지내길 바라마."

선생님은 나를 쳐다보았다.

"또 뭔가 처리를 해서 마무리를 지어야 할 일이 있는 경우에는……."

선생님은 단어와 문장을 복잡하게 만들어 말을 길게 끌면서 입술을 거의 달싹이지도 않아 무슨 외국어처럼 들렸다.

"너희들은 언제든지 나에게 찾아오면 된단다."

브릭스만 선생님은 나에게 고개를 끄덕여 보인 다시 앞으로 조용히 걸어 나왔다.

"음, 실수가 있었던지 도른베르그 가족의 전화번호가 분실

되었구나. 아마 번호 하나를 틀리게 저장한 것 같은데. 혹시 이 중에 말이다……."

다시 선생님은 나를 바라보았다.

"전화번호를 아는 사람이 있으면 나에게 좀 알려주길 바란다."

정적. 아무도 대답하는 사람이 없었다. 브릭스만 선생님의 시선은 다른 모두의 시선과 마찬가지로 나에게 고정되었다.

도른베르그 가족, 나는 생각했다. 그 말은 나에게 조롱처럼 들렸다. 나에게서 선생님은 전화번호를 얻지 못할 것이다. 나는 골칫덩어리 전체가 사라졌다는 사실이 기뻤다. 다시는 킴을 내가 가는 길 앞에 놓지 않을 것이다. 저번 주에 킴은 마치 사기로 만든 나라에 사는 코끼리처럼 내 인생을 요란스럽게 만들었다. 하지만 사실 나는 스스로를 유리잔처럼 느끼고 있었다. 메이크업이라는 방패 뒤에 숨은 차갑고, 너무 얇은 금이 간 유리잔. 그리고 그녀가 어떤 일을 벌일지 상상조차 할 수 없었다. 하지만 이것 하나만은 확실했다. 그것이 절대로 좋은 일은 아니라는 것. 그래서 나는 고집스럽게 침묵을 지켰다. 브릭스만 선생님은 토마넥 선생님 쪽으로 몸을 돌렸다.

"선생님, 수업하세요."

그리고 선생님은 교실을 빠져나갔다. 우리는 오랫동안 인질로 잡혀 있다가 살아남은 사람들처럼 서로를 바라보았다. 그

'어두운 아가씨'는 결국 패배했다. 신선한 자유의 바람이 교실에 불었다. 모두 크게 숨을 들이쉬고 안도의 한숨을 내쉬며 허파에 공기를 불어넣었다. 그리고 당연히 축하를 해야만 했다. 나에게 그것은 의심할 여지가 없었다.

"오늘 밤 8시 우리 집!"

나는 웅성거림을 멈추게 했다.

"주제는 망할 샤넬! 영원히 망해라! 최악의 패션 취향!"

나는 레니를 쳐다보았다.

"그리고 보드카는 가져오지 마. 나는 죽을 때까지 보드카 안 마실 거야. 아, 맞다. 모함메드! 불꽃놀이도 안 돼! 나는 이제 화분 못 키워."

나는 모함메드에게 눈을 찡긋했다. 레니는 엄지를 들어 보이며 알았다는 표시를 했다.

"그리고 나는 음식을 아주 많이 준비할 거야, 얘들아."

나는 내 배를 손가락으로 두드려 보였다. 나는 아직도 내 뱃살이 너무 많다고 느꼈지만 작은 악마를 용감하게 무시했다.

"이사벨라."

토마넥 선생님이 입을 열었다.

"이제 내가 수업을……?"

선생님은 손을 위로 높이 들고 있었다.

"자자 제발 얘들아, 교과서를 꺼내자. 가창 시간이니 악보를 펼쳐. 행복하기 위해 무엇을 기다리는가. 브뤼노 꿀레.(프랑스 출신의 영화음악 작곡가)"

우리는 마치 파티에 있는 것처럼 전부 즐겁게 웃으면서 자리에서 일어났다. 그리고 큰 소리로 노래를 불렀다. 전에는 단 한 번도 이런 적이 없었다. 분위기는 터질 듯이 달아올랐다. 야라는 이것이 꿈인지 현실에서 일어난 것인지 확인하기 위해 자신을 꼬집었다. 토마넥선생님은 우리를 진정시키려 했지만, 효과가 없었다. 우리는 우리의 인생을 위해 노래를 불렀고 아무도 우리를 막을 수 없었다. 파도는 결국 나를 육지로 데려다 주었다. 나는 다시 내가 된 기분을 느꼈다. 이지는 죽고 이시로 오래 살게 되었다. 그리고 모든 것이 나를 향해 빛났다. 단지 불타는 붉은 머리의 마테오만 아이들 사이에서 떨어져 별로 눈에 띄고 싶지 않은 듯 구석만 쳐다보고 있었다. 그는 깊은 생각에 잠겨 있는 것처럼 보였다. 무슨 일이 생긴 것일까? 킴의 그 사진은 어떻게 된 것일까? 조쉬는 내 시선을 따라가다 마테오의 팔을 흔들며 나를 가리켰다. 나는 희미하게 웃었다. 그러나 마테오는 내가 아예 보이지 않는 것처럼 나를 지나쳐 먼 곳만 바라보았다. 기계적으로 노래에 맞춰서 입술을 움직였지만, 그의 아름다운 목소리는 들리지 않았다. 그에 반해 조쉬는 목청이 터져라 노래를 부르며 우리를 지휘라도 하듯이 공중에 팔을 마구 휘저어 댔다.

"대체 너희 무슨 일이야, 왜 이래?"

토마넥 선생님이 고함을 질렀다. 우리의 노랫소리는 사실 노래라기보다는 축구 경기장에서 결승 골이 터졌을 때 지르는 환호성에 가까웠다.

"미리 준비하는 거예요! 예열이요!"

레니가 소리쳤다.

"술은 어제고요, 오늘은 브뤼노 꿀레랑 놀 거예요."

모두 웃었다. 레니가 그 이름을 아직도 기억하고 있다는 사실은 평소 같으면 칭찬받을 일이었겠지만 토마텍 선생님은 레니를 보면서 꿈쩍도 하지 않았다. 헬렌이 손을 들었다.

"그래."

선생님이 다행이라는 투로 말했다.

"그 작곡가는 이런 말도 했잖아요. '행복하기 위해 우리는 무엇을 기다리고 있는 것인가.'"

"맞아, 그런데?"

토마넥 선생님은 줄 앞에 섰다. 헬렌은 유창한 불어로 다시 노래 제목을 말했다.

"께스꼰 아떵 푸르 에트르 웨레.."

헬렌은 완전히 상기되어 있었다.

"이건 우리 노래예요. 그러니 이 정도 우리의 요구는 이해해 주실 수 있으시잖아요."

그녀는 천사 같은 얼굴로 미소를 지었고 거기에 홀려버린 토마넥 선생님은 바보같이 고개를 끄덕였다.

"아, 그래, 이해한단다. 그러니까……."

하지만 선생님은 금세 정신을 다시 붙잡았다.

"다 좋아, 하지만 부르려면 제대로 불러야지. 기쁨이라는 것은 목소리에도 존재하는 것이잖니."

선생님은 입술을 모아 부드러운 소리를 냈다.

"너희의 노래는 젊음의 에너지가 흘러넘치는 것을 알려주지만 너무 나간 것으로 해석될 수도 있어. 우리는 그런 방향으로 가면 안 되겠지. 아기의 웃음 같이 아름다운 것을 생각해 보거나……."

"…… 아기의 웃음이라……."

말이 끝나자마자 조쉬는 꿀이 뚝뚝 떨어지는 눈빛으로 야라를 바라보았다. '예열'이라는 단어는 분위기와 정말 잘 맞았다. 모두의 머리카락이 붉은색으로 빛났기 때문에 나는 다시 집에 온 기분을 느꼈다. 여기에는 단 하나가 빠져 있었다. 반 전체가 이 기쁜 축제를 즐기는 동안 해피엔딩을 위한 주인공이 사라졌다. 바로 왕자님이었다.

나는 계속 마테오를 살피면서 그의 표정을 해석하고 그의 녹색 눈에서 억지로라도 설명을 들으려 노력했다. 하지만 레니가 그를 생각의 안개에서 건져오기 위해 앞에서 얼굴을 찡그려 보이자 악마의 주문이 그제야 멈춘 듯 그는 아무 맛도 안 나는 고무라도 씹는 것처럼 입술만 달싹거릴 뿐이었다.

33. 멋진 여자

내가 엄마에게 파티를 말했을 때 엄마는 이미 스스로 '예열' 모드에 들어갔다. 엄마가 초대받은 것도 아닌데 말이다. 엄마는 파티를 열 때면 늘 내게 해도 되는 것과 해서는 안 되는 것에 대한 차이에 대해 연설을 해댔다. 하지만 이번에는 아무 말도 하지 않았다. 엄마는 미친 듯 집으로 달려와 집 청소를 하고 요리를 하고 빵을 구웠다. 그리고 그 사이사이 나를 볼 때마다 엄마는 내 볼을 꼬집었다. 다른 사람이 봤다면 엄마에게 아주 중요한 날일 거라고 여길 만큼. 첫 초인종이 울렸을 때 내 뺨은 빨갛게 되었다. 나는 문을 열었다……. 그리고 거기에 킴이 서 있었다.

킴은 무릎 위까지 올라오는 검정 부츠를 신고 거기에 맞는 아주 짧은 가죽 바지를 입었다. 그리고 그 위에 스터드가 달린 짧은 가죽 재킷을 입어 배꼽이 다 드러났다. 음산한 화장이 그녀를 고귀한 귀족과 뱀파이어 혼혈처럼 보였다. 맙소사.

어둠의 아가씨.

“꼴이 그게 뭐야? 엉망진창이네.”

그녀가 말했다.

“새로운 모습이 마음에 안 드나 봐?”

그녀는 나를 지나쳐 집 안으로 들어가려 했지만 나는 그녀를 잡았다.

“고작 그 말 하려고 여기 온 거야?”

내 목소리가 떨렸다. 그녀는 나를 경멸에 가득 찬 표정으로 바라보았다.

“내 물건 가지러 온 거야.”

그녀는 나에게 잡힌 팔을 빼내려 애썼다. 엄마가 갑자기 내 옆에 나타났다.

“어쩜.”

엄마가 유감스러운 척 연기를 시작했다.

“너 서랍장에 있던 거 전부 카니발에 쓰는 물건이라고 하지 않았니?”

킴은 불안해 보였고 꼼짝 않고 그 자리에 서 있었다.

“그건 전부 방금 내가 다 버렸는데.”

이렇게 말하며 엄마는 집 앞의 쓰레기통을 가리켰다.

“다 싸구려 같아 보여서.”

“뭐라구요?”

킴은 너무 놀라서 입을 떡 벌렸다. 하지만 곧 평정을 되찾고 자꾸 집으로 들어오려고 했다.

"정말 웃긴 일이네요."

"웃기지 않아."

엄마는 끈적한 반죽이 범벅이 된 숟가락을 완벽하게 세팅된 킴의 머리 근처로 들어 올렸다. 킴이 움찔하더니 뒤로 물러났다. 우리가 거기에 서 있는 동안 이웃인 콜비츠 부인이 집에서 나와 우리에게 반갑게 인사하고 엄마가 방금 가리켰던 쓰레기통에 음식물 쓰레기를 버렸다.

"윽, 어떡해."

내가 말했다. 그러자 킴이 몸을 돌리더니 길고 아름다운 다리를 움직여 시야에서 사라졌다. 나는 그녀가 긴 부츠를 신고 보도블록을 또각또각 걷는 모습, 그녀의 머리카락이 어깨 위에서 흩날리는 모습과 그녀의 예쁜 엉덩이가 꽉 끼는 가죽 쇼트팬츠 안에서 이리저리 움직이는 모습을 뒤에서 바라보았다. 그녀는 어디로 가는 것일까? 그리고 누가 그녀 옆에 있어 줄까? 그녀의 엄마는 분명 아닐 것이다. 하지만 나는 그녀의 친구들이 그녀를 받아주기를 희망했다. 그리고 그때 예니가 나에게 킴에 대해 경고했던 말이 떠올랐다.

'그녀는 늘 자신의 진창으로 같이 끌고 들어갈 누군가가 필요해.'

예니는 그렇게 말했다. 그리고 나는 그때는 그렇게 생각하지 않았다. 엄마가 숟가락을 들지 않은 손으로 나를 감싸 안고 웃었다.

"그 물건은 네가 다 쓰레기통에 버렸지, 그렇지? 그건 아직 위에 있어."

나는 의외의 대답에 고개를 절레절레 흔들었다. 나는 동의할 수밖에 없었다. 맙소사. 엄마는 정말 멋진 여자였다.

34. 베프의 의미

늦은 오후에 야라가 집으로 찾아왔다. 그녀는 옷과 화장품으로 가득 찬 큰 가방을 가지고 왔다.

"그럼 우리는 나간다."

엄마는 나가기 전에 야라를 몹시도 반가워했다. 엄마는 아빠와 함께 우디 알렌의 최신작 영화를 보러 갔다. 파울 역시 함께였다. 나는 대체 셋이 모여서 무엇을 할지 별로 알고 싶지 않았다. 그저 빨리 야라와 오늘 저녁에 입을 의상을 정하고 집을 꾸미기 위해 그들을 서둘러 문밖으로 쫓아냈다. 분위기를 내기 위해서 우리는 거실과 부엌, 내 방 위를 두루마리 휴지를 풀어 갈렌드처럼 붙여서 장식했다. 우리는 다락방에서 예전에 이 집에 살던 사람이 두고 간 듯한 80년대와 90년대의 낡은 잡지 더미를 발견했다. 우리는 거기에서 아직 어린 모습을 하고 촌스러운 권투 글러브를 끼고 있는 테이크 댓(Take That. 1991년 데뷔한 5인조 영국 출신 남자 밴드 그룹. 엄청난 소녀 팬을 몰고 다니던 인기 그룹이었다.)의 사진을 오려냈다. 그리고 흰색 러닝에 금목걸이를 하고 딱 붙는 바지를 입은 데이비드 해셀호프(David Hasselhoff. 80년대 미국 TV 스타. 잘생긴 얼굴로 엄청난 인기를 끌었다. 국내에서는 '전격 Z 작전'의 주인공으로도 잘 알려져 있다. 독일계 미국인이다.)의 사진도 오렸다. 우리는 그 사진을 내 방 벽에 붙였다. 화장실에는 흰옷을 입고 이상하게 머리를 한껏 부풀린 디터 볼렌(Dieter Bohlen. 80년대 인기 절정의 독일 인기 듀오 모던 토킹Modern Talking의 멤버.)이 있는 모던 토킹의 사진을 붙였다. 우리는 쓰레기통에 킴의 샤넬 블라우스를 꺼내어 길게 찢었다. 그리고 그 위에 글씨를 써서 가렌드처럼 빨래집게로 거실에 장식했다. 우리는 샤넬 N°5의 광고에서 따온 문구를 적었다.

YOU KNOW ME AND YOU DON'T.

그리고 벼룩시장에서 산 오래된 스웨터와 코듀로이 바지로 옷걸이를 장식했다. 파울의 페이즐리 무늬가 있는 괴상한 넥타이도 거기 한몫을 했다. 오늘 파티의 주된 색은 브라운과 베이지색이다. 좋았어!

"누가 너무 예쁘게 하고 오면 이 중 하나를 입히자."

우리는 이렇게 결정했다.

야라는 그녀의 큰 가방에서 자랑스럽게 초콜릿 분수를 꺼내어 거실 중앙 테이블에 올려놓았다. 그것은 나에게 아직도 별로였다. 내 안에 있는 킴의 작은 악마가 아직도 초콜릿을 혐오하도록 나를 조종하고 있었다. 나는 곧바로 옷 가방을 정리하며 행복해하는 내 친구만 쳐다보며 그런 감정과 싸웠다.

"이런 게 전부 어디서 났어? 의상 대여 사업이라도 시작한 거야?"

"묻지 마."

야라가 대답했다.

"안 그러면 나는 우리 부모님의 젊은 시절을 부끄러워해야 해."

그녀는 웃으며 형광 핑크색 끈을 들었다.

"내 말이 무슨 뜻인지 이해하겠지."

나는 그녀의 손에서 손가락으로 핑크색 끈 팬티를 들어 올렸다.

"그건 내가 잡을게. 그건 여기에 두자."

나는 옷더미에서 70년대 초반에 최고의 날을 보냈던 트레이닝 바지를 골랐다. 바지는 나달나달해져 있고 무늬는 거의 바래 있었다.

"진짜로?"

야라는 활기차게 물으며 킥킥댔다.

“그러면 이것도 같이 입어야 해.”

그녀는 녹색이 선명한 스포츠 탱크톱을 들어 올려 보였다.

“이봐, 그건 적어도 가슴이 D컵은 되어야 할 것 같은데.”

“이거 봐”

그녀는 즐거워하며 옷 어깨 패드에서 떼어 낸 솜뭉치를 내게 내밀었다.

“이게 있으면 너에게 딱 맞을걸.”

“옆에서 보면 다 보일걸.”

“설마.”

지잉. 내 핸드폰이 옷더미 아래에서 울렸다. 우리는 옷더미를 뒤지다가 사자 갈기가 달린 실내용 슬리퍼를 찾았다. 우리는 웃으며 그것을 소파에 던져 버리고 핸드폰을 확인했다. 그녀였다. 그녀는 완전히 사라지지 않은 채 나에게 메시지를 보냈다. 킴은 카스파 윌렌바흐의 무덤 사진을 보냈다. 나는 그것을 곧바로 알아볼 수 있었다. 비석에는 예니의 아버지 이름 대신 내 이름이 적혀 있었다. 야라는 나를 쳐다보았다. 킴의 악마가 나를 야비하게 비웃고 있었다. 나는 침묵으로 그 모욕을 무시했다. 이상하지만 마음이 평온했다.

“이건 너무 심하잖아.”

야라가 말했다.

“아까 킴이 왔었어.”

내가 조용히 말했다.

"그리고?"

"엄마가 우아하게 막았지."

"자세히 이야기해봐."

"그거 알아, 야라?"

나는 사진을 지웠다.

"나는 킴이 걱정돼. 오늘 킴은 고스룩 차림으로 왔어. 머리부터 발끝까지 다 검정이었어. 눈 전체가 검정으로 칠해져 있었다니까."

"하지만 걔는……."

"걔는 뭐든지 할 수 있어."

"야, 그래도 걔는 널 망치려 했어."

"나는 그 애의 쌍둥이야. 만약에 걔가 나를 끝내려 했다면 걔는 스스로 끝내 버릴 수도 있어. 이 비석 이름은 걔 이름이 될 수도 있어."

"너는 지금 그 애 편을 들고 싶니? 이시, 정신 차려."

"그런 거 아니야. 아마 그 애는 자신이 있는 진창으로 끌고 들어갈 누군가를 다시 찾겠지."

나는 예니의 말을 인용했다. 야라는 만족스러워했지만 나는 이상하게 마음이 심란했다. 킴은 왜 나에게 이런 사진을 보냈을까? 이 사진을 찍으려고 일부러 그 무덤까지 간 것일까?

"오늘 밤에는 나타나지 않았으면 좋겠다."

이렇게 말하며 야라가 옷더미에서 꽃무늬가 있는 앞치마를 꺼냈다.

"그래, 나도 그랬으면 좋겠어."

야라는 가방을 뒤집어 화장품들을 우르르 쏟았다.

"내가 살 수 있었던 제일 싼 것들이야."

그녀가 즐겁게 말했다.

"전체가 10유로도 안 들었어. 메이커도 없어. 그리고 나는 이걸 입을 거야."

그녀는 XXL 사이즈의 분홍색 스웨터를 흔들어 보였다. 거기에는 반짝이로 '수학 수업 중'이라는 글씨가 쓰여 있었다.

"마트에서 샀어."

"좋다."

우리는 소시지에 곁들이 크래커를 준비했다. 야라가 웃으며 테이블에 겨자소스 그릇을 올려놓았을 때 초인종이 울렸다. 야누크와 라티파가 문 앞에 서 있었다. 더 자세히 말하자면 이상하게 생긴 통통한 흰색 유니콘과 연두색 트레이닝복을 입은 트롤이 서 있었다. 그리고 그들 앞에는 거대한 반짝이 여왕과 트레이닝바지 위에 형광색 끈 팬티를 입고 검은색 헤어밴드로 이마를 올린 우리가 서 있었다. 우리 네 명은 비명을 지르며 서로 껴안고 꼬집으며 웃었다.

"이게 대체 뭐야."

라티파가 말했다.

"월요일은 수영 가는 날 아니야?"

그리고 우리는 다시 웃었다. 그때 다음 커플이 길 위쪽에서 오고 있었다. 슬리퍼를 신고 헌팅캡을 쓴 채 손에는 허름한 마트 비닐봉지를 들고 오는 할아버지와 록스타 같은 장발 머리를 하고 반짝이는 터키색 트레이닝복을 입고 아디다스 슬리퍼를 신은 채 오고 있는 운동선수 하나.

"조쉬와 모함메드다."

야라가 기뻐서 소리쳤다. 모두 차례차례 도착했다. 집 안에는 지저분한 고스족, 하와이안 셔츠와 슬리퍼를 신고 창피해하는 관광객, 꽃무늬 벨트를 한 히피족, 뽀글이 가발, 여름 니트에 멜빵바지, 몹시 짧은 티셔츠에 배바지같이 절대로 조합하면 안 되는 옷들을 자랑스럽게 걸치고 온 온갖 유행 파괴자로 가득했다. 그리고 레니가 왔다. 그는 모두를 압도했다. 아마 엄청난 수의 맥주 뚜껑을 모아야 했을 것이다. 그는 적어도 150개 이상의 다양한 맥주 뚜껑을 전부 실로 엮어서 맥주 뚜껑 갑옷을 만들었다. 바짓단 위로 디젤(Diesel)의 트렁크 팬티 상표가 보였다. 그는 첫 두 글자를 다른 색으로 칠해서 esel(당나귀라는 뜻. 독일에서 당나귀는 어리석고 멍청하고 가진 것 없으면서 허세를 부리는 것을 상징한다)만 밴드에서 보이도록 했다.

"이거 전부 구찌다."

그는 곧바로 환호하며 모여든 자신의 팬들을 반갑게 맞이했다. 그는 이미 '오늘의 최악 취향' 승자로 뽑혔다. 그 뒤로 마테오가 따라 들어왔다. 선글라스를 낀 채 카우보이모자를 쓰고 가슴팍에 '리미티드에디션'이라고 적힌 티셔츠를 입었다. 발에는 술이 잔뜩 달린 가죽 장화를 신었다. 나는 간신히 그에게 다가갔다.

"맞는 말이네."

나는 티셔츠 문구를 가리키며 말했다. 그는 웃었다. 하지만 그의 눈은 나를 향하지 않았다. 선글라스가 반짝였다. 안경테는 수건 같은 천으로 감싸서 그의 모습은 광대가 눈 주위에 큰 검은색 동그라미를 그린 것처럼 보였다.

"오늘 멋지네."

그가 말했다.

"흠"

내가 말했다.

"머리카락은 왜 자른 거야?"

"변화?"

"뭐 나쁜 일이라도 있었어?"

"무슨 뜻이야?"

"그러니까, 내 말은 뭐 내기에서 지기라도 했다든지."

“무슨 내기?”

“이봐.”

나는 그의 안경을 벗기고 눈을 쳐다보았다.

“무슨 내기라니, 몰라서 물어?”

마테오의 눈동자는 커다란 구멍처럼 나를 잡아당기는 듯했다. 나는 거기서 답을 찾고 싶었다.

“나는…… 나는 이해가 안 되는데.”

“조쉬의 파티에서. 너 레니랑 내기했지. 나랑 키스하는 걸로.”

“내기 따위는 안 했어.”

그는 안경을 잡아서 다시 썼다. 나는 놀란 얼굴로 쳐다보았다.

“그럼 킴이랑은? 왜 킴이랑 만난 거야?”

마테오는 다시 안경을 벗었다.

“너 내가 보낸 이메일 안 읽었어?”

나는 희망이 산산이 부서지는 것을 느꼈다.

“무슨 이메일?”

나는 앞으로 조금 몸을 틀었다. 이 혼란은 영원히 끝날 수 없는 것일까? 갑자기 음악 소리가 커지더니 엄청나게 통이 넓은 바지에 파울의 넥타이를 한 헬렌이 나타나 나를 거실로 끌고 갔다. 내가 나타나자 환호성을 질렀다. 마테오는 현관 쪽에 서 있었다. 헬렌은 내 앞에 무릎을 꿇더니 내 손에 입을 맞췄다.

"이제 무엇을 할까요?"

모두가 웃었다.

"이제 '내가 너라면' 게임을 하자."

야누크가 말했다.

"헬렌부터 시작해."

헬렌의 시선을 우리를 따라가다가 레니에게 멈췄다.

"만약 내가 너라면 레니, 조쉬랑 야라의 팔에 타투를 그리겠어."

모두가 소리를 질렀다. 레니는 생각에 잠긴 듯 눈을 굴리더니 곧바로 둘을 상대로 작업을 시작했다. 모두가 자신의 의견을 말하고 재빠르게 그림을 그렸다. 조쉬는 땅딸보 개를 데리고 있는 잭 스패로우처럼 생긴 벌거벗은 여자 그림을 보고 비명을 지르며 그림을 지우려 팔을 비벼 댔다. 야라의 팔에는 젖꼭지가 그려졌다. 그 아래에는 '나는 아기를 사랑해'라고 적었다. 그리고 레니의 차례가 되었다. 모두 조용했다. 레니는 우리 사이에 짓궂기로 악명이 높았기 때문에 아무도 레니에게 지목을 받고 싶어 하지 않았다.

"만약 내가 너라면……."

그는 이렇게 말하며 방을 둘러보았다. 수리는 야누크 뒤에 몸을 숨겼다.

"정했어."

레니가 결심한 듯 말했다.

"만약 내가 너라면, 마테오, 나는 이시랑 페이크 러브(Fake Love)에 맞춰서 춤을 추겠어."

그는 자신의 가장 친한 친구를 바라보며 미소를 지었다. 내 심장은 트랙터 엔진처럼 세차게 뛰었다. 나는 마테오를 바라보았다. 그는 선 채로 얼어붙은 듯이 움직이지도 웃지도 않았다.

"이봐, 뭐해. 인생은 짧다고."

그가 핸드폰으로 동영상을 찍으며 목소리를 높였다. 누군가가 음악을 틀고 조명을 낮췄다. 마테오는 힘들게 웃었다. 그것이 나를 아프게 했다. 그는 나에게 다가와 무뚝뚝하게 내 팔을 잡고 기계적으로 앞뒤로 흔들었다. 내가 울부짖을 수 있다면 나는 눈을 감는 대신 당장 총을 쏴 버리고 저 악마를 쫓아내 버렸을 것이다. 어느 순간 더 많은 쌍쌍이 춤을 추며 우리를 둘러싸며 킥킥대고 웅성댔다. 마테오의 손은 점점 느슨해졌다. 그는 조심스럽게 나를 자기 쪽으로 당겼다. 거리는 내가 아까 가슴에 넣은 스펀지가 에어백처럼 우리 사이가 그 정도가 되었다. 우리는 어색하게 킥킥거렸다. 나는 내 의상 선택을 후회했다. 그리고 마테오의 손길을 잘 느낄 수 없게 손목 밴드를 낀 것도 후회했다. 그는 코를 내 머리카락에 대고 편안하게 노래를 흥얼댔다. 나는 그의 품 안에서 헤엄치며 악마를 물리치고 그의 향기로운 체취를 마시며 눈 앞을 가리는 장막을 걷어냈다.

“잠자는 숲속의 공주”

그는 이렇게 말하며 그제야 웃었다. 안경이 그의 코끝에 걸려 있어서 나는 그의 녹색 눈동자를 볼 수 있었다. 나는 혼란스러웠지만, 행복했다. 내가 왜 그를 미워해야만 하는지 그 이유를 찾는 것이 너무 어려웠다. 나는 새끼고양이처럼 가르릉거렸다. 너를 위해서라면 난 아파도 강한 척 할 수가 있었어. 방탄소년단이 속삭였다. 우리만의 숲 너는 없었어. 내가 왔던 길(Route) 잊어버렸어.

“아니야.”

그가 속삭였다.

“응?”

마테오가 내 귓가에 숨을 내쉬었다. 나는 그가 뭐라는지 입술을 읽으려고 머리를 약간 돌렸다. 이뤄지지 않는 꿈속에서 피울 수 없는 꽃을 피웠어. 갑자기 음악이 꺼지고 눈부신 불빛이 켜지고 거친 목소리가 새로운 우리의 부드러운 관계를 단칼에 잘라 떼어냈다.

“마테오 벨만?”

경찰이 방 한가운데 서 있었다.

“네?”

마테오가 말을 더듬었다.

“안됐지만 우리랑 같이 가야겠다.”

남자 경찰관 옆에 서 있던 여자 경찰관이 말했다. 두 사람 모두 곤봉과 권총 같은 장비를 갖춘 상태였다.

“저요? 왜요?”

마테오는 창백해졌다. 여자 경찰관이 메모지를 쳐다보았다.

“카팅카 도른베르그가 너를 신고했다. 우리는 확인을 해야 해.”

“뭐라고요?”

분노가 방 안으로 퍼졌다. 마테오는 헛웃음을 터트렸다.

“카팅카 누구요? 저를요?”

그는 우리를 둘러보았다. 그의 웃음이 사라졌다.

“말도 안 되는 일이에요.”

“들어 보세요.”

레니가 말했다. 하지만 맥주병 뚜껑으로 엮은 옷을 입은 사람 말을 믿어줄 경찰은 없을 것이다.

“뭔가 착오가 있을 거예요. 경찰관님이 체포해야 하는 사람은 킴이나 카팅카나 암튼 누구든지 그렇게 불리는 그 애예요.”

“우리는 아무도 체포하지 않아.”

경찰관은 이렇게 대꾸했다.

“그저 물어 볼 게 좀 있어. 부모님도 오실 거야.”

경찰관은 레니의 모습을 보고 웃지 않을 수 없었다. 그의 팔에 그려진 커다랗고 벌거벗은 가슴이 램프 불빛을 받아 빛나고 있었고 맥주 뚜껑으로 엮은 끈이 그의 목에 우아하게 걸려 있었다.

"자 그럼."

이렇게 말하며 마테오는 나를 우울하게 돌아보았다.

"나중에 보자."

그는 경찰관을 따라 나갔다. 경찰관이 우리에게 인사를 했고 셋은 곧 사라졌다. 우리는 거실에 멍하니 서 있었다.

"카트링카?"

야누쿠가 말했다.

"왜 카트링카지?"

"갠 또 무슨 속셈인 거지!"

헬렌이 날카롭게 소리쳤다.

"이시."

레니가 말했다.

"너 킴 어디 사는지 알지?"

"몰라. 걔는 항상 우리 집에 오기만 했어."

"그러면 전화해. 우리는 마테오를 도와야 해."

그건 나에게 좋지 않을 것이다. 나는 실제로 둘 사이에 어떤 일이 일어난 것인지 전혀 알지 못했다. 하지만 나는 킴에게 전화를 해야만 했다.

"내가 뭐라고 해야 하지?"

나는 가슴에 넣었던 어깨 패드를 윗옷에서 꺼냈다. 별로 즐거운 일이 아니었다.

"어려울 것 없어."

조쉬가 말했다.

"이성적으로, 우리는 마테오의 편이다. 당장 네 거짓말을 밝히지 않으면 지옥의 뜨거운 맛을 보여 줄 것이라고 해."

모두가 크게 찬성의 목소리를 내며 떠들었다. 나는 핸드폰을 꺼내어 그녀의 번호를 눌렀다.

"스피커폰으로 해."

레니가 말했다. 모두가 나를 바라보고 있었고 그것이 나를 점점 메스껍게 만들었다.

'이 번호는 없는 번호입니다. 다시 한번 확인해 주시기…….'

부드러운 목소리가 말했다. 나는 전화를 끊었다.

"킴이 전화번호를 바꿨나 봐."

혼란스러웠다. 나는 휴지가 잔뜩 쌓여 있는 소파에 앉아 몸을 웅크렸다. 나는 예니에게 전화해서 킴의 주소를 물어볼 수도 있었다. 하지만 내 안에 있는 무언가가 그것을 막았다. 그녀의 행동은 의심할 여지 없이 비정상적이지만 또 한편으로는 내 안에서 동정의 불꽃이 생겨났다. 그래서 나는 분노한 폭도로 변한 내 친구들에게서 그녀를 보호하고 싶었다. 그것도 그녀가 나에게 그러한 모든 일을 저지른 이후에 말이다. 미친 짓이었다. 나도 나를 이해할 수 없었다.

"걔는 너를 끝내는 데 실패하고 이제는 마테오를 끝내려 하고 있어."

수리가 말했다.

"이건 진짜 광기야."

"맞아."

올리가 소리쳤다. 모두 서로 맞장구를 쳤다.

"가자, 우리 경찰서에 가서 정의로운 빌헬름 텔처럼 해 보자. '복수는 성스럽고 자연스러운 것이오!'"

레니는 여자 가슴이 그려진 팔을 들어 현관을 향했다.

"지금 이런 옷차림으로?"

라티파는 자신의 연두색 트레이닝복을 가리켰다.

"너 미쳤어? 우리 전부 다 잡혀갈걸."

"그건 나도 너무 무서워."

헬렌이 말했다.

"우리 부모님은 내가 여기 파티에 온 사실을 전혀 모르셔. 나는 야누크네 집에서 자고 온다고 했어."

그녀는 베개에 입혀 놓았던 자신의 옷을 벗기고 있는 야누크를 쳐다보았다.

"그래, 예니."

야누크가 말했다.

"내일 가 보자."

"아무튼, 이 파티는 결국 날아가 버렸네. 마녀 덕분에."

레니는 분노에 차서 의상에 달려 있던 맥주 뚜껑을 잡아 뜯어 버렸다. 정말 우울했다. 더욱이 내가 킴을 보호하려 한다는 것이 나를 배신자처럼 느끼게 했다. 아니면 나는 나 자신을 보호하려는 것일까? 킴에게 반항하는 일은 자살 폭탄을 안고 떨어지는 것과 같은 일이라는 것은 명확했다. 말로 던지는 수류탄을 맞거나 아니면 디지털 후폭풍을 맞아야만 하는 위험이 도사릴 확률이 99퍼센트였다.

우리는 계속 기다리기로 하고 쌓여 있는 음식들을 30분 정도 만에 모두 먹어치웠다. 그리고 의미 없는 대화로 서로 떠들면서 우리의 DJ 올리가 틀어 주는 음악을 들으며 나머지 파티를 이어갔다. 그때 창가에 서 있던 수리가 코피와 함께 소리를 질렀다.

"마테오다! 경찰도!"

수리가 길을 가리키며 그 자리에서 펄쩍 뛰어올랐다. 나는 곧장 현관으로 달려가 문을 열었다. 이미 레니가 내 옆에 와 있었고 야라와 조쉬도 뒤따라 왔다. 다른 아이들도 우르르 몰려왔다. 마테오는 막 경찰차 문을 닫고 있었다. 그는 모자를 손에 들고 경찰관들에게 마치 밤새 떠들고 같이 논 친구들에게 인사를 하는 것처럼 편안하게 손을 흔들었다. 경찰차는 굉음을 내며 떠났다. 마테오는 우리 쪽으로 몸을 돌리고 천천히 모자를 썼다. 영화의 한 장면 같았다.

"이봐, 친구!"

레니가 그를 향해 고함쳤다.

"보석금을 내고 빠져나온 거야? 아니면 경찰관이랑 데이트라도 했어?"

마테오는 아무 대답을 하지 않고 침묵을 지키며 천천히 우리에게 다가왔다. 그는 이마까지 모자를 깊이 눌러쓰고 재킷 깃을 올리고 있었다. 그 모습이 꼭 카사블랑카의 험프리 보가트 같았다. 그는 내 앞에 멈춰 서서 나를 진지한 눈빛으로 바라보았다. 심장이 바닥으로 무너져 내리는 것 같았다.

"뭐, 별건 아니었어."

그는 침착하게 대답했다. 그리고 딱딱하게 굳은 그의 표정은 점점 빛나는 미소로 바뀌었다.

"여기서 다들 왜 이러고 있어? 얼굴이 전부 우울한 만두 덩어리 같잖아."

그는 우리 사이를 비집고 지나갔다.

"그래서 어떻게 됐는데?"

야라가 물었다.

"무슨 일이래?"

"아주 좋은 일이었어."

마테오는 모두를 향해 소리쳤다.

"내 명예는 땅에 떨어지고 아마 이웃 사람들은 집 열쇠를 다른 곳에 숨겨 놓고(독일 사람들은 외출할 때 열쇠 분실을 막기 위해 현관 매트 아래나 화분 아래 같은 곳에 열쇠를 두기도 한다. 열쇠의 개수가 가족 수보다 적거나 외출 시 분실을 막기 위해서 가족끼리 두는 장소를 정해놓고 거기에 숨겨놓는데 가까운 사이이거나 가까운 이웃이면 위치를 아는 수도 있다.) 경비장치를 달겠지. 하지만 경찰관들은 내 말을 믿어 주고 나를 여기까지 데려다줬어."

모두 환호성을 지르고 고함을 지르며 열광했다. 모두 거실을 향해 손을 흔들었고 올리는 즉시 번쩍이는 디스코 불을 켜고 위 아 더 챔피언('We are the champion)을 틀었다. 몇몇은 다시 춤을 추기 시작했다.

"그리고 킴 카트린카 그 나쁜 도른베르그는?"

레니가 물었다.

"사회시간이야. 수업을 들으시겠습니까?"

마테오와 레니는 악수를 했다.

"진짜 걔는 무슨 생각으로 그랬던 거야?"

내가 물었다.

"그러니까, 넌 아직도 내 이메일을 안 읽어 본 거지?"

그는 내 얼굴에 늘어져 있던 머리카락을 부드럽게 쓸어 넘겼다. 나는 고개를 끄덕였다.

"아직 보지 못했어."

"그 애의 주장은 내가 그 애를 폭행하고 성적으로 학대하려 했다는 거야. 이시, 그 애는 진짜 미쳤어. 내 생각에, 그 애는 자신이 저지르는 일이 어떤 짓인지 모르는 것 같아. 정말 위험한 애야. 이 모든 일이 지나가서 너무 기뻐."

나는 침을 삼켰다.

"무슨 일이 다 지나갔다고?"

"그래. 걔는 더는 볼 수 없게 될 거야. 내 생각에는 그래."

"양로원에서 바닥을 닦고 있거나 공동묘지에서 낙엽을 치우는 모습을 상상해 봐. 아마 구두 뒷굽이 흙바닥에 다 박혀 버릴걸."

레니가 웃었다.

"아, 뭐야."

마테오가 말했다.

"그 애 부모님이 돈으로 해결했어. 와서 그냥 벌금을 내고 그걸로 끝냈어. 그리고 뭐 아마 킴은 다음 학교에서 새로운 희생자를 찾겠지. 그렇게 일이 꼬리에 꼬리를 물고 돌아가는 모양이더라고."

"그러니까 징그러운 독사라는 말이지?"

레니는 맥주병 뚜껑 두 개를 떼어내어 눈에 끼우고 얼굴을 일그러뜨리며 혀를 날름거렸다. 나는 마테오의 킴의 가족 관계에 대한 이론에 반대하거나 내가 알고 있는 사실과 비교할 마음이 전혀 들지 않았다.

"이봐."

갑자기 레니가 말했다.

"얼른 계속 놀자."

그는 그 자리에서 한 바퀴 빙그르르 돌았다.

"만약 내가 너희들이라면"

그가 고함쳤다.

"그러면 나는 KimGalaxy에 가서 좋은 말 한마디씩 해 주자고."

환호성이 터졌다. 나는 소스라치게 놀랐다.

"안 돼."

내가 고함쳤다.

"절대로 그러면 안 돼!"

"에? 왜?"

레니가 곧바로 반박했다. 몸에 달린 맥주병 뚜껑들이 딸그락거리는 소리를 냈다.

"이시, 이제 너에게 어떻게 못 할 거야. 그건 내가 확신해."

"아니, 그런 게 아니야."

나는 내 본심을 결국 드러낼 수밖에 없었다.

"그래서 결국 얻는 게 뭐겠어? 눈에는 눈으로 이에는 이로 그대로 갚아 주는 것 외에 다른 게 있어? 그래서 그 애를 그냥 망쳐버리고 싶어? 그러면 우리도 그 애와 다를 바가 없어지는 거잖아."

내 목소리에서는 갑자기 쇳소리가 섞여 나왔다.

"걔는 이미 충분한 벌을 받았어. 누가 그런 거짓말쟁이 사기꾼이랑 엮이고 싶어 하겠어? 제기랄, 그러다가 그 애는 자살할지도 몰라!"

내 뺨을 타고 눈물이 흘러내렸다. 그것은 사실이었다. 나 스스로 사실이라고 믿고 싶지는 않았지만, 그러나 나에게는 실제로 킴이 저지를지도 모른다는 두려움이 있었다. 그 무덤 사진이 머리에서 떠나지 않았다. 그것은 사실 아마 킴의 이름이었을 것이다. 나는 흐느꼈다. 야라가 나를 안았다. 레니는 어이없는 표정으로 쳐다보았다.

"이봐."

그가 말했다.

"걔는 방금 마테오를 전과자로 만들려고 했어. 그 애는 너를 아주 악질적으로 괴롭히고 망신 줬어. 그런데 너는 그 애를 감싸주는 거야?"

"나는 그 애를 감싸는 것이 아니야."

내가 고함쳤다.

“하지만 그 애는 내 마음을 아프게 해. 그 애 아빠는 알코올 중독자라고, 제기랄.”

그것은 정당방위처럼 들렸다.

“너희들은 진짜 상상도 못 할 거야. 우리가 그 애를 공격한다고 해서 그 애가 바뀔 것 같아?”

“허, 참네.”

레니가 헛웃음을 쳤다.

“그 애는 아직도 너를 조종하고 있네. 진짜 너한테 할 말이 없다. 어이가 없네.”

“그렇게 말하지 마. 렌.”

마테오가 끼어들었다.

“이시가 옳아.”

야라가 말했다.

“우리가 악플 좀 단다고 해서 나아지는 건 없잖아.”

“여자들은 말이야,”

코피가 입을 열었다.

“검은 마녀라고 해서 보통의 사람과 다른 건 아니니까. 각자 가지고 있는 자기만의 무기로 공격할 수 있을 거야.”

그는 파티용 음식 꼬챙이를 장검처럼 공중에 대고 휘둘렀다.

“만약 네가 올라탄 말이 죽은 말이라면 빨리 내려야 해. 옛말은 틀리지 않아."

모함메드가 코피와 레니 옆에 와 섰다. 셋은 하나의 벽처럼 내 앞에 나란히 서 있었다. 한 명의 맥주병 뚜껑맨과 노숙자, 그리고 아시아인 한 명. 사실은 몹시 웃긴 광경이었다.

"맞아."

나는 이렇게 말했다. 그리고 그 셋 앞에 버티고 서 있는 동안 우스꽝스러운 팔목 밴드를 낀 팔로 엉덩이를 받쳤다.

"그 말의 뜻은 그 죽은 말이랑 싸우라는 것이 아니잖아. 그냥 공감하고 동정을 베풀라는 의미일 거야."

"내 생각도 그래. 우리는 그냥 그 애를 보내 줘야 해."

마테오는 내 옆으로 와 섰다. 그리고 자신의 모자를 벗어 나에게 씌워 주면서 나를 지지했다.

"그런데 그 애가 어리석은 짓을 저지르면 어떡하지?"

다시 한번 무엇인가가 내 마음을 꿰뚫고 지나갔다. 불안감은 나에게 쉴 틈을 주지 않았다. 나는 그녀를 철길 위에서도 보았고, 오토바이를 타고 있는 것도 보았고 또 모세 같은 부랑자와 있는 것도 보았다. 그리고 나는 그녀의 불행한 가족사를 알고 있는 유일한 사람이었다.

"네가 거기에 책임감을 느낄 필요는 없어."

야라가 결심한 듯 말했다. 그리고 그녀는 나의 반대편에 섰다.

"킴은 이제 완전히 혼자야, 알겠어?"

그녀는 조쉬를 자신의 쪽으로 잡아당겼다.

"그래."

그가 말했다.

"너는 다시 우리에게 신경을 좀 써야 해. 너는 그동안 진짜 우리에게 엄청나게 소홀했다고."

그는 마테오를 보면서 미소를 지었다.

"그렇지?"

모두가 자신을 쳐다보고 있다는 것을 깨닫자 마테오의 얼굴은 빨개졌다. 그는 진짜 말 그대로 새빨개졌다. 그는 나에게 씌워져 있던 모자를 벗겨서 다시 자신의 머리에 깊숙이 눌러썼다.

"맙소사, 얘들아."

그가 웃으면서 큰 소리로 말했다.

"음악이나 틀어 봐. 그리고 내가 경찰에게 잡혀가기 전으로 돌아가서 얼른 춤이나 마저 추자."

그리고 그제야 분위기는 다시 부드러워졌다. 올리는 다시 DJ 자리로 돌아가 음악을 틀고 소리를 크게 높였다.

"그 애는 자살 같은 건 하지 않을 거야."

마테오가 내 귓가에 대고 이야기했다.

"네가 그걸 어떻게 확신해?"

"그 애는 역할 놀이에 아주 능숙하잖아."

그가 말했다.

"톱모델 연기도 했었지, 제일 친한 친구인 척 놀이도 했지, 고스족 아니면 이상한 나쁜 여자 놀이도 했잖아."

"그러면 너에게는 어떤 역할 놀이를 한 거야?"

"내 눈을 봐 봐, 아가씨."

그는 목소리를 낮게 깔면서 안경 너머로 눈을 깜빡였다. 그는 다시 진지해졌다.

"내가 보낸 이메일을 읽어봐. 그럼 알게 될 거야."

"내가 맞춰볼까."

내가 말했다.

"아마 더티-걸 역할 놀이를 한 거겠지."

그는 푸핫 하고 웃음을 터트렸다.

"절대 그렇게 나쁜 건 아니야."

그가 말했다.

"하지만 그거랑 아주 비슷하다고 할 수 있지."

"얘들아, 이리 와!"

야라가 나를 거실 중앙으로 끌고 갔다.

"우리의 노래."

퍼렐 윌리암스의 Happy가 흘러나왔다. 야라는 큰 소리로 따라 부르며 탱탱볼처럼 내 앞에서 펄쩍펄쩍 뛰었다. 그러는 와

중에 그녀의 스웨터 앞에 달려 있던 반짝이가 떨어지면서 글자가 '나는'과 '업'만 남았다. 머리에 칠해 장식했던 싼 반짝이 화장품들이 그녀의 뺨에 들러붙어 있었다. 그녀는 신나게 소리를 지르며 즐기고 있었다. 나는 뛸 때마다 흘러내리는 트레이닝바지를 계속 끌어올리고 그 위에 있는 끈 팬티도 같이 붙잡아야만 했다. 게다가 나에게 너무 컸던 스포츠용 탱크톱은 안을 채우고 있던 패드를 빼버리자 꼭 바람 빠진 섹스토이처럼 우울하고 흉해 보였다. 나의 신호를 눈치챈 조쉬가 내 자리를 대신했다. 나는 한시라도 빨리 그 불길한 이메일을 읽어 보고 싶었다. 조쉬는 자신이 할 수 있는 한 최대한 빠른 속도로 할아버지의 슬리퍼를 질질 끌며 야라에게 다가갔다. 슬리퍼는 그가 오늘 입었던 다른 것들과 마찬가지로 그에게 너무 컸다. 그는 주위의 다른 여자애의 손으로 야라를 붙잡고 그녀를 자신 쪽으로 끌어당겼다. 그리고 쓰고 있던 헌팅캡으로 야라에게 부채질을 했다. 그 둘의 모습이 얼마나 귀엽던지. 나는 막 소시지를 집어 들고 있던 마테오를 힐끗 쳐다보았다. 그는 나의 시선을 느꼈는지 소시지를 시가처럼 물고 미소를 지으며 안경테 너머로 나를 바라보았다. 제기랄, 내 핸드폰은 대체 어디 있는 거지? 나는 반드시 이메일을 읽어야만 했다. 마지막으로 본 것이 파티를 시작하기 전 킴에게 묘비석 사진을 받았을 때였다. 나는 집 전체를 뒤지기 시작했다. 없었다. 부엌에서는 헬렌과 라티파가 분홍색 색소를 넣은 와플을 구우면서 낄낄대고 있었다. 다시 심한 구역질이 느껴졌다. 나는 모든 서랍장을 남김없이 뒤졌다. 거기에도 없었다. 신경이 곤두서면서 거의 미칠 지경이 되었다. 스피커를 통해 위에서 레니의 목소리가 들려왔다.

"새로운 챌린지를 하는 게 어떻습니까? 소시지 국물 원샷?"

야유 소리와 무언가를 긁는 소리. 현기증이 일었다.

"오케이. 그럼 간단하게 패션쇼를 해 봅시다. 여성분들, 여러분들의 의상을 보여 주세요!"

남자애들의 환호성이 들렸다.

"이시는 어디 있어?"

누군가가 계단 아래에서 큰 소리로 물었다.

"저기 우리 미의 여신이 계시는군요."

레니가 말했다.

"빨리 이리 오세요! 이리 와서 당신의 험프리 보가트에게 섹시한 추리닝을 뽐내 주세요!"

그는 미소 지었다.

"지금 데이팅앱 만남이야 뭐야?"

레니가 눈을 굴렸다.

"맙소사, 이시, 너랑 마테오를 연결하는 건 헬렌이랑 라티파에게 술을 먹이는 것보다 어렵다고."

그는 반대편에 서서 두꺼운 와플을 베어 물던 둘을 가리켰다.

"뭐 술을 먹인다고?"

헬렌이 화를 내며 겨우겨우 음식을 삼켰다.

"너 미쳤어? 우리 부모님이 나를 죽이려고 할 거야."

음식 조각이 헬렌의 입에서 튀어나왔다.

"만약이라고 해도 아마 죽을걸."

라피타가 혼자 중얼거렸다.

"그게 바로 내가 하려던 말이야."

레니가 말하며 눈길을 나에게 돌렸다. 그리고 그가 눈길을 다른 곳으로 돌리자마자 메스꺼움을 참고 있던 내 인내심의 한계도 같이 사라졌다. 샛노란 구토물이 쏟아지면서 '최악의 취향 파티'는 끝났다.

35. 파티

다음날 오전 나는 온 집안에 흩어진 휴지 뭉치를 쓰레기통에 쑤셔 넣고 있었다. 그리고 사이사이에 야라와 함께 전날 밤에 준비했던 것들도 치웠다. 이제 그것은 전부 부엌 구석에 쌓여 있는 쓰레기 뭉치로만 보였다. 내 핸드폰은 전날의 잔해물들 사이에서 발견되었다. 나는 기쁨의 환호성을 지르며 그것을 꺼냈다. 야라도 내 옆에서 팔짝팔짝 뛰었다.

"빨리."

그녀가 재촉했다.

"이메일 열어 봐. 얼른."

나는 아직 한 번도 마테오에게서 이메일을 받아본 적이 없었고 그의 이메일 주소도 알지 못했다. 나는 이메일함을 열었다. 그에게서 온 메일은 곧바로 알아볼 수 있었다. feierfuchs@gmx.de(붉은 여우라는 뜻. 마테오가 붉은색 머리카락을 가졌다는 것을 의미한다) 우리는 나란히 침대에 앉았다. 나는 그에게서 온 이메일을 소리 내어 읽었다.

나의 잠자는 숲속의 공주에게

네가 이 메일을 파티 전에 읽었으면 좋겠다. 네가 내 앞에 서 있을 때면, 너의 아름다운 눈동자와 너의 아름다운 모습 때문에 나는 네 얼굴을 앞에 두고 솔직하게 모든 이야기를 할 수 없다는 것을 알고 있기 때문이야.

야라가 환호성을 질렀다. 나는 마치 최면에 걸린 듯 이메일만 계속 들여다보았다. 이건 꿈일 거야, 그치?

좀 전에 킴이 올린 사진을 봤어. 이제야 나는 네가 왜 그렇게 흥분했었는지 이해해. 나를 믿어 줘. 킴은 나를 그녀의 침대로 밀어 넣고 나중에 그 사진을 편집했어. 나는 너를 위해서 거기에 혼자 있었고, 내 여자의 명예를 구해야만 했어. 나는 킴을 목 졸라 버리든지 아니면 너에게 사과를 시키기 위해 끌고 갈 생각이었어. 하지만 나는 그걸 해내지 못했어. 그녀는 나를 자신의 방으로 재빨리 몰아넣고 그녀의 쇼를 꾸몄어. 정말 미안해. 네가 나를 정말로 필요로 하던 그때 너를 그렇게 빗속에 세워 두어서 정말 마음이 아파. 나를 제발 용서하길 바라. 구얼리와 나는 정말 네가 그리워. 너의 진정한 팔로워가.

…… 그리고 나는 정말 너를 위해서라면 아파도 강한 척하는 것이 아니라 강해질 수 있어. 이건 진심이야.

"대박, 대박, 대애박."

야라가 소리쳤다.

"내 잠자는 숲속의 공주님이라니."

그녀가 열광했다.

"근데 구얼리는 누구야?"

"마테오 집에 있는 이케아 담요."

야라는 쿠션을 때리면서 미친 사람처럼 웃었다.

"아악 너무 귀여운 거 아니야. 이렇게 로맨틱한 이메일은 아마 이 세상에 없을 거야."

그녀는 본인이 흥분해서 어쩔 줄 몰라 했다.

"하지만 킴이랑 있었던 일은…… 말도 없이. 좀 그렇지?"

핸드폰이 울렸다. 나는 핸드폰 벨 소리를 평범한 소리로 재설정했다. 그래서 처음에는 알아차리지도 못했다. 나는 저 멀리 마테오의 품 안에 있었다. 구얼리가 우리 둘을 감싸고 있었다. 야라가 나를 깨웠다.

"이시, 전화 받아."

화면에는 예니의 이름이 표시되어 있었다. 이름을 보자마자 손이 떨리기 시작했다.

"스피커폰으로 해."

"여보세요."

내가 말했다.

"이지, 안녕."

"무슨 일 있어요?"

"나는 그냥 너에게 부탁을 좀 하려고 전화했어. 혹시 킴에게 들러 봐 줄 수 있나 해서. 나도 너희 둘이 이제 더는 연락 안 한다는 걸 알고 있어. 그러니 나쁘게는 듣지 말고. 그래도 네가 나보다는 그 애랑 가까웠잖아. 킴은 지금 함부르크 대학병원에 입원해서 링거를 맞고 있대."

"뭐라고요?"

"어제 술을 너무 많이 마셔서 쓰러졌어. 위 속에 아무것도 없었대."

"아 미친."

다른 말이 떠오르지 않았다. 어찌 되었든 그녀는 아직 살아 있다.

"가 보겠니?"

"네."

"좋아. 고마워. 그럼 나중에 보자."

"네. 나중에 봐요."

"너 정말 갈 거야?"

곧바로 야라가 물었다.

"너 진심이야?"

"나 진심이야. 이게 마지막이야, 그러면 됐어. 괜찮아."

"왜 가려는 건데?"

"왜냐면 그 애는 내가 필요하거든…… 아마도."

"그 애가 너를 필요로 한다고? 그건 네 생각에서 나온 의견이 아닌 것 같은데."

그것이 맞는 말인지 나도 확신할 수 없었기 때문에 아무 대꾸도 하지 않았다.

"알았어. 하지만 나에게 바로 전화해 줘. 알았지?"

나는 고개를 끄덕였다. 그리고 정신없이 닥치는 대로 옷을 껴입고 자전거에 올라탔다. 나는 이상스럽게도 강해진 느낌이 들었다. 나는 지금 나에게 온갖 고약한 짓이란 짓은 다 저지른 미친 킴에게 가는 중인데도 말이다. 부모님은 지금 어젯밤의 파티로 초토화가 된 거실을 보고 대화를 중단했고, 아빠는 지금 근처 호텔에 머물고 있는 데도 말이다. 게다가 내 몸이 생각만큼 빨리 회복되지 않아서 점점 초조한 기분이 들었고. 거의 만 명에 가까운 사람들이 내 가슴을 본 것이 틀림없었다. 그런데도 살아남았다는 것은 나를 강하게 만들었다. 그뿐 아니라 나는 세상에서 가장 훌륭한 친구가 있었다. 그녀는 내 몸무게가 얼마가 되던지 내 옷차림이 어떤지 전혀 신경 쓰지 않았고 내가 그녀를 무시하고 외면했을 때도 나를 포기하지 않았다. 그리고 또 나에게는…… 마테오가 있었다……. 어쩌면 그러길 희망하는 것일지도 모르겠다.

36. 마지막 만남

나는 노크를 하고 병실로 들어섰다. 얇은 커튼이 드리워져 있는 방안은 부드러운 빛으로 잠겨 있었다. 방에는 침대가 두 개 놓여 있었다. 한쪽 침대는 비어 있었고 다른 한쪽에는 창백한 소녀가 잠이 든 듯 눈을 감고 누워 있었다. 나는 방을 잘못 찾은 줄 알고 돌아 나가려 했다. 침대 아래 바닥에 놓인, 선물

포장용 리본 끈을 운동화 끈처럼 묶은 킴의 컨버스화를 보기 전까지는. 나는 그 소녀를 다시 한번 자세히 쳐다보았다. 그녀도 눈을 뜨고 나를 돌아보았다.

"킴?"

그녀의 얼굴에는 화장기가 전혀 없었다. 온전하게 드러난 민얼굴은 이전보다 10살은 더 어려 보였다. 피부는 거칠고 잡티가 가득했다. 눈동자는 구멍이 뚫린 듯 깊어 보였고 주위에 회색 그림자가 짙게 져 있었다. 게다가 머리카락은 회색으로 보였다. 눈썹은 거의 없었고 입술은 창백했다. 침대 옆 가는 기둥에 달린 링거에서 기다란 줄이 그녀의 손목을 감싸고 있는 커다랗고 파란색 붕대 아래로 연결되어 있었다. 붕대가 그녀의 문신 거의 절반을 가리고 있었다. 긴 속눈썹을 가진 눈의 가장자리에 있는 화려한 행성이 그려져 있던 그 문신. 그녀는 나를 보자마자 손을 움찔했다. 나는 그녀가 자신의 얼굴을 가리고 싶어 한다는 것을 알아챘다. 하지만 그녀는 곧 포기했다. 너무 늦었다. 나는 킴을 알아볼 수 있었다. 내가 침대로 가까이 다가가자 그녀는 겁에 질렸다. 바로 나처럼. 이제 그녀는 내가 전에 몇 번 본 적이 있는 겁먹은 표정의 소녀처럼 보일 뿐이었다. 생명이 없고 속이 비어서 완전히 부서진 우울한 인형 같은 그 모습. 내 안에 있던 작은 악마는 어찌할 바를 모르고 당황했다. 이것이 진짜 킴이었다. 아니 카트린카라고 부르는 것이 나을지도 모르겠다. 우리의 눈빛이 서로 마주쳤다. 우리는 말 없이 오랫동안 서로를 바라보았다. 나는 이해했다. 킴 역시 외로운 섬 위에 살고 있으며 나를 그녀의 외로움으로 끌어들이려 했던 것은 그것을 좀 더 견디기 쉽게 하기 위해서였다는 것을. 킴의 은하수는 별들의 전쟁을 뒤에 숨기고 있었다. 그 상흔은 그녀의 얼굴에 고스란히 남았고 그녀의 영혼에 새겨진 깊은 상처를 그녀는 내가 이해하지 못하는 언어로 쓰인 흐릿한 책으로 보여준 것이다. 하지만 나는 모든 것을 알아챌 수 있었다. 그것은 우리의 별, 지구 위에서 이루어진 최초의 진짜 만남이었다.

"안녕."

내가 최대한 부드럽게 말을 건넸다. 그녀는 대답하지 않았다. 외로움의 눈물방울이 그녀의 뺨을 타고 흘러내렸다. 행성이 새롭게 자리를 잡고 중력의 중심이 움직였고, 밀물이 다시 썰물이 되어 흘러갔다. 모든 것이 우리가 눈을 마주친 그 순간에 일어났다. 만약 내가 그냥 나와 버렸다면, 힘의 영향이 다시 제대로 분배된 이 새로운 세계의 모습을 가지고 그냥 돌아갔더라면 그것들은 그대로 거기 머물러 있었을 것이다. 제기랄. 누가 별들의 전쟁이 끝나지 않고 계속 진행 중이라는 것을 짐작이나 할 수 있었을까?

그때 우리의 열린 마음이 닿아 있던 그 작은 무대 한가운데로 우아하게 차려입은 날씬한 금발 여자가 토끼 인형을 들고 들어왔다. 그녀는 노크도 하지 않고 문을 벌컥 열고 들어와 높은 하이힐을 또각거리며 곧바로 킴에게 다가가 링거가 달리지 않은 킴의 다른 쪽 팔에 토끼를 안겨 주고 침대 가장자리에 걸터앉았다.

"예쁜 요정님, 내 귀여운 아기, 뭐 하고 있었어? 그러게 왜 그렇게 술을 마신 거니?"

그녀는 우울한 표정으로 킴의 팔에 연결한 링거 줄을 바라보았다.

"오, 사람들이 대체 무슨 짓을 한 거니? 세상에 맙소사."

그녀는 킴을 향해 몸을 굽히고 뺨에 입을 맞췄다.

"지금 너는 너무 끔찍해 보여."

다시 문이 열렸다.

"내 공주님은 좀 어떠신가?"

양복을 차려입은 근엄한 남자가 한 손에는 서류 가방을 들고 다른 손에는 김이 올라오는 커피잔을 들고 들어왔다. 그는 커피잔을 침대 옆 탁자 위에 올려놓고 양복 윗도리 안에서 분홍색 리본으로 묶인 작은 선물상자를 꺼내어 킴의 침대 위에 놓았다.

"이게 기분전환이 될 거야. 이게 너를 다시 빨리 일어나게 했으면 좋겠구나."

그는 몸을 굽혀 킴의 이마에 입을 맞췄다.

"테오가 안부를 전해 달라고 했단다. 오늘 아주 중요한 훈련이 있대."

킴은 내내 나를 쳐다보고 있었다. 그녀의 눈빛은 혼란과 공포로 가득했고 나를 간절한 눈으로 바라보고 있었다. 그녀는 나도 같이 그녀의 연극에 동참해 주기를 바라고 있었다. 하지만 새로운 우주, 새로운 우리의 은하는 붕괴했다. 킴의 어머니 등장으로 나는 침대 반대편 벽으로 물러나 있었다. 아니 정확하게 말하자면 그쪽으로 떠밀렸다. 나는 벽 가까이에 붙어 서서는 입술도 달싹일 수조차 없었다. 이러한 가식적인 폭풍이 들이닥칠 것을 나는 짐작할 수 없었다. 아마 그 어느 누구도 상상하지 못했을 것이다. 행성들이 다시 한번 로또를 추첨하는 공들처럼 이리저리 마구 굴렀다. 킴의 어머니는 자신의 요정이 먼 곳을 바라보는 것을 알아챘고 그 시선을 따라가다 그제야 나를 발견했다. 그녀는 곧바로 자리에서 일어나더니 나에게 다가왔다. 그녀가 입은 옷들이 진품인지 의심이 들었다.

"어머, 너무 좋은 일이구나."

그녀는 기뻐했다.

"병문안을 오다니."

그녀는 손을 내밀었다.

"너는 누구니?"

내가 대답을 하기도 전에 킴이 한껏 밝은 목소리를 되찾았다.

"이사벨라야. 우리 반 친구."

그녀는 나무라는 듯한 목소리로 말하며 나를 계속 바라보았다.

"세상에 이렇게 좋을 수가."

킴의 어머니는 기뻐했다.

"이렇게나 착한 애가 다 있다니."

"네?"

나는 다시 킴을 바라보았다. 최대 위험 신호가 울리고 있었다. 곧 무엇인가가 터질 것 같았다. 킴의 어머니는 다가오는 위험을 전혀 눈치채지 못한 채 자신의 카트린카-은하계를 잘 보호하고 있었고 나를 그저 자상한 눈으로 쳐다볼 뿐이었다.

"틴키가 우리에게 말해 준 적이 있단다. 불쌍해라. 너희 반이 그렇게나 이상하다며."

그녀는 연민을 가득 담아 내 어깨를 토닥였다.

"그렇죠, 여보?"

"그럼 물론이지."

양복을 입은 그 남자는 의심할 여지 없이 '알코올 중독자'인 킴의 아버지였다. 나는 하마터면 어이없는 웃음을 터트릴 뻔했다.

"내가 만약 학부모 회의에 갈 수 있다면 말이지, 그러면…….”

그는 위협적으로 손가락을 들어 보였다.

“그러면 아마 학교 전체를 고소할지도 몰라.”

그는 웃었다.

“내 딸을 공격하는 역겨운 놈들은 항상 나와 싸워야 할 거야.”

나는 유령기차를 탔거나 아니면 악몽을 꾸는 것 같았다. 그리고 또 다른 충격이 닥쳤다. 다시 문이 열렸다. 나는 내 눈을 의심했다. 마테오! 맙소사. 그는 어떻게 알고 여기 온 거지? 그는 킴의 아버지와 싸우게 되는 것일까? 아니면 사실 그는 킴의 배다른 형제이거나 아니면 약혼한 사촌 사이인 걸까? 나는 지금 일어나고 있는 일들을 더는 감당할 수 없어서 의자에 털썩 주저앉았다. 제발 또 정신을 잃어서는 안 돼! 마테오는 문가에 멈춰 섰다. 팔이 결투를 앞둔 카우보이처럼 약하게 떨리고 있었다. 재킷 주머니 밖으로 붉은 장미꽃 한 송이가 튀어나와 있었다. 그는 방을 둘러보았다. 모두 그를 쳐다보고 있었다. 마침내 킴의 어머니가 팽팽한 시선들의 결투를 끝냈다.

“병문안을 온 사람이 또 있네? 너는 누구니?”

“마테오예요.”

그는 총을 쏠 준비를 마쳤다.

“아하, 마테오. 너도 카틴카의 친구구나?”

갑자기 킴이 심하게 쿨럭거리는 기침을 하면서 숨을 몰아쉬며 괴로워했다. 그것은 주위의 시선을 끌었다. 그녀의 부모님은 기침이 진정될 때까지 그녀의 등을 쓰다듬었다. 킴의 아버지는 손목시계를 보았다.

"미안하구나, 공주야. 나는 이제 가봐야겠다."

그는 자신의 딸에게 입을 맞추고 자신이 가져온 선물 포장을 직접 열었다. 최신 아이폰이 침대보 위로 떨어졌다. 그는 그것을 집어 들고 킴의 눈앞에서 이리저리 돌려 보였다. 킴은 어떠한 반응도 보이지 않았다. 그녀는 모든 것을 포기하고 그저 천장만 바라보면서 모든 일이 그저 일어나 흘러가도록 내버려두었다. 마테오는 질문이 가득한 눈으로 나를 바라보았다. 나는 어깨를 한 번 으쓱해 보이고 고개를 돌렸다. 그는 킴의 어머니 쪽으로 몸을 돌렸다.

"저는 킴의 친구가 아니에요. 저는 제 여자 친구를 데리러 왔을 뿐입니다."

그는 재킷 주머니에서 장미를 꺼내 나에게 건넸다. 그의 시선은 내 심장을 감싸주는 한 다발의 장미꽃 그 자체였다. 매혹적인 향기가 이 소독된 회색 그림자의 세계 한가운데로 퍼져나갔다. 나는 현기증을 느꼈다. 마테오는 도른베르그 가족에게 몸을 돌렸다.

"이 기회를 빌려서 킴에게 내가 얼마나 마음 아파했는지 말하고 싶었어요. 킴의 아버지가 술에 취해 킴의 어머니를 죽여서 엄마 없이 자라야 했다는 말을 듣고서요. 하지만 부모님은 확실하게 다시 제자리로 돌아오셨고 킴이 본인의 사회 수업을 감당할 때면 도와주실 수 있으실 것 같네요. 철길에서 찍은 셀카는 아마도 그 위에 몇 장 더 있을 거예요. 그럼 좋은 하루 보내세요."

킴은 신음소리를 내었다. 그녀의 어머니는 어떤 표정을 지을지도 모른 채 있었고 킴의 아버지 이마에는 방금까지 그가 손에 들고 있다 떨어뜨린 구겨진 서류와도 같은 주름이 지어졌다. 킴의 부모님이 어떤 일이 일어난 것인지 이해하려고 허둥대는 사이에 킴은 새 아이폰의 비닐을 벗겨 내고 있었다.

나는 묘비석을 찍은 사진을 생각했다. 그녀는 나나 그녀 자신이 죽기를 원하는 것이 아니었다. 그녀는 우리의 우정을 그 무덤에 묻어 버렸다. 그녀는 나의 인생에 작별 인사를 했다. 아마 그녀는 새로운 쌍둥이를 찾아 나설 것이다. 그녀는 새로운 거짓말을 만들어 낼 것이고 전 남자 친구의 리스트는 점점 더 길어질 것이다. 그리고 그것은 이제 나의 영역이 아니었다.

"너 자전거 타고 왔어?"

마테오는 나를 쳐다보았다. 그리고 이 짧은 순간에 그의 눈동자는 우리 사이의 순간을, 색색의 진주로 엮인 허리띠같이 모든 순간을 설명해 주었다. 그리고 그것을 앞으로 어떻게 엮어가게 될 것인지는 오로지 우리에게 달려 있었다.

"응."

내가 가벼운 마음으로 대답했다.

"우리 같이 타고 갈까?"

마테오는 나에게 활짝 편 손바닥을 내밀었다. 그리고 나는 마치 따뜻하고 부드러운 장갑에 손을 넣듯이 그 손바닥 위에 내 손을 얹었다. 그 장갑은 내 손에 꼭 맞았다. 그리고 내 마음속에는 마침내 태양이 떠올랐다. 초록색으로 빛나는 태양은 아름다웠다.